華緣綺語

國立臺東大學華語文學系
師生創作集

王萬象 主編
國立臺東大學華語文學系　策劃

感謝國立臺東大學110年度高教深耕計畫109-2學期暨華語文學系經費補助出版

目次

教師創作

散文類

小說類

現代詩

古典詩作

古典詞作

莫負少年時——致《華緣綺語》

文／董恕明

二〇二一年八月，遲到一年的東京奧運已近尾聲，在沒有觀眾的看臺上，每位選手的奮進與努力，深信打動的不只有人類，還有仍在世界蠢蠢欲動的COVID-19！而自五月中旬以降因應疫情嚴峻，全島升級的「三級」生活，繃緊了二月餘，刻在進行「緩坡式」降級的同時，一場猛爆式的南部水患便削去了山，裁開了橋，揉斷了路，這和早些日子溪流乾涸、瀑布暴瘦、祈雨紛紛的窘境相較，說到底老天還是真的「溺愛」這座美麗之島？當蟬鳴在群樹間鼓譟，淡淡秋陽，晃悠悠的翻閱一本書，書頁翻飛，迎面襲來「華緣綺語」……。

臺東大學華語系的師生，生活在寬天闊地的群山之後，各種在大城市中理所當然的「方便」，到了這兒「不方便」才是本色：沒有高鐵、沒有捷運、沒有……，好不容易迎來臺鐵進擊版的「普悠瑪號」和「太魯閣號」，火車快飛緩解了奔波勞苦，也增加了碰運氣賭命的機會，即便如此，李進文老師寫〈普悠瑪之歌〉：

要去的地方，想太遠；
其實只是一啄吻那麼近、
其實只是微風遛一片落葉的距離。
秋日猛推辭，以銷魂掌，
受傷的風景向後逃。
也會有醉的感覺，
譬如經過太平洋，轉彎，

我的臺灣搖搖晃晃。……

一場詩意穿梭，化苦為美的移動，對於家在遠方的學子，能捎來一點安慰嗎？當列車穿行在蓊鬱的山色中，青春會因夢想盛放或凋萎？在長路的漫溯和醒睡間，依依的鄉愁滑落，落作筆尖上的情思，若不是因為千迴百轉的出發，我們很難窮盡抵達的意義？而寫作正似一趟行旅，與這個、那個、這些、那些……擦身、錯過、相遇和重逢，也唯有在路上，風景才有機會一路為我們徘徊流連、駐足張望。

然而，身在臺東，「沒有」的固然多，享有的也不少：碧海青山、綠野平疇、皓月星群……，「大塊假我以文章」非此莫屬。除了大自然的恩賜，生活在此的原住民、漢人（閩南、客家、外省人）和新住民等多元族群，彼此交織縱橫，相容相依，譜寫一曲「我們都是一家人」的文化與人情之美！陳黎老師的〈臺東〉這麼寫道：

海和花蓮的海沒有拉界線
味道，比花蓮野
天空（和人行道）　比花蓮空
核廢料比花蓮擠
美麗灣比七星潭彎
山的邏輯和花蓮一樣直
……

臺東和花蓮作為相類的鄰居，在詩人筆下的差異確是一針見血。當原本為了「區別」而作的「分類」，成了擁權者編派「非我族類」大小、高低、優劣……的位階序列，地處偏遠的臺東正用「不一樣，不是不好」的姿態，回應這片土地上的人群——「吃得苦中苦，不一定要成為人上人」，一如「朽木不可雕，但可以種香菇」！投入創作中人，在道途上迎來的風光無限，無論今古，究竟是那一道微光輕啟，靈光閃現，會令我們下筆如有神？只要不是活在「真空（虛無）」的世界，千里足下的每一口呼吸，都不會浪費！

翻開《華緣綺語》，讀者和作品相會，更是和獨特的靈魂相認。文字為我們捕捉、定格、展開或清寂或喧囂或綺麗或壯闊……的緣起興會、流水高山、吉光片羽。成就此書除有作者們的用心投入，更要有重要的推手——華語文學系王萬象老師和張庭宇同學帶領的編輯團隊，加之長此以往鼎力協助的秀威出版社。春天撒下的種子，經過了夏日的曝曬和病毒的攪擾，時日推移，秋風初起時，已迎風抽長，秀麗茁壯！

序《華緣綺語》

文／王萬象

三月杪偶來幾場淅淅瀝瀝的春雨，於深沉的暗夜裡敲打著千屋萬頂，讓輕暖嫩寒交錯的芳非時節，陰晴涼暄多變得令人不知所措，尤其在這清宵細細花雨紛紛的夢醒時分。春雨煙霏平楚暮，在這全球疫情仍未真正減緩的日子裏，鎖國封城幾乎已是生活常態，個體疏離人心孤絕，時空彷彿變得慢了下來。夏日裏線上視訊教學了幾個月，只聞其聲不見其人本尊，如此大幅減少人與人的接觸，往昔那所謂的「文學教育」更不知何去何從。而手機網路上影音文字圖像垃圾氾濫成災，泰半學生對於嚴肅的「純文學」作品早已興趣缺缺，加上高等教育往往強調技用和效能，像「現代文學」這種課程的經營更是煞費苦心，不管是詩歌、散文或小說，都得開啟學生們審美想像的視域。「現代文學」的情思美感須透過語言藝術形式來表現的，文從字順尚不足傲人，有了清通還要多姿才好，詩歌、小說和散文概莫能外。職是之故，創作時要陶鈞文思澡雪精神，鍛字鍊句以求鎔經鑄史，乃至於抒情與敘事之綰合，篇章結構之經營，情境氛圍之渲染，審美經驗之傳釋等，無不亟須吾人勠力從事。

我已然過了花甲之年，回顧生命中的人事物，除了感念之外，還會檢視其紋理脈絡，當時或者癲狂、失落、惘然，可是時移事往光景常新，總會有沉澱後的些許清明。這一年多來，除了「現代散文」與「《紅樓夢》」課程之外，「古典詩詞選與習作」則是引導學生欣賞與創作，從古典詩詞作品中深刻體驗古代騷人墨客的抒情精神，緣情感發且即事名篇，在客觀物象的感召之下，如何抒發個人的主觀情志。這十幾年來因古典詩詞教學所需，我從不知如何作詩填詞，開始嘗試依格律作詩，按詞牌倚聲填詞，其間反覆沉吟推敲躊躇多時，字跡心痕尚且歷歷如繪，箇中甘苦簡直不足為外人道也。我們創作古典詩詞的時候，除了要嫻熟於詩詞文本的形式格律，也要講究修辭意象的技巧、注意古典詩詞創作的主題內容、了解古典詩詞創作發展的歷史概況、以及古典詩詞審美風格。透過這幾門古今文學專業課程，我們期望能在現代散文和古典詩詞選的閱讀與寫作方面，讓學生分別認識現代散文與古典詩詞的修辭筆法和文理脈絡，浸淫於現當代散文和古典詩詞之美中，並且能夠善用文字創造具有新時代散文美學觀的作品，亦從古典詩詞作品中認識各時期古典詩歌的特色、批評與創作，拓展與深化學生的學術視野。而我是相信傳承唐詩宋詞是我們今天的文化使命，尤其身處於這個多元文化價值的時代，如何避免政治社會現實的擾攘紛爭，以唐詩宋詞為津筏，航向浩瀚深廣的詩海，求得一己心靈的澄明與寧鏡，安住此一人心惟微的大千世界。

《華緣綺語》作品集類不出時空遷流之紛呈意象，懷人念遠隨傷逝，感事抒情得哀衿，其間亦不乏讀書偶識，而皆以寶桑風華相映襯。為傳承古典芳馨詩教，為彰顯溫柔敦厚詩旨，過去我們曾經出版《鴻飛射馬干－東大華文散文選》與《山長水遠卑南覓－2016-2018台東大學砂城文學獎作品集》兩本散文集，再持續徵集編選師生的文學作品，希望將其文學創作裒為一集，與出版公司合作正式出版《華緣綺語》。這本文學作品集之所以能夠付梓，就得從過去這一年來的四門課說起，去秋伊始的「《紅樓夢》」和「古典詩選及習作」，到今春的「現代散文選讀及習作」以及「詞選及習作」，這幾門課了包容古今的文學體裁，都要求修課的學生繳交習作，而這本書的泰半篇章就是他們的文學創作成果。收錄在這本書裡的作品，好像是過去、現在和未來無數重複的疊影，一些些斷片與斷片的銜接，不管出之以何種書寫形式，它們都反映了年輕人的感懷和夢想，或許他們的筆觸和章法仍略嫌青澀，但是假以時日多加鍛鍊，將來應該會有發光發亮的一天。這是一本從學生的立場來看待文學創作，由學生自行創作與編輯的作品集，過程中沒有老師的干預，只有經驗的傳遞與引導，完全由學生來投稿和審查稿件，它們分組決定最後的取捨，並且針對每篇作品寫出簡短的編輯人語，指陳出這些篇章優缺點。

我曾做〈卑南覓語〉一詩，以表寄寓寶桑的感受：「砂城廿載端居靜，土淨風純節候親。海色山光渾似夢，栽桃種李幾回春。」幾川溪水東入海，人靈地傑逐歌吹，臺東大學華語文學系是一頗有風采的系所，從過去歷史的進程中可瞧見其曼妙的身影，由往昔語文教育的傳承到現今對外華語教學的拓展，其間都不忘以文學修養為本的人文博雅精神。一一〇高等教育深耕計畫子軸執行方案：五感體驗走讀東臺灣。從二〇〇七至二〇二一年，我幾乎每年開設現代散文和古典詩詞的課程，期間修課學生人已逾千人，學生對現代散文和古典詩詞的欣賞與創作，在我的循循善誘悉心教導之下，大體皆能一窺此中門徑，如欲登堂入室，則需更多多元化的學習管道，非徒授課教師一人之力可竟全功。有了這十幾年的現代散文與古典詩詞教學經驗，我覺得現在應該是時候來展現部分學生的創作成果，而經由臺東大學一一〇年度「高等教育深耕計畫–推動創新創業跨域實作」的經費補助，以及華語文學系的出版贊助，最終得以出版華語系師生的文學作品集，希望能夠達到教學相長的目標。

我來臺東大學教書已滿二十四年了，在這島嶼邊緣的山光水色裏，日昇月落風起雲湧之際，聽聞觀想每每感物興懷，也寫下了不少古典詩詞和現代詩文的篇章。過去這二十多年來，本系致力於文學教學工作，在校內提倡並鼓勵學生創作，每年舉辦「砂城文學獎」徵文，比賽的文類主要有新詩、散文、小說以及古典詩詞。最近這十年間，每年端午節也舉辦「台東詩歌節」，對於推廣文學創作活動，可謂不遺餘力。在此非常感謝本系系主任董恕明教授的序文：〈莫負少年時——致《華緣綺語》〉，以及她的一首現代詩作：〈偕行〉，這一詩一文皆能光此篇幅。這裡我也要感謝兩位執行主編：庭宇和竹綺任勞任怨地承擔所有編輯工作，四個編輯小組的組員都非常認真地篩選稿件並寫簡評。當然還得感謝修習相關課程的同學，在過去這一兩年來交出一篇篇各式體裁的文學作品，參加我們這次的徵文及篩選，為彩繪文學地景而共同努力，也為他們自己年輕飛揚的生命留下文字的見證。

中華民國一一〇年八月二十四日

二旬回憶《華緣綺語》序

文／張庭宇

散文是生活的寫照，亦是情感的抒發，文學創作尚來多元，愛情課題無論是在小說、散文抑或古典詩詞中皆是相當重要的題材。李清照《一剪梅》：「紅藕香殘玉簟秋，輕解羅裳，獨上蘭舟。雲中誰寄錦書來？」描寫與其夫趙明誠離別之後，寄託於詞人不捨得分離的一種深情，古典詩詞中，愛情故事描述依然柔美，予人的感覺更是美好。

散文，是一種文字的紀錄，更是一種心靈的寄託；文學是一種美好，是一種特別。譜下時下最深刻的文字是年方十二、三，便有的習慣，久而久之，文字也逐漸成了我的專屬精神伴侶。說文解字：「文，錯畫也。」「字，乳也。」文字的演變尚來是我們這些書寫文章之人密切關注的要點。

隨著時代的演化，國際化的影響，中國文字是屬於我們中華文化的代表，不單單只是一種榮耀，而更是代表我們自我的意識，文明的社會裡，寫文章不只是我們的興趣，而是在書寫文字的過程，我們能夠找尋自我，而這也是其精華所在。

大自然是我們生活裡的主角，在無數個東台灣生活裡，映入眼簾的一邊是蒼翠欲滴的田地，一邊是湛藍清澈的東部海洋，東部海洋是許多人嚮往的世外桃源，二〇一九年我首次踏入了東部，對於花東的海岸簡直愛不釋手，文學題材固然多元，大自然的花團錦簇更是我們寫作的靈感之一。

去年修了一堂「紅樓夢」課程，對於那些小情小愛的故事，我可說是情有獨鍾，愛情文學是以精煉的筆觸描述愛情的愛、恨、嗔、痴，鏡花水月有如晚霞一閃即逝，在修了紅樓夢後觸發了我對古典文學的喜愛，在古典文學中，我找到自我，從古典詩詞中我也體驗到了古代騷人們對於我們的警惕以及景色優美，春和景明，一碧萬頃，對於自然風景我喜歡欣賞在眼裡，提筆紀錄下屬於我人生的回憶，我學習寫了古典詩詞，所幸，有萬象老師的提點，對於在古典文學中的作詩填詞，有了更多的了解及體悟，萬象老師的「紅樓夢」提供了學生些許的文章及論文分析，而閱讀了這麼多的篇章，讓我們對於紅學有了更深的了解。

二〇二〇年十二月我和系上同學以及萬象老師共同編輯了一本「織金描紅」此書收錄了華語文學系學生所寫有關紅樓夢的分析以及小說等，我寫了近五千多字的「王熙鳳」分析，「彩繡輝煌，恍若神妃仙子。」頭上戴著金絲八寶攢珠髻，綰著朝陽五鳳掛珠釵，項上戴著赤金盤螭瓔珞圈；裙邊繫著豆綠宮條，身上穿著縷金百蝶穿花大紅洋緞窄褙襖，外罩五彩刻絲石青銀鼠褂，在紅樓夢中諸多的角色，我唯獨喜愛王熙鳳的人物性格，所以特地翻閱無數書籍，尋找王熙鳳，了解及分析。

接下織金描紅的編書主編，責任有如山大，畢竟首次擔任編輯，對於編書的瞭解可言少之又少，幸虧萬象老師多年的教學經驗，給予我許多的信心以及決心，最終於該年十二月底書稿完成，對我而言這也是老師及同學們對我的肯定。

今年年初，再次接到老師的主編邀約，在現代散文課程當中，萬象老師也發放不少關於現代散文的講義，我對張愛玲的散文特別有感觸，面對愛情，我們唯有自己細心走過一遭，方會了解愛情的理論，文學素材裡的愛情，總是讓人羡慕不已，因為特別喜愛張愛玲的散文及其描述愛情的筆法，所以我在老師的課堂上，也和同學一同製作了一百多頁的張愛玲散文選。

在浩瀚的中華文化裡，我們吸收了詩人古典詩詞的精華，理解了現代文學的平凡，在台東所謂的後山，我們在華語系裡不單單學到了文學何在，更學習到了文學的無所不在。《華緣綺語》是我協助萬象老師為國立臺東大學華語文學系所編輯的一本書籍，文字為我們帶來了許多無限的回憶，更是讓我們提筆記錄所有我們眼觀耳聞之事，華緣綺語書籍得之不易，不過，最重要的是謝謝我所帶領的出書編輯團隊，在無數個夜晚，不分晝夜，連夜幫忙邀稿、排版一直到最終的校稿，不僅如此，我也特別感謝華語系系主任董恕明教授，不厭其煩地接收我所有信息，特地為了此書寫下序文〈莫負少年時——致《華緣綺語》〉，以及她的一首現代詩作：〈偕行〉。

在此，我最想感謝的是專精中國文學史以及紅學的王萬象老師，不僅看好我，更將本書主要編輯如此重大一職交付予我，另外，此書能夠順利出版也特別感謝歷年對於華語系出書一向鼎力協助我們的秀威出版社。最後，國立臺東大學華語系學生筆下的璀璨精采篇章，也將於此書一現於世，更不忘偌大文學界不吝指教、評點。

中華民國一一〇年八月二十三日

教師創作

啟程——致106級華四畢業生

董恕明

苦楝樹盛放如雪的燦爛時，春天剛剛返家
群山則早早起身，環坐在早八的文學課——
「文學是甚麼？」是咒語暗語通關密語，到底？
Terry Eagleton的《如何閱讀文學》早從書架下架
即便早也讀瞑也讀熊熊都是認識的字為何總在迷路
終於，終於找到那些散落在廣場上頭昏昏腦鈍鈍
眼冒金星的小花小草了呀，團團坐，坐很久
吃口A-bai或大哥吐司，灰灰的霧會把路找來

黃金風鈴木來得繽紛也落寞時正趕上躁動的夏
一群奮進的大樹小樹神木枯木漂流木，群聚
板書教室紅的白的橘的粉筆跟著詩跟著倒數跟著

確定和不確定的閃電或者其他，曲曲折折的來了
一群漫遊四方的白雲灰雲黑雲……趕著刷刷洗洗
山的背脊海的額角田野的大肚長路的腳丫，忙啊
從晚春起在海的這一端和那一端花花綠綠軟軟
硬硬往來起落的言語引來一隻哼著hohaiyan的
微胖山豬vavuy穿行在不分晝夜群星閃爍的詩行

花不想開只有穩重的桃花心木肅穆如秋的晨光
聽見拋落在短牆高牆之間，不時彈跳關於天條
關於進退關於生命中的隨便、隨意和隨興以及
炸彈和炸彈麵包何時能從煙硝砲陣突圍出來讀
安安靜靜的幾行字，字裡隱身的喜樂悲歡愛恨
情仇，原來都不及臺階上竄進竄出的野馬狂奔
狂人的日記和花季的心事夾在壓不扁的玫瑰裡
動亂中的那只垃圾桶是聽到了老瞎子的琴聲或
正一鋤一鋤鋤過癮的六安爺與青豆玉茭的唱和

每一年盛放的鳳凰木在COVID-19暴走之前只是
照例數星星數月亮數到走失的羊群決定好好回家
回家在線上追捕逃學的兔子和遲到的龜一起坐下

坐在暖烘烘的青草上除了寂寞熱鬧的走來，走來
看到翻飛的昨日，寂寂通過了遠去的群山和彩霞
朝露和輕風、暴雨和雷鳴、坐忘和坐禪……徐徐
朝前奔去，去那個經得起分開的遠方，無憂無傷
回頭時，有些夢乘風翩然抵達，而一些正要啟程

2021/6/8-8/11

偕行

董恕明

毛茸茸的雲，飄著飄著，飄過
青山，山便晃著晃著晃出了毛邊
像亂七八糟的句子，有初春
懵懵的味道，一片葉，終於決定
啟程

只是不小心，像山不小心骨折，碎了
只是不小心，像海不小心抽筋，擰了
只是不小心，像路不小心摔跤，傷了
只是不小心，時間分毫不差
擦撞了春天

亮熀熀的稻禾，搖著搖著，搖過了
清溪，溪就游著游著游出了星辰
像晶瑩剔透的句子，有童年
萌萌的味道，一枚夢，徘徊流連

駐足

小心的一棵樹，默默坐著，等雲來
小心的一道浪，靜靜站著，等風來
小心的一顆石，癡癡守著，等夢來
小心的一朵花，惦惦低頭
雨滴落下時正哼著歌

天在海上海在雲上雲在山上山在路上
像一撮一撮的句子，挨著挨著就暖了
遠方的遠方倚牆而坐的夕陽，忘了是
山蹭了雲一下，或雲踢了浪一腳啊
風一來呼呼，春天紅著臉走了

2019/02/26-04/23

癸巳甲午年傷逝

文／王萬象

乙未年春節才剛過完，大年初六學校就要開始上課，放年假的心情雖然還沒調整過來，卻不得不趕火車回台東準備工作。又是一個新的農歷年度，正月裡料峭春寒猶在，火車窗外但見水田已播秧苗，到處都是嫩綠迎風搖曳，向晚時分天光逐漸黯淡下來，海岸線向南無限延伸，浩渺無際的太平洋波濤洶湧，而山谷則愈發幽暗了，世間萬事也越來越遺忘。日月山川在記憶的軌道上滑行，星雲草木遍佈於敻遼的天地間，那一個又一個熟悉的身影掠過腦海，他們的語音笑貌依然如此清晰地在耳在目，可現今卻不知其蹤。砂城歲月依前靜好，寶桑節物盎然向榮，遊客潮褪去後又回復原貌，陰霾逐漸退去靉靆終於遠離，三月杪春日遲遲光風暄妍，清明前樓頭氛翳消散殆盡，又見游絲繫在亹亹芳叢，好一片宜人的澹蕩景致。彳亍在東海岸綠草如茵的斜坡上，望著不遠處波光粼粼的太平洋，往事歷歷蒙太奇般浮現於腦中，那些人事物竟排山倒海而來，在時空旅次中寫真成記憶影像，亦宛如哀樂處處的人生歌吟。

癸巳至甲午這兩年間，我的大家庭歷經了三次與至親死別的場面，曉風殘月輓歌低唱，葬禮祭拜哀戚肅穆，那一幕幕場景永生難忘。蘇軾曾云：「人生無離別，誰知恩愛重。」（〈潁州初別子由二首‧其二〉）生離已不堪受，況復死別哉？我們這些兒女圍繞著父親至少半世紀，母親早逝已有四十五年，兄弟姊妹九人都在父親的撫育照顧之下，先後一一完成人生幾件大事，一路走來可說平順舒坦。然而居此塵寰人世，生老病死一如晨曦晚照，我輩自然得一一親受概莫能外，但又有誰能輕易割捨浮世情緣，面臨大別之際亦哀痛逾恆。想起那燠熱的癸巳與甲午夏陽月，以及那凜冽的甲午仲冬日，先後吹奏起生之輓歌，我的三位至親長輩，二哥、繼母及父親竟先後因病告別塵世，捨棄肉身離家遠行便不再歸來。二〇一四年十二月九日父親往生了，雖說他得以克享八十八歲高壽，但死別亦足令人悽惻。念及爸爸過去的種種疼惜與呵護，心中實在萬般不捨，病榻前眾兒女子孫齊唸佛號，唯願父親大人在佛祖的接引之下，離苦得樂前往西方極樂世界。二〇一四年七月十五日繼母因病去世，留下老父親一人，起先怕他承受不住，大夥兒瞞著他一陣子，後來他還是知道了。都快四十年的夫妻，他們幾乎朝夕形影不離，阿姨一旦故去，爸爸時常問起她去哪裡，是不是在天上作仙？世事真是無常啊，誰知竟然不到五個月，他們又在天上相聚，繼續庇佑我們這一大家子。二〇一三年六月八日，二哥因病先走一步了，如今墓木已拱，崁頂雨露風霜孤星淡月時與相依，懷想其敦厚恩慈之情，中夜竟不能自已。在這一年半多的時間內，這三位至親相繼都走了，令人除了哀痛不捨之外，還對人生無常有更多的體會。也許，到了人生的中年後期恐怕就得面對諸多的老病死，不管你樂意不樂意。

這一曲曲由春至秋經夏歷冬的輓歌辭，伴隨著纖細的雨絲和輕柔的南風，從溫暖的早晨到淒清的黃昏，睡醒之間夤緣接連著夢幻與現實，光影明熀熀四散垂地，天公的眼神卻是空洞漠然。死別吞聲常懷惻惻，曲終人去但感悽悽，對往生者的幾多思念化入無盡的暗夜，夢迴欹枕曉風吹拂殘月，一窗燈影煢煢照人無眠。此時此刻，讓我想起喬伊斯（James Joyce, 1882-1941）《都柏林人》（Dubliners, 1914）中的〈死者〉（"The Dead,"1907），看他如何處理那種游移閃爍捉摸不定，灰色且又無法理解的世界：「大雪落在黑色中央草原的每一寸土地上，落在光禿禿不見衣草一木的山丘上、輕輕地落在愛倫沼澤上、輕輕地落在更西邊的香儂河上，那黑色詭譎的河水之中。大雪也落在麥可・費瑞安息的山丘上，那孤寂的墓園上。厚厚的飄雪堆積在歪歪斜斜的十字架和墓碑上，也落在墓園小門的欄杆尖上和光禿的荊棘之上。他的精神逐漸進入恍惚的昏睡狀態，他聽見雪花落在大地的微弱聲響；悄然落下，彷彿進入最後的旅程，落在所有的生者與死者身上。」小說中最後一幕雪景，在悄無聲息的一片雪白中，使主角賈柏瑞得以領悟死亡與再生，也使他能夠超脫世俗生命的困境。而這些死者曾經存活的具體時空依然在，一旦他們物化成為幽靈，所有的昔往輝光都將消散湮滅，唯有言行德業足資傳世。

二哥生前為人善良敦厚，待人接物以誠，事父至孝且又兄友弟恭，是好丈夫也是好父親。中年不幸身染惡疾，多方奔走積極尋求醫治，抗癌十數載後終至無效，最後才撒手西歸，臨走前師父到病榻開示他，希望他能夠放下一切，跟隨佛祖至西方極樂世界。他死後數月我夢見過他，夢中境況早已不復記憶，後來只作成一首五言律詩，抄錄於此以誌其深恩厚情：

〈近重九悼二兄〉　2013.10.8

嵌頂新墳立，風霜雨露垂。音容猶歷歷，草木已離離。固念恩情厚，還思睟目慈。今生成手足，想望在鬚髭。

父親因病住院約三個禮拜，他老人家終於也走了，往生前從醫院接回家，眾多子孫隨侍病榻左右，明知是早晚之事，但大家仍祈禱他可康復延壽。對我而言，這五十五年的父子情緣竟已窮盡，時間一到他先捨我們而去，竟連最後一面也無法得見，至今仍引以為憾。後來兩次夢見爸爸，受關於他在病榻上或彌留之際，心中萬般無奈與不捨，因此我填詞一闋感念此天恩昊德：

〈江城子〉憶亡父　2015.03.24

仲冬甲午父西歸。想依稀。見慈暉。梵唄佛音、風起紙灰飛。塵世子孫思昊德。莪蓼蓼。雨霏霏。

坡姜林頂暮雲微。豎墳碑。柏新栽。悼薦亡幡、離苦往生時。最憶是長眉善目。魂夢斷。月低迷。

稿於一〇四年六月一日

冬陽似酒不知寒——序華語108級現代散文創作展

文／王萬象

這仍是12月第2個星期一的安靜早晨，一大早我從市區開車來到知本，如此諾大青綠的校園少有車駛人行，幾棟猶顯簇新的大樓散布在卑南平原上，而學校的西面則是高聳蒼翠的射馬干山，和碧藍如洗的悠悠天空。我居停於此已近十年，這裡原本就是知本農場的所在地，山風海雨有時會悄然而至，巒嶺有時也會吞雲吐霧，一片氤氳景象令人頗有縹緲之感。多少個煙水照晴嵐的日子，拾起那秀約韶麗的流光抛影，樓頭那片無心飄然而至的白雲，也都在白鷺鷥和老牛的見證下，宣告著這綠野平疇阡陌縱橫的東南海隅，彷彿已然成為台灣西部不安城市之外的最後桃花源。人文學院離校門口最近，它宛若長城矗立在筆直的大學路旁，從這頭走到那頭約莫兩百公尺之遠，黌舍開啟至今弦歌不輟，不知已迎送過多少莘莘學子。而三樓邊陲地帶有我最愛的研究室，整間屋子只有滿牆滿櫃豎立橫躺的書籍，以及那爿面向不遠處太平洋的長窗，冬日早晨的溫煦陽光直照進來，電腦桌上幾處亮晃晃，讓人覺得頗為刺眼。

這學期教大三的「古典詩選及習作」，因為要求學生習作古體詩或近體律絕，所以自己也跟著他們作詩，直到現在也累積了17首，雖然敝帚不足以自珍，但是其中兩首詩頗能表明我多年來的心志，姑且迻錄於下，其一〈台東海濱公園〉：「靜逐年光裏，幽懷落碧埃。思歸隨海燕，望遠佇風台。綠水橋邊去，青谿澗底來。巒煙疏疊翠，麗日照雲開。」其二〈冬日偶題〉：「靉靆流雲飄翠陌，輕寒剪剪拂平疇。山城夜定華星靜，海鎮朝迎旭日浮。步道徐行思杳眇，書齋獨臥夢深幽。孤光蹀躞淒然望，逆旅乾坤水漾舟。」

上禮拜四邀請中山大學中文系蔡振念教授來系上演講「古典詩欣賞」，蔡教授是我在美國威斯康辛大學（University of Wisconsin）留學時的學長，那時初至冰天雪地的異國他鄉陌地生（Madison），承蒙他多方照顧和提攜，讓我覺得不再有天涯飄泊之感。蔡教授演講後兩日，我追憶往事有感而發，乃作一首七律〈歲末感懷寄振念學長〉並電郵之：「飄洋負笈美洲城，北國冬來月霽迎。萬卷胸中藏點墨，千章懷內召嚶鳴。詩文熠熠君才出，術業平平我惕驚。幾度相逢思昔往，霜濃路滑雪風行。」認識蔡學長至今也快30年了，雖然在陌地生時相過從的日子並不長，後來我去了亞利桑那州讀博士學位，同在美國也幾乎沒什麼聯絡，但是回台後數次往來，不是口考論文就是演講，就是見面或電話中其實話也不多。於此歲末之際，我本作詩聊以遣懷，沒想到隔一天他也回贈我一首現代詩〈東南行懷人－和萬象古典詩有作〉：「十二月島國東南午後／陽光初老，緩緩攪動／回憶的一池秋水，我們／想像著曾經的北國／此時應已雪滿山頭／／你問我沖杯釅茶／我說溫水正好／不熱絡也不冰凌／如半甲子年光／　氤裡淡淡正好／／那年你去了南方土桑／再見已是故鄉的椰影／星散依然，不變的是／你掌心一握的溫暖／別後的滄桑，歲月／流溝，都寫在／你的古典，我的現代／鬢髮初老，年輕的／也只有我們的詩了」（2016/12/11　記12/8日台東大學之行）此詩如呢喃細語娓娓道來，著實寫得相當深刻動人，字裡行間充滿溫馨難忘的回憶，兩位老友詩來詩往如話家常，在古典的格律與現代的意象之間，竟有著相知相賞的敦厚詩心。

又到了「華語108級現代散文創作展」開展之際，照例我得說幾句感謝的話，藉以鼓舞學生辛苦的散文創作，以及文編美編和佈展工作同學的努力付出。首先我要講的是，絕大部分修課的同學都能完成老師所交代的功課，就以散文創作而言，超過半數的作品寫得相當好，如果能夠好好地加以修改，都可以去參加各種徵文比賽，應該會有不錯的成績才對。再者，我要感謝此次負責篩選編輯和佈展工作的同學們，尤其是總召賈汶琳和副總召王春渝，謝謝他們努力辛勞的付出，使得這次的散文創作展成為可能。

寫於二〇一六年十二月十二日

棄石仙草造歷幻緣，太虛大觀夢中說夢：
序《織金描紅109-1「紅樓夢課程」成果作品集》

文／王萬象

楔子：一書數名，道其究竟

眼看又是一年將盡，值此庚子合冬初凜，正是：「十月凝霜肅，砂城湛露霏。山山雲霧繞，樹樹翠枝稀。」一島嶼東南滿天氤氳叆叇的冬雲，鎮日灰頭土臉地籠罩這芳郊翠陌，川原海嶠城鄉已然萬物蕭條，只有冷冽的東北季風無時無已地刮著，刮得人心都打寒顫捲縮成一團。那大荒山無稽青崖埂峰的荒漠景象，應該跟眼前這番紅芳索寞綠野消黯一般，亦是了無生機苟延殘喘而已，放眼望去雲山霧海神仙玄幻，遠離那華燈初上的萬丈紅塵。《紅樓夢》運用了原始－歷劫－回歸的神話模式，它有一個二元的神話架構，那就是佛道神話和古代神話，以及賈府大觀園的現實世界，而在這神界與塵境之間，卻譜出了多少悲歡哀樂。我們身處有情眾生世界，明知剎那芳華紅顏已老，卻又偏偏誤讀紅樓樂園，相信那個構築於虛空中的夢幻舞台，每每信以為真。我認為這部小說是懺情錄，具體呈現出對癡情世界的體悟，於書中人物之真情實性，愛嗔惡欲的試煉消弭，多所表達致意焉，令人深深動容。

《紅樓夢》一書著實不易讀，它的思想內涵與傳統小說不一樣，所以並不好讀，而在張愛玲眼中，《石頭記》已然庸俗化了，她說：「紅樓夢未完還不要緊，壞在狗尾續貂成了附骨之疽」，因此她還主張應該把後四十回偽續書刪去，任其殘缺不全。除此之外，張愛玲堅信《紅樓夢》是創作而非自傳，她認為曹雪芹幾次改寫文本，頗有後出轉精的況味，其藝術成熟度也愈來愈高，尤其是在故事情節設計和人物個性塑造，值得小說家讚許與學習。張氏認為《紅樓夢》的絕大部分內容都是虛構的，她佐以相當詳密的考證資料，將《紅樓夢》

定位為小說創作。（以上請參閱張愛玲著，《紅樓夢魘》，臺北：皇冠出版公司，1995年，頁8；周汝昌著，《紅樓小講》，香港：中華書局，2002年，頁6-12。）

《紅樓夢》極為奇特之處，那就是作者一邊寫作的同時，一邊就有人從旁加以指點評論。多數人相信《紅樓夢》的作者是曹雪芹，雖然仍有人主張作者另有其人，曹氏只是增刪編述者而已，但是與曹氏同時的脂硯齋、畸笏叟、永忠、明義等人，已將著作權歸諸於曹雪芹。《紅樓夢》的書名有好幾個，首回敘及檢閱抄錄此一傳奇者，交代其書名與由來，頗令人有自道其彷彿之感：「因空見色，由色生情，傳情入色，自色悟空，空空道人遂易名為情僧，改《石頭記》為《情僧錄》。至吳玉峰題曰《紅樓夢》。東魯孔梅溪則題曰《風月寶鑒》。後因曹雪芹於悼紅軒中，披閱十載，增刪五次，纂成目錄，分出章回，則題曰《金陵十二釵》，並題一絕云：滿紙荒唐言，一把辛酸淚！都云作者痴，誰解其中味？至脂硯齋甲戌抄閱再評，仍用《石頭記》。」（第一回）

關於《紅樓夢》的書名，其實是經過多次的修改，第一回作者就概述了由來：「作者自云曾歷過一番夢幻之後，故將真事隱去，而借「通靈」說此《石頭記》一書也，故曰「甄士隱」云云。」歸根究底，這五個書名都各自代表著不同的讀者反應，首先，此書原名《石頭記》，客觀上意謂著「石頭」所記，主觀上即是「石頭」之記，係刻在大荒山無稽崖青埂峰下女媧補天時所丟棄的通靈石上的一段傳奇故事，所記乃甄士隱（真事隱）夢幻似的一生。其後面又有一偈：「無材可去補蒼天，枉入紅塵若干年。此係身前身後事，倩誰記去做傳奇。」其次《情僧錄》，乃空空道人所改，代表道家的「讀者反應」，應是由「道人」轉為「僧」，空空道人見石頭記上大旨不過談情，抑只是實錄其事，絕無傷時誨淫之病，方從頭至尾抄寫回來，閱世傳奇。從此空空道人因空見色，由色生情，傳情入色，自色悟空，遂改名情僧，改石頭記為情僧錄。復次《紅樓夢》，為吳玉峰所題，代表一般讀者的「讀者反應」，意寓人生如夢，「紅樓」是取富家閨閣之意，而「夢」則指大觀園的女兒們，雖享盡榮華富貴，到最後食盡鳥飛，都沒有理想的結局，只不過是一場虛夢罷了。再者《風月寶鑒》，則由東魯孔梅溪所題，代表儒家的「讀者反應」，即為好風月者之寶鑒，跛足道人送賈瑞正反面皆可照人的鏡子，鏨有「風月寶鑑」字樣，並交代：「此物出自太虛幻境空靈殿上，警幻仙子所造，專治邪思妄動之症，只可照背面，千萬不可照正面。」後來賈瑞果然因為正照風月寶鑑而亡。最後《金陵十二釵》，曹雪芹增刪後所題，代表編者的立場，「可使閨閣昭傳，復可閱世之目」，於此他把自己當作一個編者，而且他認為自己可以客觀地來看待自己的作品。本書主要是記錄金陵（南京）出生的十二位女子的故事，第五回敘及書中描寫的這十二位女子，她們分別是賈元春、賈迎春、賈探春、賈惜春、史湘雲、王熙鳳、林黛玉、薛寶釵、秦可卿、李紈、妙玉，巧姐，都是金陵（就是今天的南京）這個地方賈、史、王、薛四大家族的內眷和親友。第一回中云曹雪芹於悼紅軒中披閱十載，增刪五次，纂成目錄，分出章回，題為此名，云此書「字字看來皆是血（看來字字皆成血），十年辛苦不尋常。」並題有一絕。（此絕即為〈開卷詩〉）（以上請參閱萬愛珍著，《通讀紅樓》，臺北：里仁書局，2013年，頁3－4；方元珍編著，《紅樓夢賞讀》，新北：國立空中大學，年，頁181-182。）《石頭記》此書書名，說明《紅樓夢》一書之出處；書名《情僧錄》，即說明《紅樓夢》抄錄者之身分；書名《風月寶鑑》則指出小說的作用；《金陵十二釵》的書名，則指出小說人物和出生地。我們可以說這些書名都各有側重點，因此以《紅樓夢》做為全書的總名，可指小說情節緣起於夢亦歸結於夢，書名便能與內容相互呼應；再則以「紅樓」概括大觀園內萬紫千紅、溫柔富貴，並以「夢」來寄寓「紅樓夢好，萬境皆空」的主題思想。

一、就從那塊棄石說起吧！

王蒙先生曾說《紅樓夢》裡：「最動人的還是石頭的故事，竊以為《石頭記》的名稱比《紅樓夢》好，《紅樓夢》這個題名起得多少費了點勁，不像《石頭記》那樣自然樸素，『不著一字，盡得風流』。至於《情僧錄》、《風月寶鑒》、《金陵十二釵》云云，就透出俗氣來了。」那塊無才補天的棄石，就是整部小說的創作緣起，而它一生所經歷的紅塵舊事，也就鐫刻於石上，後來成為通靈寶玉，由賈寶玉啣在嘴裡降生人世。也因為這個緣故，《紅樓夢》中主要人物的命運，與其人物性格的矛盾衝突都繫於這顆靈石，玉可說是石在此世的幻相，而通靈寶玉「卻因鍛鍊通靈後，便向人間覓是非。」《紅樓夢》說穿了就是一塊石頭的故事，開端所敘述的無非是此石之來歷，它又如何出現以及如何下凡的一切經過。南宋詩人陸游曾說：「花如解笑還多事，石不能言最可人。」（〈閒居自述〉）然而石若能言則更加惱人，那塊棄石就在通靈之後，怨愧自己材劣未能去補媧天，所以石日夜悲號不止，偶見一僧一道經過青埂峰，便央求他們攜帶他入紅塵，好去富貴場、溫柔鄉享受幾年，因此後來便有了那些風花雪月的事。儘管兩位仙師勸那蠢物說：「那紅塵中有卻有些樂事，但不能永遠依恃；況又有『美中不足，好事多磨』八個字緊相連屬，瞬息間則又樂極悲生，人非物換，究竟是到頭一夢，萬境歸空，倒不如不去的好。」怎奈那頑石凡心已熾，那裏聽得進這些話呢？那僧便施展幻術，立即將一塊大石變成一塊鮮明瑩潔的美玉，又將它縮成扇墜一般大小可佩可拿，復於其上鐫刻數字，使人一見便知是奇物方妙。隨後便將此通靈寶玉攜入紅塵，到「那昌明隆盛之邦、詩禮簪纓之族、花柳繁華地、溫柔富貴鄉」，且去安身樂業受享幾年。

自此之後，也不知過了幾世幾劫，那無材補天幻形入世的棄石，又回到了大荒山無稽崖青埂峰下，仍然可以看見石上字跡歷歷分明，編述歷盡離合悲歡、炎涼世態的一段故事。清代二知道人《紅樓夢說夢》曾說：「《紅樓夢》有四時氣象：前數卷鋪敘王謝門庭，安常處順，夢之春也。省親一事，備極奢華，如樹之繁陰蔥籠可悅，夢之夏也。及至通靈失玉，兩府查抄，如一夜嚴霜，萬木摧落，秋之為夢，豈不悲哉！賈終養，寶玉逃禪，其家之瑟縮，直如冬暮光景，是《紅樓夢》之殘夢耳！」（一粟編《紅樓夢卷》，頁84）究其實，《紅樓夢》的故事結構是依循四時來安排，它是以石頭的履歷為線索的，如何由石而玉再由玉而石的過程：寶玉銜玉而生春、揮玉而痴為夏、失玉而病為秋、棄玉而歸為冬。石與玉代表《紅樓夢》中的兩個世界，作者的理想世界是石，而現實世界就是玉，兩者可說是神界與俗界的根本象徵。

二、那株仙草是來還淚的

原來林黛玉的前世是絳珠仙草，長於西方靈河岸上三生石畔，那時有赤瑕宮的神瑛侍者，日夕以甘露灌溉此草，這絳珠草因此便得以久延歲月。絳株草脫卻草胎木質修成女體後，因為還沒報答神瑛侍者的灌溉之恩，所以她的內心便鬱結著纏綿不盡的情意。恰好近日這神瑛侍者凡心偶熾，際此太平昌明盛世，想要下凡造歷幻緣，也已經在警幻仙子那裏掛了號。那絳珠仙子意欲酬報神瑛侍者的灌溉之情，便想隨他一同墜凡了結情債，她說：「他是甘露之惠，我並無此水可還。他既下世為人，我也去下世為人，但把我一生所有的眼淚還他，也償還得過他了。」於是便有了「還淚」之說，而這木石前盟的神話交代了他們的塵緣宿因，雖然多多少少承襲了舊套，卻也有其新創之處，那就是它能夠寫出兒女真情來。脂硯齋批語說：「細思絳珠二字，豈非血淚乎？」而草字可以比喻女子的薄命，暗示這將是一齣飽含血淚的愛情悲劇。

絳珠草之淚可能預示悲哀與命舛，黛玉本就是個孤高而多愁善感的少女，她既為愛情而生，也將為愛情而死，在賈府家長使用掉包計，寶玉不明就裏娶了薛寶釵之後，黛玉焚稿斷癡情，最終淚盡而亡魂歸離恨天。孤女黛玉略帶神經質，非常聰明靈巧，因其孤高絕俗，往往顧影自憐，雖然她相當執著於愛情，但是對世俗所認可的金玉良緣，她根本無力與之相抗衡，自己的婚姻大事也成了一場空，最後償還了前世的淚債，她悄無聲息地離開人世。寶黛這一段唯美浪漫的木石情緣，頗令人有出塵之想，它竟不帶絲毫雜質，如果論及男婚女嫁，也就混濁不堪了。古往今來，男女愛情總少不了眼淚，沒有眼淚的愛情不是真的愛情，既然有了命定的輪迴轉世，也就有了刻骨銘心的纏綿悱惻。寶黛的愛情註定只能是一場悲劇，因此第98回「苦絳珠魂歸離恨天　病神瑛淚灑相思地」，描寫的就是他們這般殘缺悲哀的愛情，惟其悲哀所以動人，小說結局果真圓滿，不知將成何境地？

三、太虛真幻境與青春大觀園

中西園林文學皆描繪幽僻的人間樂園，西方更加注重真假樂園的區別，中國卻留心於如何物我合一。依浦安迪（Andrew Plaks, 1945-）之見，曹雪芹意在提醒讀者：「人生的一切經驗無非是悲歡、離合、榮辱、升沈等等際遇的無窮無盡的更替循環，而個人與世界即小我與大觀之間的矛盾的解決，必須是認清並順應宇宙萬物這種互補共濟、替代周旋的基本規律。」浦氏所言洵為的論，互補共濟的投梭來回往復於人生途程，社會責任與個人修身不停擺盪，愛情與死亡持續辯證對立，這些正可供吾人探究紅樓寓意時反思。此外，清代晶三蘆月草舍居士說得好：「大觀園又顯寓萬物所歸之義，要知其盈萬物者，乃其空萬物者也。」（浮生若夢）黛玉和寶玉失察於「大觀」的真諦，他們一味追求個人的完滿，但未能與大觀協調合和，最終必然會產生巨大的悲劇。

許多《紅樓夢》中人都癡心妄想，這些小說人物慣於把幻影當作真實，對於整個事情真相和支配其一生的殘酷命運，他們往往顯得過於無知甚且無奈。在諸多人物中，只有一僧一道能夠瞧見假象背後的真相，僧、道可看穿繁華過後的幻滅，他們亦能洞燭生死愛恨之幽微，他們更希望點化眾生的眷戀痴迷。《紅樓夢》寫的是賈家的故事，作者於開端處便警告讀者不要太過認真，這是一個虛假的故事，但藉尤其間真假的對照牽連，卻使紅樓夢境錯綜迷離，因而產生了豐富的美學意涵。頑石幻化下世歷劫種種情事，可說是眷戀繁華的假象，也是了悟幻滅的真相。小說第五回紅樓中的大夢，頗有警幻指迷的況味，寶玉去參觀的地方就是太虛幻境，而太虛幻境即為虛幻不真實的境地，作者讓寶玉入夢也就是為了要讓他悟道。當我們逐漸意識到自我與周圍世界的存在變化，同時也體驗著精神上無端的迷惘和苦悶，普魯斯特說：「唯一真實的樂園，就是失去的樂園。唯一具有吸引力的世界，就是你無法進得去的世界。」其實人一直是活在「失樂園」裏的，搦管為文攄舒情思，能以記憶來修補建構這「時光的大教堂」，書寫者從此能夠瞭解生命的本質和意義，作品或許可以永遠挽留住逝去的美好時光，而寫作就是人在此世的最佳依憑。

《紅樓夢》中甄賈二府，先後皆由盛而衰，大觀園由省親建立詩社，至賈府獲罪抄家流亡。我們隱約可見瀟湘館的竹林，由「鳳尾森森，龍吟細細」，變成了「落葉蕭蕭，寒烟漠漠。」大觀園裏的青春少艾也曾美麗無敵，然則人卻是一直活在失樂園裏的，當生命流逝愛情幻杳，一切的一切只能追憶補亡，紅樓人物終將風流雲散，最後是「悲涼之霧，遍被華林。」二十世紀最偉大的德語詩人里爾克（Rainer Maria Rilke, 1875–1926）曾說：「在永恆之後，為什麼我們還會誤信紅塵？為何我們不耐心自人世的倏忽學習，學習那將來會從心中，會在空寂中出現的七情六欲。」（"To Holderlin"）讀《西廂記》、《牡丹亭》、《紅樓夢》也能引發不同的聯想，現代人的生活情境雖迥異於往昔，可凡俗顯達的欲求得失、喜怒哀樂，並未嘗一日乖離人情之常。從古至今，西廂房外，牡丹亭邊，大觀園內，兒女總是情長，盛衰榮枯自有其循環，那活在字裏行間的紅樓愛情，曾經吸引過無數人的目光，愛情的夢曲哀歌也將繼續為人傳誦。

四、夢中說夢一點也不癡

《石頭記》一書「大旨談情」，其中所敘亦不過是「實錄其事」，人物則是「兩番人作一番人」，故事情節可謂「奇而不奇，俗而不俗，真而不真、假而不假。」真假有無虛實的辯證，也在這部小說中仔細地演繹一遍，可是夢中與夢醒的區分又何在呢？夢中人與沉酣者又有何異？浮生若夢，人今皆知之理，然則夢與現實難分，古來固有莊周夢蝶，齊物自適之喻，生此倏忽人世，如若了悟萬法皆空，便能安時處順，於此問題道家頗有慧見：「何必言夢中？人生盡如夢。」義大利小說家艾柯（Umberto Eco, 1932–2016）說過：「現在我知道我們可以夢到書，所以也可以夢到夢了。夢就是書，而許多書也不過是夢。」（《玫瑰的名字》Il nome della rosa）就在這人世繁華的表象背後，總潛藏著可讓我們明心見性的世界，本來「世間一切現象本質皆是夢幻」，史特林堡（August Strindberg，1849–1912）的《夢幻劇》（A Dream Play）中有句話說：「時間和空間皆屬虛幻，夢演出它的戲劇。」余國藩也曾說過：「如果生命確如小說一樣虛幻，為何敘寫生命的小說又會充滿如此吸引人的幻覺？」（余國藩著，李奭學譯：《重讀石頭記：紅樓夢裡的情欲與虛構》，臺北：麥田出版社，2007年，頁33。）大觀園始則花團錦簇，終而繁華落盡，這紙上的紅樓一夢，醒來黃粱還未熟呢！寶玉最後則大出離，「夙緣一了，形質歸一」，在還報親恩拜別賈政之後，在一僧道一的禪唱聲中歸彼大荒，讀來令人悲欣交集。

夢中說夢一點也不癡，整部《石頭記》無異痴人夢中說夢，《金剛經》有名偈如此勸世：「一切有為法，如夢幻泡影，如露亦如電，應作如是觀。」這世上萬般緣法猶如「空中樓閣，鏡花水月，」吾人若能斬斷我執之念，自當能謝絕做夢和夢境之幻。《紅樓夢》第一回太虛幻境的那副對聯：「假作真時真亦假，無為有處有還無」，就已經提示讀者榮國府和寧國府那種「烈火烹油、鮮花著錦之盛」的日子，無非是瞬息繁華，終究是假象幻影而已，根本不值得我們去追求或留戀。曹雪芹敘寫了這麼一場荒唐的人生大夢，不管小說的意旨為何，我們的確看到了書中一些主要的人物，像是宿命般無可逃脫，歷經了悲歡離合的愛情婚姻，曲終人散也只能「飛鳥各投林」。「沉酣一夢終須醒，冤孽償清好散場！」世事變化無常，命運令人難以捉摸，一切都是虛幻的，又有什麼可以長久憑恃的呢。雖說「盛宴必散」、「月滿則虧」、「登高必跌重」，然則古往今來，癡人比比皆是，共同經歷這場夢幻，如能明白情色皆空，即可解脫超拔，但大夢又何嘗覺呢？還不是個個謀虛逐妄，沉淪於富貴場中、溫柔鄉裡。

五、大夢初醒時，飄然曠野身

古人常感嘆：「光陰易遷，境緣無實」，生命亦如淮南皓月，冷照千山，行雲漸遠，去水長空，而那些美好卻脆弱的愛情，終將杳逝幻滅無蹤。相思本是無憑語，聚散匆匆真容易，愛情的憂傷一如星光，何其遼幽渺淒絕，昔日的詩酒音韻都消散無蹤，但那前塵舊夢亦如電似露倏忽即逝！詩僧周夢蝶說：「等光與影都成為果子時，你便怦然憶起昨日了。」就像時鐘的鐘擺一樣，我們總是擺盪在希望與幻滅之間，跌至谷底時也會希冀攀升，因為在我們的生命歷程中，正如周夢蝶所言：「不是追尋必須追尋，不是超越必須超越。」但在愛情海中泅泳多時的世間男女，當須了悟「人生情緣，各有分定，」畢竟求未必得，不求未必不得，也只能盡力罷了。夜半夢醒時分，當下最是孤獨，環室孑然一燈，生之況味迷離惝恍，好似中宵魂遊曠野，不知今夕何夕，也難怪〈隴頭歌辭〉會說：「隴頭流水，流離山下。念吾一身，飄然曠野。」那些年的急景凋顏恍若一夢，人世的幾多聚散離合，也像極了飄浮不定的白雲，從這裡到那裡，一張張熟悉又陌生的臉孔，一襲襲明亮又依稀的身影，在那無數流過的季節裡，終須漸漸淡入蟄伏於記憶的深坑內。無論如何，生命的歡樂與哀愁必歸於沉寂，一切的一切終將虛化，在春雨笛霧中獨身飄然曠野，於迷離的夢境中尋訪失落的靈魂。

第五回寶玉神遊幻境，看盡閨閣眾女定數之後，他還是未能了悟幻緣，必須身歷其境方能省察。《紅樓夢》中甄賈二府，先後皆由盛而衰，大觀園由省親建立詩社，至賈府獲罪抄家流亡。此時我們隱約可見瀟湘館的竹林，由「鳳尾森森，龍吟細細」，變成了「落葉蕭蕭，寒烟漠漠。」繁華事盡曲終人散，忽如涼館驚絃，急似窗影破夢，徒留幾聲感嘆。《紅樓夢》第五回的最後一支曲子《飛鳥各自飛》寫得好：「為官的，家業凋零；富貴的，金銀散盡；有恩的，死裏逃生；無情的，分明報應；欠命的，命已還；欠淚的，淚已盡；冤冤相報自非輕；分離聚合皆前定。欲知命短問前生，老來富貴也真僥倖。看破的，遁入空門；痴迷的，枉送了性命。好一似食盡鳥投林，落了片白茫茫大地真乾淨！」寶玉情海翻騰後最終遁入空門，脫離了家族的情愛恩怨，尋求個人心靈上的平靜，他這種佛家的解脫之道，希冀消除業障終止輪迴，並且跳出記憶和感情輪轉的惡網。然而，如若木石皆有情能感，則情識眾生焉得開悟？小說已展現出佛徒浮沉與得悟的過程，最後五回即可視為寶玉證悟的最後渡筏，唯念世人貪嗔癡愛纏縛，無明性業常牽不斷，因此反以佛理課諫其妻，所思盡為絕塵脫苦之道：「我們生來已陷溺在貪嗔癡愛中，猶如污泥一般，怎麼能跳出這般塵網。如今才曉得『聚散浮生』四字，古人說了，不曾提醒一個。」寶玉最後大夢夢覺，已然了悟生命真如，於離家赴試後永別紅塵，這個痴兒終於渡過迷津，從情天幻海中捨筏登岸。

這紙上大觀園已然失落，詩酒音韻不再，衣香鬢影零落，「紅樓隔雨相望冷，珠箔飄燈獨自歸，」那敘說《石頭記》故事的作者早已故去，而真假夢幻的人生圖繪卻留了下來，那愛情悲歌將永遠為人所傳唱。人生本來就是無常，「到頭一夢，萬境歸空，」聚散浮生夢幻人世，當青春消逝樂園不再，人生的真正歸宿又在那裡？一時歡樂瞬息繁華難敵千秋長恨萬古淒涼，誠如西哲所言：「人生最痛苦的就是找不著家，」既然昔日的榮耀繁華終將成為過眼雲煙，一切都會變作無法追回的美好記憶，為什麼還要執著於情感富貴而不放呢？我們閱讀《紅樓夢》的詩詞歌賦、燈謎和偈語時，當然也可以和小說中的人物情節稍作聯想，引發我們對社會人生的思考，但欲句句皆坐實某人某事，恐怕實際上會有困難，亦且無此必要。我們探究《紅樓夢》的文心佳妙處，就應該知道這種史筆與詩情的完美融合，耐人咀嚼處正在真假虛實有無之間，如向讀者處處點明說破，那麼就會把幽深之旨說成淺薄之理，將渾圓實體打壓成扁平之物，殊為不可取。

六、看年輕人如何織金描紅

我開《紅樓夢》也有十幾年了，對此書研讀教學有好長一段時間，深感此一說部之偉大，也體會到解說紅樓夢之不易，因此也只能以大觀園的導遊者自居。這學期的課程即將結束，修課同學們的成果作品，於此袞為一集，《織金描紅》與此說部相關的小說創作有：梁于恩〈海棠新開〉、李宜玲〈來世「金」生不再相「玉」〉、柯至真〈一株無名小草的日常〉、孫瑋璇〈燭影解紅〉。古典詩詞創作：陳欣妍〈芳魂消〉、〈終場〉、〈斷塵緣〉；陳宇豪〈弔大觀園（蝴蝶兒）〉、〈思葬花（醉紅妝）〉、〈弔四春（鳳樓春）〉；簡彩珮〈無緣／黛玉〉、〈無緣／寶玉〉、〈詠晴雯〉、蔡蕙仔〈殘花盡〉、〈舊人語〉、〈故園遊〉、〈葬花人〉、〈入夢行〉、張庭宇〈寶黛情〉、〈詠王熙鳳〉、〈詠林黛玉〉、〈哀情悲嘆〉、顏子瑜〈78回紅樓夢心得兼創作〉。研究小論文：江妍泠〈賈府衰敗的原因〉、吳亭潔〈品評《紅樓夢》菊花詩〉、林煜誠〈鄉下老嫗的人生智慧〉、陳思辰〈紅樓夢十二金釵詩詞解析〉、楊潤曆〈看賈府四春〉、顧筱筠〈他與她們的日常〉、洪珈鈺〈從十二金釵看禮教迫害〉、曾竹綺〈窺看兼美溫柔鄉，是可輕還是可親〉、方柏璋〈作品賞析〉。這些學生都以自己最擅長的文學體裁，來和紅樓夢的作者或小說人物跨時空對話，共同賞讀了悟夢幻情緣，他們的作品或許有些生澀不足之處，但是我相信他們日後有所長進，對《紅樓夢》身會有深入的體會和了解，他們之中將來或許有人會成為紅學家，實則也未可知。

我們在課堂上講論紅樓，常常三節課的時間都不夠用，同學們對這一百二十回的《紅樓夢》，逐回逐段的口頭分析報告，真讓我覺得欲罷不能，他們開談《紅樓夢》時口若懸河滔滔不絕，表現令人刮目相看。這學期期中考週，我邀請了周慶華教授到班上演講，他的講題是：「雙重變奏——《紅樓夢》內蘊的中式悲劇與佛式解脫」，他先從中國傳統文學的兩種基調說起，再分析這雙重變奏如何交纏體現在《紅樓夢》的文本裏，接下來說明中式悲劇於《紅樓夢》中醞釀發露的情況，闡明佛式解脫於《紅樓夢》中怎樣嘗試排遣提撕，最後歸結為此書帶給今後小說創作的啟示。在演講結束之後，我們取得周教授的同意，將他的演講大綱也收入這本小書當中，俾便同學日後參酌。此外，還有一些晚交的作品，來不及在此開列作者和篇名，作品集的目錄可以。最後我要感謝同學們辛苦耕耘，兩位主編：庭宇和竹綺，封面封底和內文的繪畫設計易青，以及編委們的辛苦努力付出，特別是人文學院的教學材料補助經費，這本小書最後才能順利印行面世。

完稿於一〇九十二月二十日

附錄：萬象紅樓夢古典詩詞創作二十二首

一、詩作：

〈紅樓愛情六絕句〉

荳蔻春風有夢思，辰良景美遇合時。紅樓隔雨渾多事，綠幔飄燈寫新詩。

自是仙緣絕俗情，三生木石已成灰。顰卿淚盡銷前債，證道怡紅幾時回。

縱使圓時亦薄情，中天月色映軒窗。年光漠漠人空老，玉札蒹葭寄秋霜。

蜜意濃情兩忘機，當時只道是尋常。深恩阻斷河梁路，碣石瀟湘海中藏。

演夢織文補隙天，南柯玉枕瞬息間。榮寧幻境說真假，卻憶高唐水雲邊。

黯黯春愁苦絳珠，秋思漫漫病神瑛。靈犀但有秋波送，枉教蘅蕪諫癡情。

〈說紅樓〉

鈞天一夢枕華胥，史筆詩心顯實虛。返本還原銷血淚，懸崖撒手悟真如。

〈紅樓本事〉

木石前盟終幻滅，蘭因絮果任凋零。歌聽夢曲觀釵冊，枉教仙姑警贛冥。

〈紅樓夢歎〉：

翰墨詩書族，鐘鳴鼎食家。功名承福德，蔭恤襲勳華。富貴風流地，溫柔綣繾洼。榮寧雙國府，敗落謾悲嗟。

〈大觀紅樓〉

浮波菡萏芳華盡，紙上嬋娟最謾憐。去住飄零風雪日，逢迎笑傲水雲天。貪歡宿孽迷津渡，肯惱冤家歷幻緣。著錦烹油窮世路，繁花中酒訴離筵。

〈紅樓夢未完〉

綠蠟春猶捲，紅樓夢未完。塵緣皆夢幻，世事易闌珊。木石銷前號，群芳歷百殘。曹侯披閱盡，備述此辛酸。

附記：第一句出自《紅樓夢》第十八回〈榮國府歸省慶元宵〉，賈寶玉之應制詩〈怡紅快綠〉：「深庭長日靜，兩兩出嬋娟。綠蠟春猶捲，紅粧夜未眠。憑欄垂絳袖，倚石護青煙。對立東風裡，主人應解憐。」第二句「紅樓夢未完」為張愛玲所對，見氏著《紅樓夢魘》，頁17。

〈小識石頭記〉：

情僧愧懺三生願，識破塵緣始悟空。樂極悲生人物換，紅樓夢竟返鴻蒙。

〈讀紅樓夢有感〉：

青埂峯下遺獨石，煅煉通靈寄大荒。幻化美玉縮扇墜，僧道攜入隆盛邦。三生石畔絳珠草，赤瑕宮外神瑛旁。侍者澆灌成甘露，仙子還淚灑瀟湘。真事隱去血瀝瀝，假語存來心茫茫。花柳繁華極樂事，萬艷千紅轉枯黃。錦帷溫柔繡鴛鴦，羅衾富貴顛鸞凰。真假有無到頭空，貪嗔癡愛盡荒唐。道人指點歌好了，士隱解注笏滿床。紅樓夢曲最相警，膏粱愚頑性乖張。自分深情得執手，無奈金鎖存天綱。木石前盟命已定，懷金悼玉憶悲涼。

〈歎寶玉情緣〉

怡紅眼中翳，大觀空裡花。釵鈿留鬢影，斜月透茜紗。木石盟難託，金玉緣易嗟。古今意淫者，錦瑟怨芳華。夜深海棠睡，霜降沸冷茶。聲色警癡頑，情多夢轉賒。鐫刻語悲辛，荒唐無復加。相思血淚盡，青山隱隱遮。人間歷幻畢，好了披袈裟。懸崖撒手罷，心事付雲霞。

〈嘆木石盟〉：

瀟湘淚盡亡，菡萏亦消香。木石前盟杳，情迷自悼傷。

〈說黛玉〉

孤高自許苦顰卿，淚盡焚詩訴怨情。惹恨牽愁皆歷劫，魂歸幻境濯塵纓。

〈重讀《石頭記》〉

棄石傷嗟材落選，悲號未用補媧天。通靈卻羨紅塵境，歷劫仍鐫舊夢篇。綺席歌遲頻唱和，華園調絕莫留連。浮沉歷劫空餘念，因情悟道了夙緣。

二、詞作：

〈唐多令—記賈寶玉〉：

春雨灑平疇，東風繞夢柔。指浮雲、情問紅樓。幻境大觀當日事，無限恨，淚難收。朱戶麗園儔，綠窗燈自留，又幾番、詩酒悠遊。負盡深恩歸太乙，通靈玉，此生休。

〈采桑子－夜讀紅樓〉：

嫩寒料峭瀟湘杳，疏雨幽窗，忍卻思量，怎耐昏燈助淒涼。紅樓夢好群芳落，萬艷齊殤，雪白茫茫，錦瑟繁絃夜未央。

〈浪淘沙－讀紅樓有感〉

空色總由情，木石前盟。仙緣窮竟太虛行，富貴溫柔多繾綣，聚散浮生。菡萏亦飄零，負盡顰卿，曲終人散月盈盈。弱水微塵三界夢，證道無明。

〈玉樓春－讀石頭記〉

紙上大觀虛幻境，筆下小描浮世景。芳華搖落委輕塵，綺閣參差飄素影。萬艷千紅傷薄命，九鈿十釵嗟蹭蹬。淚銷前債返情司，空託錦書悲斷梗。

〈摸魚兒－紅樓在夢第五回〉

夢紅樓、翠園華屋。風流雲散豪族。假真無有縈心目。悲喜愛憎相逐。偏借讀。幾冊籍、金陵釵鈿終身卜。千紅淚哭。歷飲饌仙醪。群芳啣恨。好事了餘曲。虛花悟。歎美韶華何速。投林飛鳥尋宿。烟霞繡閣皆空幻。驀地大觀摧服。風月促。多富貴、意淫幽夢痴情錄。迷津失足。雲雨在巫山。纏綿窮竟。聲色一殘局。

古典詩作

王萬象

〈秋懷〉 109.11.03

砂城海月霜天肅，曉郭山風湛露晞。
夢枕吟窗秋夜靜，塵纓世網謾知非。

〈紅樓本事〉 109.11.04

木石前盟終幻滅，蘭因絮果任凋零。
歌聽夢曲觀釵冊，枉教仙姑警戇冥。

〈花甲述懷〉 109.11.09

耳順孤高但寡儔，心清寂歷湛如秋。
吟哦徙倚空中語，濩落生涯不繫舟。

〈讀薄少君哭夫詩〉 四支韻 109.11.21

鐵板哭夫詩，哀摧悼屈詞。霜風號薤露，曉月泣松滋。
悵望寒窗坐，懷思往事悲。他生緣會盼，舉案再齊眉。

〈庚子小雪後有感〉 十一真韻 109.11.23

星霜曉夢等閒身，石火空花率爾人。
覺岸隨波花甲過，知魚逐浪海籌頻。
川原浩蕩雙蓬鬢，島嶼微茫一窖塵。
日月推移成荏苒，乾坤上下且逡巡。

〈遣懷〉 一東韻 109.11.26

野色蒼茫逆朔風，煙波浩渺接空濛。
江邊晚照垂雲北，嶽外疏鐘沒海東。
翰墨西園青眼客，林泉嘯傲白頭翁。
燈前夜雨憐雙鬢，把袂題襟表寸衷。

〈砂城庚子合冬〉 五微韻 109.11.30

十月凝霜肅，砂城湛露霏。山山雲霧繞，樹樹翠枝稀。

〈詠詞靈詩魂〉 一東韻 109.12.11

東坡蹭蹬烏臺路，子美流離燹火中。
謫徙天涯詞翰客，棲遲歲晚浣花翁。
青山舊國浮雲岫，短髮高臺落帽風。
異代蕭條觴詠日，幽人往復似孤鴻。

〈庚子歲暮感懷〉　109.12.23

霜林斜日照，月壑夕星稀。
向晚逢搖落，中宵悵式微。

〈夢中夢〉　七陽韻　109.12.28

梨雲夢鹿藏，蟻穴黑甜鄉。
黯黯餘形影，沉沉夜未央。

〈庚子仲冬重遊都歷東管處〉　八庚韻　109.12.28

疊巘臨潮岸，冬暄倚晚晴。都蘭峰聳秀，綠島岸澄明。
岫影波光漾，嵐煙海色迎。車馳風肅肅，夾路翠盈盈。

〈庚子歲末寒流感懷〉　十四寒韻　110.01.01

凜凜雪霜寒，飄飄雨霰溥。鯤洋風急凍，北國霧漫漫。
感舊分攜易，言歡晤對難。三冬窮盡日，四海接天寬。

〈庚子小寒前二日夢回土桑有感〉　四支韻　110.01.03

天涯仙掌地，異國客顏衰。七載書生夢，三方粉筆滋。
緣何重舉業，怪底又題詩。舊雨同今雨，孤舟老病時。

古典詞作

王萬象

〈鷓鴣天・訪芸窗舊友感懷而作〉 110.03.07

憶昔載酒賞俊游。詩文音韻在高樓。
壽豐把袂已花甲。往事如煙波上舟。
東逝水。只浮漚。春星空谷碧幽幽。
雲遮霧繞青山杳，行道遲遲且駐留。

〈鷓鴣天・辛丑春分遣懷〉 110.03.24

樓角城陰海氣迷。卑南阡陌草離離。
風搖翠葉憐光景。枝裊游絲惜芳菲。
山縹緲。路依稀。夢魂燈影意遲遲。
迴波激浪迎孤棹。春服風雩樂詠歸。

〈賀新郎・辛丑仲春感懷〉 2021.03.29

兩紀砂城夢。海雲深、山青水綠。雨迎花送。皓月庭除泫風露。半榻一簾影動。漸覺後、宵檠孤竦。安枕芸窗天下白。甚前塵、更霧遮霞擁。嘯傲處。誰吟弄。

楝芽麥秀留春在。照晴嵐夾岸煙樹。舞雩絃誦。衰病舊游說昔往。離合兮紛總總。但認取、鶯啼幽哢。浩瀚宇寰緣起滅。浮漚世事莫惜恐。麗日出。草萋萋。

〈浣溪沙・憶夢〉 2021.03.31

淡月疏星幽夢中。梨雲柳絮曉濛濛。山風海霧接天穹。
心影浮沉如泛梗。魂痕蕩漾似飄蓬。春芳漸歇水流東。

〈玉樓春・記辛丑清明前太魯閣號禍難事件〉 2021.04.06

清水斷厓罹慘禍。五十冤魂歸夢破。
火輪循軌撞輿車。電掃馳駸遭劫簸。
魄散魂飛離苦海。形缺骸殘營佛果。
人謀物理總關天。為政從來非易可。

〈浣溪沙・述懷〉 110.04.09

春樹暮雲朋酒詩。行吟散髮步遲遲。山高水闊燕高飛。
遠夢孤懷空悵望。衰顏愁鬢更悲絲。曉風殘月立多時。

〈江城子・辛丑穀雨將至後山〉 110.04.11

春陂晴野楝花風。密叢叢。綠葱葱。拂羽鳩鳴、戴勝降桑中。霜斷萍生薑可植。酴醾酒。紫葩濃。
卑南郊澤濕濛濛。綻芳穠。惹遊蜂。海氣山光、天宇亙長虹。已辨仙源知處所。輕鷗沒。且棲蹤。

〈多麗・開到荼蘼花事了〉 110.04.15

華緣熟。覆蕉得鹿虛花◎悵平生、孤鴻縹緲。送迎俯仰塵沙◎到如今、營營了了。瓣心香枉自嗟呀◎萍上乾坤。鳥囚年月。撫瑤琴管領煙霞◎再回首、關河冷落。枕夢望星槎◎懷江海、晨昏樂與。歧路迴車◎掩韶暉、重陰漠漠。雨微風細欹斜◎謝酴醾、一聲杜宇。酒闌吟罷客思家◎晼晚空庭。開遲芳信。鶯啼淚盡暗窗紗◎漏斷靜、蟾光逗曉。垂柳綠交加◎還幽獨、纖穠鬪遍。之死靡他◎

〈鷓鴣天・春懷〉 110.04.17

海甸樓前滿平蕪◎山嵐樹杪影蕭疏◎
砂城春暮黃鶯繖。行看芳華剎那殊◎
風日好。意翛如◎疇平野曠鷺眠舒◎
韶年漸苒煙岑在。把卷沉吟且枕書◎

〈高山流水・代跋《華緣綺語》〉 110.04.21

海山遠眺半雲間◎障層嵐、阡陌春妍◎知本上庠門。邊陬化雨薪傳◎詩文出、唱演悲歡◎堪尋味。諳盡炎涼世態。綺語華緣◎寫情滋亹亹。說理采翩翩◎芊綿◎迢迢水清麗。掩夕照、疊嶂凝煙◎搖曳翠條風。碧湛湛燦瑤篇◎意拳拳、曲盡真天◎待他日。青管夢成藻翰。月夜吟箋◎錦囊佳句。入書卷、筆如椽◎

〈浣溪沙・惜春〉 110.04.27

雨靄暮春白晝昏◎海門城影氣氤氳◎花稀柳暗晚煙痕◎
殘夢微涼初曙色。遠峰空翠合香塵◎流光逝水惜芳辰◎

〈浣溪沙・說髯蘇〉 110.04.30

內翰偶逢春夢婆◎廟堂恩怨墮讒波◎芒鞋竹杖著雨簑◎
千古風流靈筆墨。一生磊落淨煙蘿◎鄉心斷篷擲雙梭◎

〈瑞鷓鴣・記坡仙〉 110.05.02

春在天涯暮柳斜◎日高岸盡滿晴沙◎
夢回故里催歸鳥。風急孤蓬銜淚花◎
險處南荒多瘴癘。生還中土待煙霞◎
負才屈志遭群小。翰墨丹青人盛誇◎

〈浣溪沙・辛丑立夏〉 110.05.05

風雨煙霏立夏天◎聚鳴螻蟈水秧田◎暮涼晝靜草芊綿◎
綠野平疇招鷺浴。春城遠浦約鷗眠◎相逢山海且開顏◎

〈玉樓春・代跋《華緣綺語聲聲慢》〉 110.05.24

華緣綺語聲聲慢◎爨舍弦歌山海遍◎夏雲花影翠生生。春雨煙霏殷
緩緩◎年光堪賞金甌滿◎客夢仍頻銀燭短◎清奇詞翰綠行行。
雅潔賦詩晶燦燦◎

〈浣溪沙・辛丑梅月鯤島沴疫蠭起，庠校改遠距教學已閱旬日，乃有感而發〉　110.05.28

化雨春風不見人◎熒屏漠對語紛紛◎光纖路接欲誰論◎
線上書空頻咄咄。雲端擊鑵慢吞吞◎凌虛霄漢出乾坤◎

〈瑞鷓鴣・辛丑槐夏鯤島疾疫甚，見亂象有感而發〉　110.05.29

鯤島空城疾疫多◎謬官鶩愎起風波◎
可哀沴瘥渾如此。誰念民痛無奈何◎
政瘼針砭須琢削。臺綱揚振待瑳磨◎
危安解語同舟濟。禍福端憂除病魔◎

〈瑞鷓鴣・花甲詠懷〉　110.06.08

槐夏陰清蝶夢眠◎傍窗對楊鷓鴣天◎
老來依舊消凝佇。情在何曾思入禪◎
已逝青春空蹭蹬。將成衰晚且流連◎
月華日影交相逐。喜讀詩書猶自安◎

〈浣溪沙〉　110.06.09

園靜樓空深碧雲◎海城郊甸漸黃昏◎山嵐暝色淡煙痕◎
無那飛花飄苒苒。可堪春夢墜紛紛◎生涯興味寄微塵

散文類

女性主義　王姝雁

鮮紅色的液體落在了內褲上，我訝異的抬高了一邊的眉毛。一邊用衛生紙拭淨了殘留在內褲上地液體，另一手不慌不忙的從廁間的小格子裡拿出衛生棉，撕開上面和便籤一樣的開口，然後攤平柔軟親膚的吸水墊片，仔細地讓有黏性的那一邊和內褲緊緊相依，最後才再度穿上了內褲。

洗淨沾染到艷紅的指尖，擦拭手上的水珠。我踏出廁間前仔細檢查了下馬桶上有無自己未檢查到的地方，在澈底檢閱過後我走出廁所。

「媽，我來月經了。」

「來月經」這件事除了些許例外，是每一個女人的必經過程。可能是在學校課間和好朋友一起去廁所時、出外遊玩下腹卻突然一陣悶痛，或是起床發現血染被單時。第一次來月經時的情況千奇百怪，卻總是能讓多數已經接受基本健康教育的「女孩」手忙腳亂，有的是一邊哭著說自己怎麼突然流血了、有的是慌亂的將自己搞得一團糟，不只內褲連手指和外褲都染上了乾涸後難以清理的經血等等。

我第一次來經的狀況簡單的不可思議，應該說我很快的理解了自己發生了什麼事，也很早就知道該如何使用「衛生棉」這一種出現在我家櫥櫃很長一段時間的物品。也可以說是在我準備上廁所的時候發現的，是各種混亂狀況中最為安全保險的一種。

在告訴母親我來月經後，她像是不信任我自己可以處理好的事實，又拉著我到廁間再度教導我如何使用衛生棉，衛生棉又分成日用、夜用，量多、量少也可以使用不一樣的，月經結束後還可以使用「護墊」等等女性生理知識。

來月經基本上是國小女孩子在談論班上男生、新衣服外最常聊起的問題。我每一個月都會聽見自己最好的朋友問：「妳這個月來了沒啊？」。當然，這個問題可以一直延續到國高中，甚至上大學。

月經就和交新男朋友一樣，是獨屬於女孩子的私密話題。所以我很常在網路上看見很多女孩子抱怨男朋友連月經長什麼樣子都不知道，或是要男朋友幫忙買衛生棉結果買成護墊的種種烏龍和笑話。但也不能怪男孩子，從基本生理上的構造不同到家庭教育，甚至是學校教育裡都極少提及：「使用衛生棉」這個問題。

使用衛生棉這一個觀念從我很小的時候就開始建立了，大概小一左右。我母親就開始購買一些有關於女性生理知識的書，畢竟那個年代手機還沒有那麼發達，而我也還沒擁有自己的手機，獲取知識的道路除了學校外就是圖書館裡的書，還有母親為我購買的書籍。我還記得那一本我時常翻閱的，有關於女性生理知識的書籍是韓國作者寫的，經由翻譯在書展上販售。

我從裡面學會如何保養自己的身體、面臨自己可能的生理變化，這些生理變化又是由哪些激素引起的、自己該如何面對等等。這些都是書本帶給我的知識，而非學校的健康教育。所以我怎麼穿內衣、第一次來月經等等會讓多數國小女孩心慌的狀況，我都淡定的自己處理好了。

除了體內激素影響到來經的週期讓我十分困擾，甚至向外尋求醫生的幫助這樣的狀況，我都不再麻煩母親操勞我的身體問題。我也發現自己的生理週期和其他女孩的生理期不太一樣，但在翻閱書籍和網路上的資料後發現「三個月來一次和一年來一次都是有可能的」，我就放下了緊張的小心臟，照常跑跳、享用美食。

女性的月經很神奇，常常生活在一起的女孩子來月經的時間會差不多，可能想差一兩天或三四天不等。不過一旦離開那個環境超過一個月這樣的影響就會消失殆盡，而精神壓力、環境因素等等都會影響每一位女性的生理期，生理期的症狀也不相同。

有的人會痛到臉色蒼白、有的人照常活動不痛不癢、有的人會臉上長痘等等。我很幸運的只會稍疼，但不能吃生冷的食物。也因為這些症狀，導致許多女性都十分討厭「有子宮」這回事，這很正常。誰會喜歡不明不白的痛上一整天，連做事都被完全干擾，只能癱在床上忍受疼痛。

這大概是上帝創造人類時的偏心吧，畢竟上帝也是男性。為了傳宗接代他不想自己痛，只好讓負責生育的女性擁有這樣的生理構造。

◇評語

小編一：用字遣詞精細，內容豐富，惟結尾略微倉促，仍有發揮空間。

小編二：文筆流暢簡潔，文章命名可與內容更加契合。

小編三：文筆精簡有力，清楚表達主旨何在，結尾之處有些許倉促，若能再延伸並且扣住主題，文章便會更加有深度且有力度。

夏季雨童年　王姝雁

近日臺灣水資源缺乏，中部地區已經開始供五停二的限水了，連說好要來的舒利基颱風都像生氣的伴侶一樣轉身就走。但在臺東的夜晚，卻下起了不大不小的雨。我坐在書桌前煩惱著幾星期後要交出去的期中申論和報告，一邊聽著冷氣轟鳴與鍵盤敲擊的交響樂曲，不合時宜地開始回憶起過去我的生活中所遇過的雨季。

小學時我最喜歡的時刻就是夏天，特別是暑假。雖然母親總是告誡我不准出門，但她會用另一種方式補償我——帶我去鄉鎮圖書館繞繞，順便借點消磨時間的書回家。臺灣南部的夏天，最多的不是颱風就是西北雨，中午炎熱的太陽烤炙著外頭的稻田，一旦到了下午，滂沱的大雨就會沖刷著南部冒著熱氣的大地，帶來一絲清涼的快意。

通常這時我已經跟著母親回到了家，在吃完午飯後我會抱著我從圖書館借來的一大堆書，一股腦地倒在臥室的加大雙人床上，然後雙腿用力一蹦躺在枕頭上，隨手撈起一本書開始看。

借來的書種類繁多，有時我看的是奇幻小說，或是九歌出版的散文集，抑或是有趣的搞笑漫畫。在我還沒擁有智慧型手機的年歲裡，陪伴我閱讀的總是落地窗外洗刷著大地的西北雨。西北雨來得快去得也快，但每每落下的雨量總是驚人得多。雨聲已經不是細雨的滴滴答答，或是小雨嘩啦，而是大雨轟隆。還伴隨著幾聲雷公怒吼和彷若劈裂天際的閃電。

國小夏天的苦悶日子就在文字的薰陶和雨聲中度過了。

到了國高中，待在學校的時間比起過往要多上更多，夏天的時節裡，我再也沒有時間去鄉鎮圖書館借來一整疊書悠哉地看。只能窩在自己的房間裡啃食著厚重的教科書，sin、cos、tan變戲法似的在我眼前繞啊繞，細胞核、細胞膜、基因則在我的腦袋裡翩翩起舞，讓我焦躁地揉亂頭髮。深夜，無雨的夜晚，我仍在「寒窗苦讀」，房間裡沒有冷氣，只有電風扇呼呼地吹著，還有窗外惱人的牛蛙叫聲。

沉悶的數學課，窗外滂沱的大雨混雜著排列組合與機率落進我的耳裡，讓本就昏沉的意識更加模糊，我瞇著雙眼看向窗外，濕潤的雨滴在南方夏日的空氣裡發酵，黏膩悶熱。我撐著臉頰看向檯上仍滔滔不覺的老頭，在教室的角落裡夢著數字拼湊成的塗鴉。

又是暑假，本該自由的鳥被囚在了狹小的牢籠裡，伴隨著外頭和童年一樣磅礡的大雨，卻多了一絲令人心煩意亂的惱意，傳染給了所有被關住在同一個鳥籠的鳥群們，嘰嘰喳喳的聲音迴盪在水泥鋼筋製成的教室裡。我像是靈魂被抽離了般撐著臉頰，厚重的近視眼鏡順著鼻樑滑落，我乾脆俐落的摘掉重擔，讓眼前的世界成了一片模糊的重影，只有關緊地窗戶上自由滑落的水滴清晰可見。

我其實是很喜歡雨天的，它帶給我的快樂遠比鬱悶多的多。南台灣的夏日若是沒有了午後傾盆大雨，就燥熱的讓人腦袋打結、汗流浹背，脾氣暴躁的讓家庭失和、胃口不佳。但只要有了雨和風，夏天就是最舒適的天氣。

可以在短短十分鐘的高中下課時間踏出悶熱的教室，站在走廊上享受微風和雨滴吹拂在身上的涼意；也可以像青春電影裡的少年少女們在磅礡的大雨中恣意的奔跑，然後再狠狠地大病一場；也可以窩在房間裡抱著貓緩緩地撫摸，指縫被柔軟的毛髮輕撫，另一手則悠閒地捧著一本國文教科書細細地啃食文學和詩詞。

但離開了家裡，我開始發現雨天再也不像過往一樣令人歡喜。在奔馳的雨中騎車上課是一件令人煩躁不悅的事，一是鞋子和身上都會染上濕意，二是一想到還要再騎回住處就更令人煩悶。黏膩的濕氣會像塊橡皮糖似的巴在自己身上一整天無法擺脫，讓整個人都懶洋洋的提不起勁。就算想要出門走走，也會因為雨水和同行的人反覆糾結的言論而心情不悶。「雨天就該待在房間裡」的這種想法彷彿菌絲吸飽了濕氣般在腦袋裡長滿了毒菇，逐漸蠶食我過往愉快的兒時記憶。

又是雨天。我癱倒在涼爽的竹蓆上眼神空茫，看著由輕鋼架撐起的天花板發呆，耳畔是填滿寂靜的流行音樂，動感跳躍的音樂混和著電子音刺激著我疲勞無力的大腦神經。房裡的空氣因為天氣而黏膩沉重，悶熱感使人提不起精神，連閱讀都讓人煩躁。

所有的童年回憶都在科技的力量下銷聲匿跡，夏日的炎熱再也不能以雨澆熄。

◇評語

小編一：以雨天將文章串聯起，前後連貫，文字活潑且流暢。

小編二：主題簡單親和，部分字句與立意可再更加深刻。

小編三：文字非常清晰，讓人清楚知道文章主旨何在，唯有結尾之處輕輕帶過，若可以加長和結尾的力度，文章便會更加優秀。

無眠　王靖文

不成眠的夜晚裡，魑魅纏身後的哀號，還來不足以喚醒冷夜裡的寂。

在每一次胸膛起伏間，我企圖解開支氣管裡的枷鎖，張嘴索求這世上的氧氣，像荒漠中的迷途旅者祈求蒼天施捨一滴聖潔的水，好洗盡我這一身如鳴笛般的罪孽；像離開水後困在砧板上的魚，在大刀落下前，死命地撐開鰓，好讓自己能夠維持最後的掙扎吐息。

不得不說至今我仍舊深痛惡絕那些因為痛楚而不成眠的夜晚時分。恨不得將夢魘般的記憶磨成齏粉撒向大海，用粉碎來祭奠它的終期。

這些本不該經歷的煎熬全是拜黴漿菌所賜。或許正如算命先生口中的命途多舛，無關年歲增長，五歲那年的坎，即便早已成了斷垣，可在我生命中卻是從未坍塌，就像被縫補過的傷，並不是重新合上，就不會有疤。

我的世界在毫無妨備中，遭到空襲。

至此，日復日載，走的是一路嗑絆又一路瘡痍。

高燒四十二度，我以為我是隻浴火的鳳凰，背載著人世裡的地獄業火，就要在這一片淨白的病房內任由烈火襲遍全身，任由灼熱吞噬靈魂，在擺渡者的招引下通往另一個無痛的國度。

我是該慶幸自己對「無法呼吸」這件事還能有意識，還是對於此刻能大口呼吸有一絲僥倖呢？

當黴漿菌第一眼望見我的瘦小身軀時，必定是富饒意味地上下打量我，眼神裡必然也閃爍著興奮。他哼著巴哈的諧謔曲，踩著歡快的節奏向我靠來，好似非洲草原上盯上小鹿的花豹，勢在必得的他將藏在旮旯裡暗自竊喜。

尋尋覓覓，他終於找到了屬於他的宿主，並在此呼朋引伴，帶來至親——肺炎一同在他的新家置辦落成派對。待到夜未如墨，群魔盛歡。

或許我曾在遊樂場嬉戲時與他照過面，又或許我在教室外的廊道上與他擦肩而過。駭人的是我對他的存在全然不察，直至有意識時，已然是第一個無眠的開端。

這是開端，而我還找不盡頭。

那是石膏天花板吧，像是為了防止上下樓結構骨折打的石膏。睜眼的剎那，只見死白的天障，為了掩飾自己蒼老易碎的本質，奮力地延展花紋，偽裝成「友善」蜇服在消毒水瀰漫的空間中。病床邊，小夜燈映在四周高高拉起的草綠門簾上，透出詭異滲人的光影。

「我討厭這樣。」年幼稚嫩的我說。即使我不得不屈服於病痛的恫嚇。

有人聽見了我在心裡的呼喊，於是刷聲揭開了令我反感的佈景，命令終場休息，而這意味著重頭戲還在後頭。

熟悉的角色再度登場，藥物架滾輪從大理石面上蹣跚而來，風塵僕僕地誰也沒休息，包含護士更包含我。她往我臉上塞了氧氣罩。蒸氣隨著機器運作如雲翻騰，氯氣的味道竄進鼻腔，無數的水珠沿著塑膠模型親暱地貼上，待到飽和後滑落，接著再度昇華，一次又一次卻始終也逃不出那塊模板。看著它如此無限循環，就如我現在的處境，困在長方的床上動彈不得，而床緣護欄像桎梏，空調的凜冽由腳底蔓延，恐懼也順勢攀升。我還在掙扎，為了從水蒸氣的手中奪回一口雙原子分子氣體。

聽說水是人的必需品，佔了人體百分之七十。然而這是頭一回，我這麼討厭水。適才發現，我是寧死也不願化為粉色的氯化亞鈷試紙，我甘心做回如大海的藍，像那般廣闊而自由。

自以為的溫柔是最要不得的，眼前的護士就是一個很好的實例。尤其她一身地粉色工作服，正在刺眼地提醒我「失去自由」的事實。

我扭動身子試圖反抗，在手還沒觸及面罩前，一道體貼的警告先一步阻攔。

「戴著它你會比較好。」她輕柔地壓著氧氣罩。

不，不好，我一點都不好。

她的一派柔情細膩，在我看來不過是扭捏作態。

撲面而來的氣息好冷，像一頭栽進深海裡。

我就要溺水。

比起肺裡的灼燒讓我呼吸困難，我更害怕蒼寒的浪濤致使我就地窒息。

抗生素從左手背的血管出發，導入四通八達的網脈，逡巡黴漿菌的身影。與此同時，無數細菌還在啃噬我的每一分白血球，那些殘破不堪的戰敗將士成了肺葉裡的黏痰，堵住對外求援的閘門。

藥效強迫困倦佔據腦細胞，炎症休止符勒逼無眠驟停。我頭暈目眩，昏昏欲睡。恍惚間，我看見體內的戰火還未停歇，外頭又一波核彈向身邊手無寸鐵的母親肆掠而來。

「藥劑已經超過小孩子能負荷的量，我們不敢再用藥。」醫生說。

作戰計畫停止，我消瘦的防空洞形同擺設，蕈狀雲在母親心上炸開成花，而母親不顧疼痛，輕輕地替我蓋上鬆軟的盾牌，轉身護我一世周全。

七天，一直是晝開陰間和人間的準線。在這期間，我的魂魄遊走在兩端的邊界，渾渾噩噩、恍恍惚惚。

第七天，晨曦透進暗不見指的室內，我終於不用望著窗外燦景自憐自艾。走出醫院大門，門口醫護人員拿出剪刀，要為我裁去手上病患的識別環，盼望這一剪，就可以褪去霉運。

「我能留下它嗎？」他還沒向我道喜前，天真如我，語出驚人。

「留這個做什麼！」父親一如既往的忌諱。

老人家。我不免在心裡嘀咕。

我是想看著它提醒自己曾經抗戰勝利。

跨出自動門，清風拂來，鼻尖帶著春日的花香，很是新鮮。跟前的水舞沒有閃爍夜裡的霓虹，成了不起眼的水柱，如此純淨，沒有過多點綴。

在我看來，這樣也很好。

不得不說我還是蠻爭氣的，在受了百般凌虐後，還能四肢健全的和溫煦的日子互道安好，我是該慶幸。爾後，十幾個年歲從塵寰罅隙中悄然溜走。很長一段時間，要是嗅到與那日無眠的相同氣息，我總要再次用喘鳴高讚母親當時的堅毅。

大戰留下了不小的後遺症。二度的肺炎使我支氣管急遽縮小，自此我與冰品無緣，成為類固醇的營下俘虜，這全然不是出自我的意願。

原以為，我會因此變得茁壯，做個頑劣的反叛者，將醫生的叮囑當作耳邊風，任由冰涼暢遊舌尖，讓綿密滑順的雪花冰封氣管。

但我並沒有，我成了庸俗的怕事者，誓死抵制鴆毒般的寒。

即便我再也不需要忌憚哮喘帶給我的夢魘，我仍舊沒有勇氣重溫那個狼藉且無眠的冷夜。

◇評語

小編一：文字精細有力，善用譬喻手法，將句子層層堆疊。

小編二：充滿想像與深意，立意也清晰明確。

小編三：肺炎造成無眠，將病痛帶來的所有不舒服的症狀，都寫得相當讓人能夠感受其痛苦，小時候的印象造成十來歲時恐懼，對於「無法呼吸」以及能夠「大口呼吸」做了強烈的對比，整篇文章既有作者想表達的意象，更有其意象所帶給讀者的感觸。

嚴禁打擾　王靖文

我應該帶把傘。我應該塗完防曬乳再出門。或者，如果我是太平洋，應該在海濱公園立張告示牌，上面寫著：警告！中午時分，嚴禁打擾。（除非你有意願成為石板烤肉。）

當你翻開字典看到「我應該」開頭的例句，它多半會告訴你，這是後悔語氣，且當事者面對的事情必然是不可逆。

正如溫度逼近三十度的晌午海灘，應該不會有人出現。但據我二十年來的經驗，凡事皆有例外。就如我與朋友，那永遠會是例外中的「意外」。

我是個貪杯鬼，不過貪的東西是爽口的黑麥汁，全因為我不嗜苦。李白雲：「舉杯消愁愁更愁。」我彷彿聽見來自古時代的醉仙人，趁著酒意給二十一世紀的我打了通電話。「嘿，人生都苦了，還喝苦的嗎？」他說。

顯然太白先生把人生看的「太白」，錯把杜康當成了甘泉。不過這倒也提醒了我，在苦澀像把利刃朝我劈來之前，我仍甘願躲進名為蔗糖碳酸水的甲殼裡，做隻暫時性的縮頭烏龜。

基於如此，當我接到那通來自黑麥汁的誘惑，沒有半分猶豫便應下了。

於是，我們在艷陽的荼毒下，把影子壓得不能再扁，席地融入石粒堆中，試圖偽裝成與大海搏鬥的大型鵝卵石塊。（儘管看起來像逃避危險的鴕鳥。）

我們舉杯暢飲，用近似於浪花的氣泡，努力澆熄滾燙的青春氣息。只當自己是年邁且頑固的老頭兒，豪氣地踞在巷口的藤椅上，高談自己年輕時的義無反顧。

陽光仍然不改多管閒事的個性。無關在他的地盤上待的長或短，熱情是絲毫也不減卻。「善良」如我們，便用了通紅的右臉回應他的盛情款待。一邊想著自己，走出岸邊時，儼然會成為布袋戲裡著名的「黑白郎君」，又一邊安撫自己的胡思亂想，強行留下企圖逃跑的雙腳。

所以，我們盤坐在石灘上，說服自己正在體驗高級的岩盤浴。岸上暖烘烘，我們像海水曝曬後剩下的幾粒海鹽，亮晶晶地，在人煙稀少的寂靜中特別顯眼。烈日強行把事態照的明朗，像電視裡的青天大人，威風凜凜地從眾多疑雲中，揪出窮凶極惡的罪犯，並一一細數他的罪刑罪狀。如此毒辣的手段，犯不著用刑，也能逼迫我們道出內心的獨白。說出來的也好，或者做一個擅長遺忘的人，讓記憶隨浪漂泊隨風擺盪，直到將它沉澱在心海裡，直到再提及時，沒有半分漣漪。像眼前那片靜默的藍。

我們不僅暢飲，也庸俗地暢談人生一輩子的課題。關於「不小心走失」，我們很有默契地各自經歷了數遍。而那經歷的當下，說有多後悔，都只有真正經過的人，才能夠理解。

我們將這段荒唐的歲月，歸咎於「年輕」。

「我們來玩一個遊戲。」朋友有意轉換低落的心情，指著不遠處歪斜的大石。

「看誰能把石頭丟到上面。」他不容拒絕地說。

「好啊。」我不答應似乎不盡人情。（朋友眼裡的我該有多傲慢？）

無聊至此，我們便往大石上不斷扔石頭。大顆的、小顆的、圓的、方的、長的、短的，甚至是奇形怪狀的。好笑的是，差點成功的那幾次，我們狂喜地大吼大叫，只可惜最後卻沒有半顆石頭願意停留，正如我們一開始料想的一樣。

是呀！那石子肯定會滑開。因為我們都用錯了方法。

太輕易就將自己下了定論，太輕易就把一些珍貴的東西弄丟，也太輕易地自暴自棄，就像過於衝動的我們最後用力把石子砸向大石，而大石仍是無動於衷。反倒是小石子不禁碰撞，應聲碎裂。

多難過呀，年輕是多麼的脆弱，跟光陰硬碰硬，只會顯得自己多麼不堪一擊。不過我們還能夠抱持著一絲僥倖，正是年輕，我們才能夠如此任性。如果年少不輕狂，那不就枉為少年了嗎？

每每望見海，我傷春悲秋的情緒總會跟著漲潮，像是遠在大海另一端的蝴蝶揮了翅，一不留神也掀起了我不予人所見的怯弱。

不過這次倒也是有趣，沮喪還沒來得及漫出來，便被乳白色泡沫濺了一身，如此猝不及防，使我們不得不截斷任意滋長的憂傷，擰起濕透的褲腳，彼此笑的前仰後合。

適才想，原來青春這麼頑皮而令人可愛。

若是問我對跟前大海的評價，我敢說太平洋裡鐵定住著一位古老靈魂。我確實錯估了他的脾氣，說真的，他性情實在不怎麼溫和。他見不慣岸上兩個稚嫩小伙「少年不識愁滋味，為賦『韶華』強說愁」。不屑多說，便掀起滔天巨浪。「如此頹靡成何體統？」他將咒罵化成洶湧潮水推向我們。我們只能胡亂抓起背囊，狼狽地逃回韶光正盛的年華，而誰也沒注意，海水正悄悄抹去我們淺淺佇足過的痕跡。

有誰會記得呢？

曾幾何時，在某個炙熱發燙的午後，有兩個小鬼頭誤打誤撞地打破大海難得的寧謐，無知亦無畏地帶著兩罐惆悵，錯把「愁」喝成了「惆」，對著天地就是一陣不明所以地哀嘆。直至被視線裡的汪洋震懾，這才明白我們所謂的傷感，是多麼地微不足道。

更不用說在流年歲月前，我們又是如何地青澀，青澀到我們總是選用「我應該」做為青春的註解。朝夕之長，長到我們以為只要奮力攥緊，就不會「不小心走失」，像即了習慣仰望夏夜繁星的我們，總以為只要一抬頭就會發現它的存在，卻忘記了流星是從一始終的稍縱即逝。

你要是再翻開字典，順著「我應該」的例句看下去，不用懷疑，你一定也會看見它的相似詞「我以為」。同樣地，不可逆，只是會多了份懊悔。

所以，頑劣如我們，偷偷攜了片喧囂，以為太平洋不會發現。卻不曾想我們應該會被不食人間煙火的它，狠狠地訓斥。

或者，下次。

下次，我們將會發現，太平洋邊立了張顯眼地告示牌，上面端正的寫著：警告，中午時分，嚴禁打擾！

◇評語

小編一：敘述方式俏皮可愛，可使文章主旨更加明確。

小編二：文筆流暢優美，核心可在稍微明確一些。

小編三：海洋的確是青春年華中最為重要的地方，無論是喜怒哀樂，大家都很喜歡往海洋跑，在台東唸書更是如此，大海是我們的擁抱，「他將咒罵化成洶湧潮水推向我們。我們只能胡亂抓起背囊，狼狽地逃回韶光正盛的年華，而誰也沒注意，海水正悄悄抹去我們淺淺佇足過的痕跡。」文章裡的這句話，也不禁讓我深感青春真的是一幕幕的戲，任我們自由揮灑，而在賣力演出後得到掌聲。

原力　吳欣蓉

湛藍的天，蔚藍的海，強勁的風，巍峨的山，還有溫柔輕觸我肌膚的驕陽，大概就是我對台東的第一印象。二零一八年的九月，我第一次踏上了台東這片美麗的土地，看著車子行駛在蜿蜒的公路上，總感覺貼著山壁的每個拐角都別有洞天，一路上跌宕起伏的不只是山巒和路程，還有我的心。

第一次離開家那麼遠，是火車搖搖晃晃六個小時的車程，是三百多公里遠的新生活，從一開始的慌亂到後來開始靜下心來去好好認識台東這塊土地，每天都像是一場嶄新的旅程，每天也都在多熟悉這塊土地一點，並發現台東的美好與值得品味的樂趣。所有在台東不同的旅行經驗中，最令我印象深刻的便是在十月中時第一次搭長途火車回家的旅程，那趟旅程帶給我的驚喜讓我難以忘懷。

從台東大學搭上8129路的公車抵達知本車站，木建的小車站，充滿古樸的韻味和人情味。我坐在候車的長椅上，看著許多人來來往往，有些人行色匆匆，但大部分的人都如我一般閒適的等著火車靠站，幾隻顏色各異的流浪狗，溫和懶散的趴在火車站的青石地磚上，聳拉著眼曬太陽，偶爾竄到正在吃飯的乘客腳邊，安靜的搖尾巴討著分食，這整個火車站帶給我的氛圍就像台東這個地方帶給我的感受一樣，有人味卻不浮躁，有生活卻依然悠遊可親。大家彷彿都在慢生活，一步一步走的雖慢卻踏實。火車站裡的小賣鋪有香濃的冰棒，熱騰騰的便當和包子，還有還未走近便聞到飄香的茶葉蛋，有一個有趣的地方，茶葉蛋的煮鍋上有一句話：「茶葉蛋上的裂痕越多，才能越入味。」看到這句話時，許多人都會會心一笑，知本車站連這樣小的地方都能夠可愛的帶給人慰藉，讓人怎樣不喜歡這個地方呢？

我等的火車終於進站，許多和我一樣要返家的學生都拉著行李箱或提著旅行袋，慢慢地往月台移動，當我踏上月台時，清涼的風和可親的陽光都讓人愉悅的瞇了下眼睛，握望著火車行駛而來的方向，看著它從一個小黑點慢慢的、慢慢的變大，然後突然很快的就看清了它橘黃色的外衣。火車進站時揚起的風，將我的髮尾吹的微微捲起，原本平靜的心也開始感受到躁動，這趟令人愉快又驚喜的旅程，就這樣拉開了序幕。

上了火車後，我很幸運的坐到了靠窗的位子，火車開始慢慢起步然後加速，一出知本車站沒多久我便看到了海。軌道的兩旁，一邊是一望無際的太平洋，一邊是高聳陡峭的山壁，列車像被山和海溫柔的保護著，就如同堪望孩子並守護著他的父母。列車隨著軌道和地形忽高忽低，窗外的景色有時是農田、有時是魚塭、有時是大樹、有時是草叢，但始終在兩處窗邊目光所能及的最外都是海洋與山壁，時隱時現，清楚而又模糊，讓我在台東的鐵道上、旅行的路途中，不斷的感受到自然的偉大與驚奇，我們彷彿存在於山和海之間，在這裡成長、茁壯，這片萬景不僅育養我們的生命，更育養著我們的氣與靈，整個人都寧靜了下來。

在列車快要駛出台東的時候，鐵道開始穿過一個又一個的隧道，裸露的山壁和點綴在其中的綠意，還有昏暗隧道中的點點幽光，彷彿帶著我進入到了一個不同的世界，但每當一出隧道，一轉頭，窗外明亮的美景又會撞入我的眼底，在一次次的明暗之間，我也似獲得了一次次的新生，我在黑暗之中期待光明，在光明之中仰起頭顱，而頭顱之上的沒有任何一眼是相同的景色，就像我正一遍遍的沉睡，而每回的夢境都是不同的明媚卻相同的綺麗，無邊際的大海、蒼俊的樹木、起伏的山巒，每一眼都令人舒心又震撼，在列車真正駛出台東後，我依然仍在回味剛剛所見的震撼與感觸，看著窗外慢慢拔高的樓房和逐漸繁華的景色，我心中生出了一股微微的遺憾，我想這便是台東獨有的魅力吧，沉靜又有力度的美總在不經意時出現在你的眼前，讓人即使離開也會想念。

這次的旅程帶給我的驚喜與感動，是在其他任何旅行中都感受不到的，第一次搭上長途火車，並在鐵道上感受不一樣的台東風光，不僅僅看見美，更看見了一種原生的力量，就是這種力量帶領著台東的萬物茁壯，希望未來在台東的日子裡，我也能感受這種力量並隨之一起破繭成蝶。

◇評語

小編一：文字營造出的畫面很美很動人，彷彿身如其境。

小編二：無。

小編三：文字的修飾相當不錯，讓讀者覺得彷彿化身為裡面的人物，整體而言，文章的意象相當明瞭，頗有特色。

此情可待成追憶　李宜玲

記憶中，那個年邁的身影，踏著緩慢的步伐，穿梭在皇帝豆田中。如今，我卻只能望著天空，在腦海中搜尋過去的回憶。

民國一一〇年三月八日，妳終於完成了妳今生的使命，不用在為了紅塵中的紛紛擾擾而痛苦，妳選擇在這個屬於女人的節日中離去，想必是為了讓我們明白妳這一生所經歷的辛苦，以及讓我們銘記在妳身上所彰顯的傳統婦女形象。

我的曾祖母，高齡90歲，小的時候，每逢佳節，全家就會去麻豆探望曾祖母。每次去曾祖母家前，我們就會去買鼎鼎有名的麻豆碗粿帶去給曾祖母。一路上，從熱鬧的麻豆市區開往寧靜的麻豆農村，年幼的我對這一路風景的轉變，總是會感到好奇，便會在車內把自己白淨的臉貼近車窗，想將窗外的景色盡收眼底。

當車子駛到一片農田時，我們全家停在一旁的小路，便下車尋找穿梭在農田的曾祖母。

曾祖母頭戴遮陽斗笠，手臂套著大紅袖套，背上揹著裝皇帝豆的竹簍，這一幕，深深烙印在我心中，直到現在，依舊是我對曾祖母最深的印象。

當我們尋見她的身影時，便大聲呼喚，而年幼的我，則是迫不及待的小跑步奔向曾祖母的所在地。

當曾祖母見我朝她奔去時，便內心焦急的說：「別用跑的，小心跌倒。」那時，興奮的我，根本聽不進去，一心只想趕緊去到曾祖母身邊，請她帶著我一起採摘皇帝豆。

那時，曾祖母總是會手把手的教導我，且帶著慈祥的臉龐跟溫柔的語氣，耐心的講解要如何分辨成熟的皇帝豆，跟還在成長中的皇帝豆。

那些體驗，是我記憶中，跟曾祖母最靠近的時光，也是我與她之間感情深厚的證明。

然而，時光荏苒，曾祖母的身體一年不如一年，但她仍舊堅持要下田農作，家中的長輩也不斷勸阻，希望曾祖母可以隨我們到都市一同生活，讓後輩子孫可以盡一份孝心，但曾祖母性格堅韌，她不願意依附晚輩，也不願意放下自己做了一生的農作，最後，長輩們無可奈何，只好讓曾祖母肆意去做自己喜歡的事情。

不料，有一日曾祖母卻在農田中跌倒，而這一跌，也讓高齡85歲的她，只能躺在病床上度過餘生。

而後的5年，我們依舊會去探望曾祖母，但這一路上的景色，不再是綠油油地農田，而是高樓聳立的建築物，而我，也無法在蟲鳴鳥叫的農田中奔向曾祖母，只能安安靜靜的跟在家中長輩的身後踏入一片死寂的病房。

站在病床旁的我，看著一旁的呼吸幫浦，不斷維持著曾祖母垂危的氣息，心中滿是不捨跟悲傷。而家中長輩遵循傳統的禮法，不願意放棄曾祖母的生命，就這樣，曾祖母餘後的5年，臉上帶著的不再是慈祥的微笑，而是戴著維持氣息的氧氣罩。

年復一年，曾祖母雖然靠著機器依舊有心跳跟呼吸，但我卻不知道，我在她身旁說的話，她是否都有聽進去，也不知道，當我輕撫她的手時，她是否都有感覺。這樣的日子直到我上大學時，有了不同的變化。

某一天晚上，我下課回家，接到了家中的電話，收到曾祖母已離世的消息，當下，我的內心雖然難受，但卻出乎意料的平靜，或許是心理早有準備，亦或者是我知道曾祖母不願我難受，所以我淡然地接受這一切。

在曾祖母離世後，我最難過的不是她的離開，而是我無法回家親自送她一程，在她離開後的那些日子，我腦海中總是會浮現小時候與她在農田中採摘皇帝豆的場景，那是我與她之間最親密的連結。

然而，曾祖母的一生都在農田中渡過，從出生開始，便在農田中摸打滾爬，直到生命的最後，她也是在農田中離去。

而曾祖母離世的日子，正好是國際婦女節，這一天，對全世界的婦女而言，是一個特別的日子，不僅象徵著社會對女權的重視，也是為了紀念在歷史洪流中，曾為女權抗爭的所有人。我想，曾祖母選擇在這一天離去，也許是希望我們可以記住她這一生的辛勞，以及她為這個家族所付出的一切。

如果有來生，我希望自己可以再與曾祖母成為家人，那時，我希望自己可以照顧她，不再讓她過辛苦的日子，讓她可以安穩地過一生。

願此時，在天上的曾祖母，可以無病無痛的，在她最喜歡的農田中玩耍，種她最喜歡的皇帝豆。而曾祖母的身影，也永遠留存在我心中，她所付出的一切，永遠流傳在整個家族。

◇評語

小編一：感情動人，理性與感性兼具，在情感描寫的部分可更深入。

小編二：情感真摯，文字與用詞可更加流暢優美。

小編三：回憶的滋味湧上心頭，情感相當豐富，文字可以再更加精簡些。

給提摩太　沈健維

你還記得嗎？移居到台東的第一個晚上，你屈膝所做的禱告。那一晚，你被感恩和敬畏所充滿，把你的心對準了你的呼召。

為什麼？你迷路了，你迷路了好久好久。去年發生在你身上的傷害，彷彿癱瘓了你的心臟，至今仍隱隱作痛。雖然當時的傷害是難受的、真實的，但更可怕的是「受傷感」在接下的日子欺騙了你。積累而來的性格讓你在關鍵的時間點並沒有真實地勇敢面對！你逃避、你膽怯，只是蓋起來後自我欺騙，接著隨著自己的感覺來解釋。你錯了！「為什麼看見你弟兄眼中有刺，卻不想自己眼中有樑木呢？」（路加福音6:41）先除去你自己眼中的刺吧！包含了你所有的看法和定論，甚至是你心底的內在誓言都要先放下。當你對焦在別人的過失和對你的錯待時，仇敵魔鬼頓時就成為了「顯微鏡」，為的是幫助你看得更清楚些。在放大鏡的特性底下不要因為能夠看得很清晰而開心、驕傲，別忘了：若是你用放大鏡或顯微鏡的視野來開車，保證你是會出車禍的。

沒有妥善處理的傷口，會吸引更多的病蟲、病毒肆虐孳生。你以為能夠靠著自己的方式和經驗，來得到完全的醫治嗎？唉……請你不要再嘗試。「受傷感」會養出強壯的自卑感、膽怯退縮、孤僻獨立和虛弱，只要時間一久，它們會快速地生根生長，而當樹木成為森林的時候，要拔除就有難度了。提摩太，雖然你做到了忍耐而沒有出言爭吵，但你卻被人心所噴發出來的憤怒和攻擊所恫嚇，威嚇的氛圍使你退縮，賴在原地打轉、循環。

這是一個需要更新，重新開機的時刻！就如同你的電腦已經快要剪不動影片的情況，你的處理器、記憶體、圖像顯示卡等等規格都需要「付代價」去升級——你必須有行動去查看到底是哪一個部分出了問題，算清楚你要付上的金額是多少。你的裝備不會自動升級，起來！提摩太！我不想再看到你現在這個樣子！

希伯來書十二章第十一到十三節說：「凡管教的事，當時不覺得快樂，反覺得愁苦；後來卻為那經練過的人結出平安的果子，就是義。所以，你們要把下垂的手、發酸的腿、挺起來；也要為自己的腳，把道路修直了，使瘸子不至歪腳（或作：差路），反得痊愈。」是的，當你從「悔改」開始，雖然你會愁苦和懊悔，但除了「悔」你要去「改」，把那些「下垂、發酸」的部分重新有紀律地操練，調整那些「瘸腿」的領域不再重複地走錯岔路。

你的收音頻道要調對、調準確，不要停留在充滿雜音和擾亂或是錯誤的頻道裡；你的對焦要正確並鎖定，不要任憑失焦或是鏡頭上有任何沾染。

這是一個U型迴轉的時刻！你所有節節敗退的弱點和挫敗，不正確的方向只有一種解決方式，那就是澈底的回轉過來。你沒有發現嗎？當你從頑強地「逆風而行」轉為「順風」後，你頓時感受到輕省，甚至開始遇見許多對的人事物和財務的供應。當你先願意給予時，你也同時經歷了供應和滿足的喜樂。

提摩太啊提摩太！勿忘你這個新名的來源，是出自於神所賜的不是膽怯，而是剛強、仁愛和謹守的心。神沒有給你的那就全然的棄絕吧！不要攬了一大堆的垃圾還收藏了仇敵一大疊的謊言。還記得你是怎麼被拯救，被恩待直到如今的嗎？同樣地去活出來。現在就立志回到起初的愛心，寧願全然的被燃燒而不願意鏽掉，起來！並且立刻行動。

◇評語

小編一：以書信的方式呈現，用字遣詞皆能使人融入其中，製造出的書信感頗為成功。

小編二：文字熟練，點明主題核心時可更精準。

小編三：善用書信的寫法，文字精簡有神，題材新穎，讓人回味無窮。

家　胡冠婷

假期開始，我坐上火車，看著窗外一道道轉瞬即逝的風景，我拖著大包小包的家當，從山的另一頭，回到熟悉的「前山」。

好不容易翻山越嶺，終於踏上「家」的土地。下車，迎面而來的，是屬於高雄的熱情，三十五度的高溫狂妄的將髮絲纏繞，像極了父親的大手，總愛將自家小姑娘打理好的髮型揉亂，看著前世情人氣急敗壞的眉眼，朗聲大笑。出了月台，父親接過我手邊的行李，身旁那位光彩俏麗的姨娘，穿著父親新買的水藍色洋裝，以她最響亮的引擎發動聲向我打招呼，好像在說「回來啦！」。

家旁的巷口，一陣香醇濃厚的酸辣味撲鼻而來，記憶瞬間佔據所有味覺，伴隨著母親忙碌的背影，順著香味襲來。我邁著雀躍的小跳步，邊喊著「媽媽」邊朝綠色大門後的廚房奔去。依舊是那個灶台，依舊是那個身影，母親轉身問道：「回來了？怎麼瘦了？」。

上大學前，一家人圍在四方小桌上吃飯是日常。但自從來到美麗的後山，黏人的土地將我牢牢綁住，與家人團聚顯得尤為困難。看著滿桌色相味俱全的菜餚，母親熟練地往我碗裡夾成一座小山，說道：「多吃點，你在臺東都沒什麼吃飯」，想起前幾天站上體重機時，增加的三公斤，我默默地拿起碗筷，吃盡一口口關愛。

飯後，母親拉著我的手話家常。聽我天花亂墜地描述大學生活，有聲有色地比手畫腳，母親總是叨叨絮絮，擔心著從未離開過她羽翼的雛鳥。

父親將削好的水果遞到母親嘴邊，向我眨了眨眼，像幼時犯錯被責罵，父親將我抱起，說要從嘮叨的皇后手中，救出他的小公主。

家，永遠是避風港，父母會將自家漂泊的船隻收攏，阻隔外界無數的風雨。偶然瞥見他們烏黑的青絲間，參雜了一縷白髮。起初不覺有何不同，但母親上樓時的不自覺的輕喘，父親臉上年歲的痕跡，都明幌幌地昭示著「歲月不饒人」。掛在客廳那全家福照下，父母談笑著，「看什麼呢？快過來啊！」母親催促道，我朝他們跑了過去，坐在父母中間，一如畫中璧人，牽著小姑娘，只是生了些許華髮，只是再無編著兩小辮的蘿蔔頭。

放假時間過得特別迅速，一如往常的收拾家當，行李箱塞滿了母親的愛，從零食到念叨，最後還是父親一馬當先，帶著姨娘趕緊將我送出了家門。父親說了句「注意安全」，便催我進站。月台上，我與父親遙相對望，這時姨娘像是與我道別一般，閃了閃車燈，那是我與父親的祕密暗號。

坐上去程的火車，我離開「家」的土地。重複的過程不知凡幾，每一次的離別，父母都瀟灑地讓我安心。不過，父親等我的火車來才走，即使他早就與我「說」他走了；母親在家門外偷偷拭淚，即使她趕我回去臺東準備課業。我不能知曉，也不能回頭，因為那是父母最後的倔強。

◇評語

小編一：文章溫暖親切，可以從中看出作家與家人的溫馨相處。

小編二：細節與主題呼應，結尾可更加有力度。

小編三：是作者對故鄉的思念，也有父母的期待，文字方面表現得相當不錯，若結尾處能扣住主題，會更加有優秀。

半是甜蜜半是傷　張庭宇

總裁這個職位是許多人所嚮往的夢想，我很喜歡這類型的小說以及偶像劇，男主角通常設定是既富有又有好臉蛋，女主角總是不知不覺應徵上男主角的公司等，這一套的劇情，連我這個不是編劇都比真正的編劇還要了解劇情，可見這真是總裁系列的套路。

對於這樣的套路，我也總是深入其境，或許天性浪漫的個性，一個不小心反映在現實生活中，張愛玲曾說：「人的一生註定會遇到兩個人，一個驚艷了時光，一個溫柔了歲月。」青春歲月裡總有一個讓自己愛得死心蹋地的這麼一個人，這樣的一句話看上去雖說枯燥，但卻總刻骨銘心。

赤炎炎的初夏，我很喜歡光著腳丫，海邊是情侶公認的約會勝地，五月底的天氣，似風鈴般，給人一種沁涼且舒適的感覺。期待是一種讓人充滿憧憬的美好。記憶裡，在通往學校的步道裡，喜氣勃勃的春夏之交，像是天真無邪的小孩，這時，映入眼簾的是綠意盎然的一片片草地。那天，是我在這個偌大的校園裡，碰巧遇見了你，你睡眼惺忪，身穿一件相當適合你的深色夾克，腳踩一雙簡單而不失優雅的白鞋，顯得格外冶豔動人，頭頂上的麻雀，地板上的落葉，彷彿是為了你而點綴了這個世界，而這時的我才曉得，原來夏天的烈陽高照，是為你而照耀，而我，更是為你而甜蜜。

鵝黃色的日光，不是虛無飄渺雲煙，而是那日落前燦爛絢麗的晚霞，青春是一行記錄著人生色彩的倒影，也是一場兵荒馬亂，儘管我們各奔前程，卻仍希望能夠殊途同歸，而將記憶的碎片撿起，拼湊在一塊，那便會是我們絢麗且獨特的回憶，美好的當下，都是要及時把握，若我們錯過了豔麗的花兒盛開，也不必哭泣，因為擁抱這時的綻放，而等待下一次含苞待放的時刻，這世間便會更加亮麗無暇。

曾經是一場煙霧瀰漫，而我們是拾起且擁抱這場曾經的人們，好似正在訴說著什麼。這世上有好多說不完的話，也好多猝不及防的再見及散場，我們只能珍惜且對待這世間帶來的溫柔，相信所有事情的不美好，都是因為故事還沒有寫完，所以我們要繼續走下去，希望美好的到來，那就得先給自己一個美好的自己，但我們卻要深刻了解，所有的散場，都是為了走向更好。張愛玲曾經說過，人生就像一場舞會，教會你最初舞步的人，未必能夠陪你走到散場，讓那個曾經的他，溫柔地存留在記憶的深處，而在回憶裡佔有一席之地，讓時間慢慢地偷走這段曾經的瑰麗人生。

許多傷痕，都是跟著甜蜜而走，甜蜜是另外一種負擔，而傷痕在我們的人生卻是不可避免的，從小到大，無論是幼年無知的摔痛，還是在愛情裡那懵懂無知的傷痕，都是我們學習的經驗。

人生總是如此，半為甜蜜，半為傷痕，有自己所喜好的事物讓人深感幸福滋味，亦有我們須經一番考驗才能得人生的領悟，而二十的年頭裡，我們必須正向自己的目標，化傷痕為甜蜜，化甜蜜為蜜糖，但蜜糖的成分裡，有著經驗的累積，更有著豐富的內涵所在。

◇評語

小編一：文字可愛清新，可更凸顯文章主旨。

小編二：文筆熟練、用字遣詞柔軟動人，若是能首尾呼應會更佳。

小編三：無。

關於愛　張庭宇

猶記那年冬天，北風是怎麼樣的竄入我的骨子裡，迫使我躲在被窩裡，絲毫不敢動身，而家母總是不講情面的捲起我身後的簾子，大聲斥喝著我「又要遲到了」，而在當下，我用迅雷不及掩耳的速度爬起身子，便梳洗一番。走出戶外，心裡不禁懷念起暖夏的風，因為夏風總是輕輕地親吻著我，而寒風是那樣地狠心，那冷冽的風兒重重地削過我的臉龐，讓睡眼惺忪的我立刻醒目。

冬日的朔風依然在咆哮著，並毫無留情地刺進人們的身子。身旁的友人總說冬天是戀愛的開端，或許那是戀人們的專屬季節，總覺得冬天嚐起來是甜蜜的滋味，冬天總是突如其來地劃開片片蕭瑟秋葉的寧靜，讓人猝不及防。冬天，沒有漫漫芬芳的鳥語花香，更沒有蒼翠欲滴的紅花綠葉，冬天的夜晚總是伴隨著輕盈活潑的搖籃小調，而我披著陣陣的冷意，隨之入眠。

冬日的陽光，特少露臉，不知道為什麼？或許是居住的地方和他人大為不同吧，每每看見暖煦的陽光，總是笑得燦爛，或許是太過於寒冷，所以有著陽光的相隨，令人更覺溫暖無比，冬日裡的溫度亦是如此，時而高時而低，清晨起身，覺得寒氣透過屋子傳進每間房間，不禁讓人想多披了幾件毛衣，而到了午時，卻覺氣溫特別高，冬天總是這樣，忽冷忽熱，讓人難以捉摸。

甜蜜是一種讓人時時刻刻懷念的滋味，貪戀兒女情長固然是人們的一大天性，但是香甜到了極致，而苦澀是自己品嚐過後，覺得越是完美，而越是千瘡百孔。男女之間總是從一開始的兩小無猜，且百般相配，而到最後其中一方提出了走向愛情裡的終點，曾經有朋友也是因為這樣，搞得自己無法自拔，逃不出愛情綑綁住自己的枷鎖。

那些泛黃的痕跡，是戀人道不盡的記憶，遮蓋著彼此的雙眸，而永不熄滅的美好，調皮地四處亂竄，抑或，躲匿於字裡行間，我們時而閱讀，翻著、讀著、永無止境的思念著，任零碎的回憶，飄零在片片大雪。在熟悉的圖像裡，你是畫中人，含蓄的，訴說著、舞動著，最終，漸行漸遠。「歲月靜好，現世安穩。」一代女文人張愛玲亦是如此，她的的情路也是相當坎坷。人們總是這樣，唯有親身經驗過後，方知是好是壞。

上了大學後，才曉得愛情總是悄然無聲地跑進我們的生活中，走在人文學院的路上，映入眼簾的是好幾對的情侶，和高中迥然不同，有人說愛是一種體諒，也是一種享受，愛好似一株蒲公英又好像跟林黛玉一樣，是絳誅仙草轉世，走一遭人生所謂的愛恨嗔癡，愛情是如此繁瑣又甜蜜，有人會說體諒對方是愛對方的一種表現，的確，體諒在愛情裡面是不可或缺的，彼此體諒是一對戀人該有的表現，不論是一起生活還是一起讀書，到最後體諒可能會變成一種負擔，也許是甜蜜的負擔，那也未必。

一同觀看日出，戀人的浪漫，耀眼的陽光透過雲層撒向那湛藍的汪洋大海，視線從黑暗轉換成透亮，旭日東升，霧氣漸散，氤氳霧氣環繞，旭日探頭探腦地露出一小部分，輝映著朝霞，一會兒，紅日冉冉上升，天空從魚肚白轉變成透亮，這樣的色彩，難以形容，但又猶如顏料翻倒在圖畫紙般似的，令人難以忘懷。

浪漫，是一種怦然心動，曾經有一個女孩隨著自己的心走，從起初的相識，到後來的相愛，情路總是步步艱難，每天都有不同的困難來臨，時間，像沙漏似的，一點一滴流逝，浪漫不是我們所想的男女間的矯情造作，浪漫是一闕典雅的小令，框在一幅名為生活的畫卷；浪漫是一曲奪人魂魄的旋律，總是讓人魂牽夢縈；浪漫更是萬劫不復的細沙，溶在彼此生命裡的隙縫中。

時光匆匆如旅，愛情就像是一趟長久的旅行，該如何詮釋所謂的愛，愛是會令人不禁露出幸福的微笑，你問，愛的歸期是什麼時候，我道，無期限，愛人就像是飛蛾撲火，無所畏懼。愛情，有時像是柔美的潺潺清水，讓我們能夠啜一口燦爛，有時又像是下場滂沱大雨，澆淋了正在醞釀幸福的道路，這就像是一對鴛鴦似的，時而好時而吵，愛情的世界，讓人捉摸不透，窺看世間愛情，實乃不易。

去年年初，姐姐嫁了，雖是歡喜，但又帶點傷感，或許是家裡少了一個人，總覺家裡少了點聲音，以前的我總想，姐姐嫁出去的話，就可以減少一點碎嘴且擾人的話語，但隨著姐姐的婚期越近，越覺不捨，看著家父牽起姐姐的小手，託付給了姐夫，感受到了姐姐落下的眼淚，每一滴都代表著二十幾年來，父母艱辛的照顧與期盼。眼看著姐姐走向幸福的一端，不禁讓我嫣然一笑，這一笑，我了解到了什麼是愛，愛情是互相包容、互相照顧，大手拉小手，姐姐的小手也就此握緊了幸福。

寧靜的夜晚，總有繁點星星相隨，高樓大廈放射出的光芒衝破了雲霄對比著雪白的世界，無瑕的地面，毫無一絲塵埃，我出生在一個空氣汙染極糟的高雄，十八歲那年，到了台東讀大學，在台東的生活，雖是慢了點，但莫不過是親眼看過夜空中布滿著星星，它總是為台東的晚上穿上華麗的衣裳，嶄露頭角，一簾幽夢，十里柔情，睡了又醒，醒了又睡，我被朋友找去看夜景，夜空是那樣地優雅，那樣地端莊，天上一顆顆星星，都是幸福默默在低語，每一顆星星都像牛郎織女，代表著人間每一對戀人，有藕斷絲連的交纏，更有死心踏地的曾經滄海難為水，除卻巫山不是雲，我們站在愛情的門後，飲進名為愛情的茶包，但卻偶爾在愛的灌溉裡，澆愁了一輩子。

◇評語

小編一：文字溫暖清新，閱讀時很舒服，開頭與內容的關聯可再豐富。

小編二：字裡行間情感細膩，部分用詞處理可再精確。

小編三：無。

給貝殼的一封信　張婕琳

童年時的我是一粒沙，一粒渺小而不知天高地厚的沙，以為有風就能去任何地方。於是，按照自己的以為，跟著風，附著在某人的衣服上，掉落在某處的書桌上，堆積在某個不知名的角落，看什麼都無比新奇。有稜有角，風起了就不甘落下，從不擔心自己在玻璃上刮出的痕會使人厭惡；自由自在，風過了就毫無眷戀，最痛苦的別離大概是每天走出家門去上學；無憂無慮，風，吹動枝葉、雲朵和她的衣角，天空很藍。

那片藍空下，安然掉落的，一粒沙，她遇見了從未有過的色彩和寬闊。也是藍的，卻也是灰的，甚至，淌過腳邊，是白的。好奇的那雙手終於觸碰，它，是透明的。但這樣的觸碰，既不知道氯化鈉的鹹，也不明白氯化鎂的苦。

海，多麼高深莫測。那顆以為有風就能去任何地方的沙來到了海，或者說，墜入了海，這裡的風是亂流。落水的那一刻是什麼心情？對於未知，她裝作好奇，假裝無畏，她說：我沒有迷路！這是探險！

也許她真的沒有迷路，至少她從沒有後悔遇見貝殼。

在那段否認迷路而確實迷茫的時間裡，為了證明那根本不存在的勇氣，她橫衝直撞，撞進了貝殼裡。那貝殼是安靜的、溫柔的，所以即使困在黑暗中她也不害怕。貝殼會告訴她外面的世界是什麼樣子，而她日復一日地聽著，在被碳酸鈣層層包覆的同時，不自覺將貝殼當作全世界。

你還記得嗎？我親愛的貝殼。那一個沙粒般小而平凡的孩子，她天天盼著你給她講故事。有清麗的早晨、溫暖的午後，她最喜歡的一個是，一起看星星的夜晚。你指給她天邊其實不顯眼的星座，她聽得認真，卻最喜歡你眼裡的光，在她看來，比星星還亮。

你還記得嗎？我最愛的貝殼。那顆逐漸被珍珠質包覆，沒了稜角的沙、那個以你的視角看全世界，那個把你當作全世界的小女孩。她的宇宙失序了，連太陽系之外的銀河系，都要繞著你轉。她數學不好，你教了她一題，她可以熬三天三夜做完整個單元；她討厭英文，你教了她一個句型，她可以反覆讀那一課六遍七遍。

你還記得嗎？我曾經的貝殼。你的離開，我是最後一個知道的。我一直都知道你的努力，也知道你的努力，一天天地都在變成實力，更知道，你始終目標明確、始終朝著自己的方向前進。所以，我也在努力著，近乎狂奔地追著你從容的大步。可是，我還是沒追上。

那天，本就不該繞著太陽轉的銀河系崩塌了，地球找不到自己在太陽系中的位置。

沙，已經不復存在。她只是貝殼中四不像的異物，只想像貝殼一樣安靜、溫柔，卻開始依賴黑暗，因為害怕光使自己的模樣清晰，她卻不認得自己的樣子。從前的小沙粒喜歡新葉的翠綠，她卻待在這一片漆黑中；從前的小沙粒喜歡廣闊的天空，她卻沉在這深海底，只因為貝殼給她的小世界比任何人的衣角柔軟、溫暖。

不知道是有人撬開了貝殼，還是貝殼把我吐了出來，總之，我又回到陸地上。獨自熬過了那段沒有溫度的黑暗，陽光有些刺眼、有些難以適應。我不知道貝殼在哪裡，這已經不重要了，從現在開始，我是珍珠，不是他生命中的異物。感謝貝殼給我的無光歲月，讓我看見這些眼見不為憑的人事物，也感謝他給我的層層包裹，我不再為此喘不過氣，這些珍珠質是我的光彩。

現在，我離開了西邊的海，越過了中央的山，東部的陽光很燦爛。我不知道會在這裡遇到什麼，我的光澤會有什麼變化，但相信有一天，我會來到屬於自己的地方，散發獨一的光芒。

喔，對了，差點忘了告訴你，你彈著吉他唱歌的樣子真的很帥，那首歌我也會唱了，現在偶爾還會聽。還有，我其實不喜歡那麼甜的巧克力。

◇評語

小編一：文字明瞭、平易近人，可再凸顯文章主旨。

小編二：文字柔軟、情感豐富，結尾部分若是能與前面內容相互呼應會更佳。

小編三：文字意象相當有神，且讓人閱讀起來相當舒服，結尾之處若能與其他段落做結合，整體文章會更加精煉有力。

救贖　陳聖儒

每個人的青春年華都是無可比擬的。有的人在舒適角落裡伴隨陋室昏燈，翻開一頁頁的古龍小說，神遊萬里；有人在鋪著運動軟墊的練習室中舞刀弄拳；也有人放逐自我，在荒蕪的黃沙草皮間嘶聲吶喊；而我的年少時期，卻難以一言蔽之。這段時光與世上萬物一樣隨時間沒入歷史的長河，卻也塑造了我。如今的我，也將近二十歲。幸運的是，我得以從自身為出發點，在這段風吹雨打甚至可以說是充斥血淚的日子中，得到連結家鄉與台灣這片土地上的文化、教育所固有可討論之處，從中產生反思的機會，並在經驗中漸漸得出了答案。這個答案是自己的，如果願意，也可以是所有讀過這篇文章的讀者的。

國高中的我，每天早晨六點半總騎著一輛車身漆螢光綠色的公路車，以家所在的小鎮為起點，穿越這座只有七千多人、居民住在一棟棟透天厝的小鎮，貫穿小鎮唯一有市集的長條道路，「一、二、一、二」，配合喊出的節奏，搭配急促步伐，穿越並延綿長一公里的卡車用六線道，道路四周充滿鐵工廠，一間間鐵皮屋上津梁布滿銹黃，裡頭「吭鏘」嘈雜，塞滿著工業區的廢棄粗礫，好似一副遺世幻境那般，讓人忍不住想拔腿逃出，卻又滿足了我探索的渴望；接著穿越溪流旁布滿石墩的小徑；穿越達幾公頃的荒涼地區，在那，晨霧壟罩著六線道馬路，瀝青道路上霓虹燈閃著黃燈，一根根石柱上掛滿鐵絲網，將黃沙草地分割為一塊塊不規則的方形。遠方是近在眼前、若隱若現的中央山脈，崎嶇不規則的浮動在霧中。而我騎著腳踏車穿梭其中，好似拓荒客。順著高速公路下方的道路，依著高速公路下方隧道的標示，輾轉進入高雄的都會區。從鄉下騎到都會區上學需要三十分鐘，而我就也望著各色美景一路騎到學校。

聽著溪水潺潺，黃草被大風吹過後發出的唰唰聲，伴隨汗水與喘氣聲交織，享受晨間未受汽機車排氣汙染的清爽空氣與難能閱讀書本外之餘得來不易的時光。難能自主的時光總是得來不易的，許多值得爭取的事也是如此。

讓我記憶深刻的是，每當我騎經前面所說的荒涼地區，便不免多看幾眼獨立地坐落在荒草地上的四五間大廟。它們各自，大者四五層樓高、最小也有一層半的高度，大廟占地百坪，並且廟身由大理石建成，上頭浮雕刻著一則則神仙故事，遠望就像一間間住著真實住著大官、王爺的府邸……

在我大概十歲時，與家人騎車第一次經過此處，廟宇便深深震撼了我，這是如此巨大！我坐在機車後座上問爸爸說：這裡為什麼有這麼大的廟？他回答說：「這裡叫做「新紅毛港」，以前住在高雄濱海的人們遷移來這裡之後，在政府補助下一間一間興建的。」那時的我心思單純，也只是欽羨著宮廟宏偉的建築，與建造它的人是何等富有而已。與每個出生不是出生後即享受榮華富貴的人一樣，小時在第一次看到大廟時，曾做了個現在看來好笑的白日夢，那時總夢想有一日能夠住進宮殿，像個西式的王子或是東方的王爺一般豪氣，任由眼下的芸芸眾生將金錢投入袋囊，而自己則神氣地坐在龍椅上聽求老百姓的渴望：我想要金榜題名！我想中明牌！而我既看見了他們的需求，也就做做「善事」，運用自己的神力幫助人們達成願望。

而當我把這個夢想告訴爸媽後，只記得他們用打趣的語氣說：「除非你是神仙，不然世上沒有這種事的。就連世上的總統國王也不是神。」對於未知事物的敬畏與超自然的崇拜，在一個心思純率的小孩身上顯現，對於宗教進行反思、批判，要一直到國中之後。我的爸媽平常是安靜的人，他們各自生活。他們對我的關照，就如溪水沖蝕泥地般滋潤著我、撫育著我，在我上國高中之後，卻恍若變了個人……

而「我」並不是從國一開始就一直騎單車上學的，中學其實設有校車接送的服務，但其實在國二之前，我並不喜歡運動。在國小，除了五六年級的導師會強迫全般同學早上慢跑之外，也只有為了獲得同儕認可而強迫自己和同學一起打籃球而已。說到底，小時的我很安靜，平時喜歡看各種類型的書。記得國中一次下課，班導師叫我前去教師辦公室，她對我說：「你平時給人的感覺是很溫柔、安靜的人，但最近班上在討論組建籃球隊，你怎麼不參加呢？以你的身高，打籃球很吃香才對。」老師一如既往的表現對學生的關懷，身為學生的我不能不答應啊！可惜最後我因為反應太慢、爆發力不夠而沒當上隊員，內心卻實在五味雜陳……憂的是對於一個男生，打籃球是獲得認可的一種方式，而我恰恰缺少；喜是我可以不用做自己沒興趣的事了！為了尋求認可強迫自己適應環境，不管自己接不接受、喜不喜歡，這應該是多數人在青少年時期面對的難題。那在華人社會的環境下，學而優則仕的思想便也成為了國高中的我必須面對家人的問題。

如前所述，我所讀的中學位於市區，那是一座私立的學校，需通過考試方能入學。還記得小學六年級時，爸媽對我說只要能上那所學校，就是升學率的保證，那時雖然不是很了解「升學率」這個詞，不過只知道，只要擁有這樣東西，日後就可以考上好大學，找一份好工作。還記得小六畢業後不久，當知道我成功錄取這所學校，心中是何等雀躍啊！可是它的可怕之處，卻在當年暑假開始畢露……在那裡的生活並沒有社會上所制約的人生勝利組的喜悅，在那，水泥色圍牆高達三公尺，它用獠牙般的金屬尖刺與環繞全校的鐵絲網限制了學生的視野，好讓學生全心課業；密閉的教室內坐滿四五十人，擁擠、悶熱限縮著我的生存空間，這場令人不舒適的體驗，從早上七點半開始到晚上六點，窒息形同釘在在木椅上的每一個靈魂。如果說就當是去蹲監牢，反正出獄後就就有光明未來在等我，那麼那時的想法真是太簡單了。

超前部署，是戰略家的高明謀略。在標榜菁英的學校，學生從暑假就要開始學習下學期的課程，課堂上，老師一邊謾罵著學生不爭氣，一邊將粉筆在黑板上唧唧寫下一句句方程式與古文，吵雜的聲響令人渾身發抖。班上的同學一個個埋首苦讀，偶然抬頭一瞧，恍若工廠內生產的機器人，沒有血肉、沒有靈魂。

在那的每個人或許是受升學主義的薰陶吧，在結合了「結交益友」的優良觀念驅使下，人們在下課後看似恢復自由之身，卻只願與課業成績優良的同學聊天，忘了還有一群人的存在。而照這樣的風氣，大家都應該金榜題名，成為頂大預備生吧？

很可惜的是，並沒有。班上每一個月考一次月考，每次考完幾天內，班導師就會將發成績單發給班上每一人，當我一次次拿到後，會仔細觀察班上的成績分布，總有六、七人屬於考不及格，而我除了文科外，總成績也只勉強及格，在比較全部科目的制度下，我一次次的力志發憤苦讀，連曾經喜歡閱讀的課外書都不再看了。而我求家人讓我補習，從此夜晚在補習班逗留到晚上十點半，回到家的功能也只有睡覺。但是國一國二的生涯過去了，成績卻一直無法提升。心裡慌張的我在聽完家人說上不好的大學，成年後會失業，做個魯蛇後，更是驚怕無法面對家人與自己，但我只敢在睡前棉被蓋上、夜燈關掉後，在枕頭與蓋頭巾之間偷偷掉淚。

但最慌的還不是我，而是我的爸媽。一次從補習班回家，當我拿起鑰匙、打開大門後，平時應該空無一人的客廳卻開著燈，只見爸爸臉色充滿憤怒地站在客廳，他開始罵道：「我經過你房間，發現了課外書。你是不是平常都在看閒書，六日有空又在玩手機，才會考不好！」他說好的聲音堅決而失望，他眼皮瞪大，面色肅殺。平時累積心中的委屈不滿在這時終於爆發，我說：「平常我讀書一整天累的快要死了，六日還要兩三週去一次學校課輔，外加晚上補習，難道我都不用休息嗎？」他語氣忡忡回說：「苦一下是會怎樣，我這是為你好啊！」「為你好」三個字，抹殺了一切情感表達的可能；斷絕了家人間本該互相關愛的需求，阻隔了親情，只剩下赤裸裸的利益交換，畢竟「養兒防老」、「天下無不是的父母」，因此我其實是附屬於父母的財產，任其隨賭注的大小進行其認為有價值的投資，好壓榨出高水準的利潤。一瞬之間，國二的我好像略懂了什麼，但又不知該對家人表達什麼，只能和爸無語相對。他們開始迷信於改名、點文昌燈。一次，媽要我陪她去找算命先生。在一座大樓內昏暗的神壇，算命先生身著白袍坐在一張長方形的桌子旁，我和媽媽則坐其對面。他告訴我的媽媽：只要讓你兒子改名，並且讓他用細毛筆每天寫自己的名字一百次，這樣他的命運就會改善。他拿出一張紅色的Ａ４紙，叫我挑選一個自己認為適合的名字，紙上有二十個楷書印刷字體的直式名字，我看到了一個名字是：聖儒。看到當下我就被這個名字吸引住了，如果可以，我想成為聖人、儒士那般高大正氣的形象！於是不假思索的改名為聖儒，之後一個月我便刻苦的寫毛筆字，儘管包含成績在內的學校生活還是並無改善。又有一次，家人帶我去家附近知名的關帝廟點文昌燈，當地是高雄著名的信仰重鎮。在高雄工業化的時期，早期從台南、澎湖的外來人口便在此定居，也因而將原鄉信仰帶入當地，雲集了眾神仙在當地蓋起間間大廟，雖然因廟會遊行造成的街區、空氣汙染令我十分厭惡，但一方面也認為這是身為華人的我需要去接受的。直到這次，是第一次，也是唯一一次到廟裡去點文昌燈，才逐漸對民間的傳統信仰產生懷疑，進而將這份疑問，擴展到整個社會體制。偌大的廟宇內，我跟著家人的腳步隨著要拜的神明而移動，從主神關公開始，祂是一尊面貌威嚴的彩繪陶瓷，有著鮮紅的膚色。而我對祂一句句的祈求默念在心中，但看著祂的形象，我忍不住起了疑惑。不久輪到文昌帝君，家人請了一位身著黃色道袍的道士前來，他口唸咒語，並要求我們跟他一起持香供拜。畢，他將寫上我的名字的紙條塞入一架散發金色光芒的旋轉塔位，然後說：安揑就可以 。隨即不知去向，留下家人和我一起前去金爐燒紙錢。在金爐面前，一邊紙錢將紙錢摺皺後丟進爐內，腦袋內的疑惑終於全部爆發：祂的彩繪陶瓷形象是出自小說《三國演義》，既然我們所供俸的人物既然是出於虛構，那麼拜祂用意何在？因為他是一部通俗小說裡的忠義猛將嗎？何況祂大義失荊州，在史書上也並非仁慈無暇，而且連黑道也可以膜拜以尋求利益；求文昌帝君的文昌燈也有可議論之處：學子求文昌燈就是為了金榜題名，看看廟裡有多少的人去求呢？世上的好學校、職缺與全華人當中這麼多求文昌燈的比例算起來，應該是少得多了。假設文昌帝君已將做過壞事的人從中剃除，那剩下的人，是用抽籤去決定誰能上榜，誰註定落榜嗎？那麼落榜的人，是不是金紙燒得不夠多，或是買的燈不夠貴呢？我將目光轉回廟裡，眼見細緻的雕樑、神采的神像與金碧輝煌的牆壁，建造這些所需要的錢又是從哪來的呢？金爐冒出濃濃有毒黑色氣體，實在是嗆鼻又刺耳。我一邊將紙錢投入金爐，一邊沉思著。事後證明，當時燒的紙錢確實不夠多。有人可能會說：因為我懷疑民間信仰的存在，於是眾神才不幫助我的學業。那麼世界上虔誠的人那麼多，又怎麼存在落榜的人呢？如果是因為他的「命」不好、是因果報應，那也只對佛道教徒有效，一旦離開了這個體系，還有更寬廣的世界。

單論民間信仰，它的本質也就是赤裸的利益交換；人們將對現實利益的考量投射為宗教儀式，至於崇拜對象、思想論述是什麼，就沒那麼重要了。對於是非善惡沒有明確的定義、規範，也就不存在所求的事物合不合情理，「反正只要有功效就好」。反之，形成這樣的宗教體系需要有一個沒有明確是非的社會，只求功利，只談利益，善於利用「關係」來獲取好處，而我就是父母與神明「關係」下的犧牲品。

就這麼到了國二下學期，我為了逃避難以承受的課業壓力，開始沉醉於製作塑膠模型、鋼彈，過了幾次月考後，她罵道：「你考這種成績對得起我嗎？你為什麼表現的這麼沒自信？信不信我把你趕回你爸那裡？」媽開始痛聲責罵，隨之叫我爸開車來載我回他住的房子，上車後爸的一句話，他坐在前座問我：「你知道你媽為什麼要趕你出家門嗎？」冷漠而堅決的態度使我感到不知所措，我一時心裡的委屈全湧上了心頭，邊失聲痛哭邊回答他：「因為我的成績不夠好……」他語帶低沉與失望的音調責備我說：「你說你成績考不好，那你媽就受不了了，但至少你可以考好理工科吧？現在社會最缺工業人才，我也可以教你，以後就進台電。」當我聽完，好像瞬時被凍結一樣，我停止了抽泣，內心萌生了一個從未擁有過的堅決態度。我用猶疑的語氣說：「如果我理工的成績就是不好呢？如果我就是不感興趣呢？」爸的臉色轉為失望與憤怒地說：「那你十八歲之後自生自滅，別怪我沒勸過你讀好理工！」雖然當天晚上在媽打給爸的電話下，就又回到媽住的地方，但過了一星期，我又因為同樣的原因被趕回爸那裡了，但這次不一樣的是，媽在我晚上補習完回家後，當我正開門走進房間，媽忽然出現在我面前，她將我心愛的模型舉起，面目猙獰的對我說：「除非你願意提高自已的成績，不然我會將你的玩具模型一具具餵給兔子。」我不可置信地望著她，她看起來早已非以前慈善的母親了。她剛語畢，隨即將一支模型丟進兔籠內，兔子用尖牙啃著模型的軟膠。霎時，有如天打雷劈，我難以置信地奔往客廳，癱坐在木椅上。媽隨即快步跟了過來，開始大罵。我沒有回應她，並且看了看客廳牆上的時鐘，「兩點了。」，我心如死寂地想著。當晚媽又叫爸過來載我去爸家，這次在車上，當我獨自哭泣完後，我確信家人不再可相信，世上的人們都只為自己，因此我只能全然地相信自己；靠人人倒，靠自己最好。於是我堅決地對爸說：我要住你那裡。坐在駕駛座的他將頭微撇，目光掃向我，眼神帶著一分驚訝卻又一如既往的沉穩。隔天，爸載我回媽那裡收拾行李，之後的兩個多月，我就住在爸的房子。我在血淚斑駁卻無處躲藏的壓力下尋求一絲空氣。就算徬徨、感到無助，又能指望能來憐憫我呢？唯有堅強的生存下去，才是面對困頓的解法。

爸的房子，就是開頭說到位於小港郊區小鎮裡的透天厝。獨自生活在那裡，除了在學校跟老師、同學課業上必要的互動外，下課後直接返回爸的房子，不再有補習，剩下了許多空閒。除了爸兩三天回來一次和我吃飯時會和他說幾句日常對話外，我不再跟任何人有互動。我封閉住我的內心，這樣就不怕遭受傷害。

在那片荒郊野外，夜晚是寒冷、荒涼而令人痛苦難安的。爸的房子有三層樓，而兩側透天厝因為違建而硬是高出了一、二層樓，因此這棟房子平時曬不到日照，十一月的冬天猶其如此。身處房內如同身處陰冷潮濕的洞穴一般，夜晚開燈還可見黃色的燈光下飄著一絲絲的寒氣。每每半夜從噩夢中驚醒，就趁有時家人不在，出去看看沉睡的世界。街道、商家本來就不多的鎮上，只剩下便利超商等連鎖商店有開，一排排七、八零年代風格的透天厝乏善可陳，晃眼望去，一棟一樓鐵工廠的招牌歪斜，報廢的機車停於騎樓。野狗四五成群盤據道路，向偶爾行駛過的車輛吠吼；所謂的8+9光著刺龍鳳的上身在私壇小廟前團聚，聚眾罵街。我在遠處看他們一眼，就被惡狠狠地瞪了一眼附贈髒話，於是趕快順來路逃走。順著街區向外騎單車，十一月的冷冽空氣吐納成煙，順著吐出的飄揚熱氣，目光望去遠方：月色低垂，雲層伴隨大風吹動不止。環繞眼前的大片草地後方是隱約浮現的山脈，在黑夜中令人發顫，由生敬畏。此時此刻，內心悸動不止：「神這種東西真的存在嗎？大自然才是真的可敬畏呢！」但是孤獨的生活終究是令人發狂的，在一個十二月的將近午夜，我在那棟房子裡發愣，瑟縮在床單上，想著家人在功利薰陶下已然不再是以往的他們，但是我又能夠去依靠誰呢？於是我用Line通話打給媽，求她讓我回她那住。隔天晚上媽騎著機車來找我，她坐在客廳沙發上，用平和的語氣對我說：「你還是回來住吧！這裡平時你爸不在，回去住至少有其他家人。」自此之後，爸媽不再強求我的課業表現，特別是媽，她也「收斂」許多，他們不再相信怪力亂神的東西。但誰都清楚殘破的局面難以挽回。

一次，晚上九點，當我在圖書館讀完書後，我一如往常的要騎單車回家，那時正下著小雨。我穿上黃色兩件式雨衣，當我正跨上單車坐墊的一刻，這時身體明明吸得到空氣；心中卻忽然好像無法呼吸一樣，窒息、令人難受—渴求空氣的我開始快步踏著腳踏板，遊蕩在市區。路上沒有幾輛車，一棟棟透天厝上蓋滿了商家招牌，雨水滴落在上面，使長長的一整條街上的看上去像朦朧的跑馬燈。「我到底要去哪裡？」這個意念讓我呼吸急促起來。我奮力踏下腳踏板，用自己難以想像的力氣往前衝刺，在我紅燈前停下時，我又注意到它了—關帝廟同樣位處整條道路中央，熟悉的五層樓高宮廟建築。綠燈後，我騎向了這間廟宇，並把車停靠在廟矮垣旁的停車格。我心想：如果神真的存在，那就給我什麼引導吧？什麼都好！我穿越牌樓，走進廟正前方的廣場，廣場有兩個足球場大，雨水落在鑲嵌著大理石磚的地板，反彈一兩公分後使地板濕滑難行。而我小心翼翼地穿越廣場，並步上有三層樓的水泥階梯，雨水順著階梯一階階滑落，而我步步踏上樓梯將近過半時，不小心滑倒在地上，慶幸膝蓋沒撞到地板。走進廟裡，只見廟裡陰冷而昏暗，只有神桌發著光，神明坐在上頭，有的面色歡騰，有的沉穩自在，若視世事如無物。隨即聽到一名坐在右門旁辦公桌的老人臉色自傲地對我說：「要拜拜的？雨衣脫掉。」轉眼一看，他身材瘦澀，穿著白色吊嘎，正拿著一份報紙。他說：「拜拜記得投錢啊！」我脫掉雨衣後，點了三支香，看著神桌前的關公與眾神明，我懷著寄託之心，舉香並閉上眼，希望將生活中一切問題講給眾神明聽。我心中默念著：神明啊！你們如果真的存在的話，就顯現給我看吧！廟外的雨聲原本是細雨，瞬間變成淅瀝，「隆、隆！」的雷聲令我不禁發顫，望向神桌：神明神態自若，正安穩地享受人間供奉的香火呢！他們真的在乎信徒需求什麼嗎？我走向門口老人，問他說：「請問一下，你們廟夠靈驗嗎？」他隨回答說：「要看什麼願望ㄟ，有的如果感覺不靈，會請法師、童乩到家中做法。」我回謝謝後，把香插在門口金爐，飛速騎車回家了。如果拜拜沒有用處，還得請乩童作法，那麼拿香拜祂的意義何在呢？而且社會上許多有關乩童的醜聞，加上如果作法，問題就會改善，那人們何須努力生活？讓他們來家中作法，怕是解決不了問題。人在無助時總會尋求一個依靠，而宗教恰恰被我看破手腳。

問我當時面對家庭、課業、人際方面的壓力，會不會產生負面想法？當然會，我的心中開始出現如毒蛇一般的想法：報復所有對我不公的人。唯一一次，在課堂上，那個「聲音」突然出現，它聲音沙啞，如野獸般嘶吼著喊道：「殺光他們！」，我開始每個週末都會突然大哭，並且想起各種帶來壓力的事。但我心中不久後即出現天使、甘露般的想法與之相抗衡：世界上還有多少人跟我受一樣的苦，又有多少人比我受更大的苦呢？殺人只會讓自己成為殺人犯，整個社會氛圍不會改善。記得西羅多德曾說過：上帝要其滅亡，必先使其瘋狂。去你的！上帝，我要改變一切，就從改變自己開始！

那時的我，不再相信家人、同學、師長的話，他們必然受到升學主義荼毒，無法以寬廣地角度發現一個人的價值。但我仍就讀那所私立學校，仍身處這座監獄，我在課業上的付出並絲毫沒減少，因為成績終究對於未來的工作還是有大影響的；但我開始相信，課業並不代表一切。原本坐校車上下學，現在改用公路車上下學；並且原本只是練用來防身的空手道，我用手機打遍了能讓我武藝提升的道館，在一位教練的教導下，武藝日益精進，於是從此一週晚上三次課，外加平時每週跑步三次，我的心理從此獨立、自主，不再依靠任何人。

直到高中二年級時，一次騎腳踏車忽然遭到車撞，導致全身多處擦傷，在那種狀態下，我改搭捷運上學。在從學校到捷運站的路途中，都會經過一間天主堂。有一次放學後，當我前往捷運途中經過這間天主堂時，忽然感覺到有一股〝感覺〞要我過去，但我心裡感覺很不對勁，就匆匆路過，沒去理會。但這個情形持續了將近一個禮拜，我心中的探索欲還是攔不住了，就走向它的門口看看，在門口觀察了一分鐘後，走出一位阿婆對我說：「你好，請問是？」我回答：「剛好路過。」語氣難掩緊張。阿婆叫我有空不訪星期日來彌撒，我也赴約參加，就此開始了追尋信仰之路。事後想起，確實很神奇。

在天主教，要成為教友，必須先上半年到一年的主日學。在主日學裡，我開始接觸教義，其中最吸引我的是博愛的觀念，原本痛恨宗教的我，開始有了不同想法。我相信，世上的人們需要彼此相愛，並且擁有進取的精神，如果一個宗教的思想是出世的，那我沒理由去接受它。

原罪，一個現代社會視為宗教詞彙的單字。基督教視之為是每個人從出生便擁有的特性。但這也不禁讓人感到疑惑，世界上存在著千百種宗教，為何單獨基督教使用〝罪〞這個詞彙來定義人類，就像平白將恥辱柱套在無辜的人身上呢？而我既身為一個處在崇尚科學的社會，也運用現代人能夠理解的詞彙來定義它，我自己視之為——人性。一種淺藏在人類的血液、基因甚至浸透徒有其表的膚表內的性格，它無所不在，如同空氣中的濁氣或所謂的PM2.5那樣存在於人類所吸的每一口氣裡，它構成了人類社會發展不可或缺的原動力。它是對生存原始的欲望，讓人們蓋出一座座宏偉的摩天大樓、發展出一家家繁榮的市集，願意為追求更好的生活付出努力。可是相信古今的人們應該都想過，為什麼這個理應讓人類社會發展的性格，卻也同時使人孳生各類詭譎、犯罪與陰謀呢？

既然人性淺藏在人類血液裡，那就意味著，人類若不受規範與控制，就必將走向自我毀滅的道路，為自己與他人帶來災難。在生產能力不發達的古代，人們在無法接受普及的義務教育的情形下，使人們安定團結的箇易方法便是宗教。

一本書曾提到，世界性宗教往往伴隨著大型社會的形成。因為唯有運用先民對超自然力量的敬畏來教導人們，創造一套所有社會成員能夠接受的規範，如儒家的「君君臣臣父父子子」，人們才能在和其他人共享價值觀的前提下，安頓自身；並且與自己可能不認識的人展開合作，使社會得以運作。卻它也因而被斥責為精神鴉片，遭受現代人以科學為基礎的批判。問題是科學只能告訴人世界「是什麼」，而不能告訴人們世界「為什麼」，世上還有太多的未知是科學這個人類發明不到幾百年的名詞所能解釋的；以現代的科學技術還無法證明宗教是否存在，因此試圖證明宗教真實性的人往往只能運用個人的主觀經驗做判斷，因此本篇並不討論鬼神之說是否存在

既然宗教存在最基礎的能力是價值判斷，使人得以互相合作，那它所提供的價值之一就是為善，這個「善」是個人與整體利益的最大化。那樣其實宗教本身與哲學相比，只是加上了超自然力量的規範，一種由上而下的強力約束，而不單由人自身為出發點。

在古代，資訊交流並不發達，也因此各種宗教在其產生的原生地為了適應當地的風俗，產生出各異的思想。在各地交流不便的情況下，各地的人無法判斷宗教當中蘊含的價值觀與對自身文化的價值觀，因此各宗教之間不會產生質疑甚至衝突。在網路發達的現代，世界化的趨勢已然蔓延到我們身處的台灣，面對西方宗教的強勢，我們勢必得面對在地傳統宗教、價值所受到的衝擊。

民間信仰的擁護者，會說改信其他宗教，是背叛了神明，背叛了祖先的傳統。對我來說，民間信仰反應的是古代民間尊天敬土的精神，且有的民間信仰活動屬於地方特色。由於它內涵只有功利交換、教義沒有明確規範，如：民間信仰認為擲杯三次成功就是神明許可、答應，但怎麼證明這不是機率成分呢？神明答應的標準是什麼？沒有明確教義，代表沒有明確價值觀，多做善事定義為何？有的廟會遊行過程中，只要俯身爬過神轎底下，就能獲得神明保佑，那麼為什麼只要俯身爬過神轎底下，就能獲得神明保佑呢？且神明保佑的地區也侷限

在一時一地，並非全能。出於文化保留，也只需保留其儀式、精神。其次，既然其追求的只有功利，那麼當他無法滿足人們需求時，離開這個體系是很正常的。再者，其供奉的對象多出自古代聖賢、小說、神話故事，除神話故事可反映民族記憶之外，其餘可視作景仰人物，無需封神敬拜它，頂多視之為聖人，尊敬在心中即可。人可否成為神，這問題因宗教的定義而異。但試想：無論如何都不可能達到完美的人類怎麼可能成為無暇的神呢？

世上事物有多少是不斷改變的，當人們生活品質提高，也必定對於傳統中不合理的成份產生批判。我們該了解宗教是與它所處的文化分不開的。華人社會有許多值得讚揚之處，而民間信仰的功利觀念恰恰反映出自華人傳統的缺點：萬般皆下品，唯有學業高、透過不管正不正當的人際關係得取利益、對於和自己沒有人際關係的人沒有關懷心、將子女視作自身搏得功名的財產。這些特點造就了華人社會的教育制度對待學生是如此高壓，當我們改善出自這個文化中的信仰，也就是一步步的改正我們身處的文化。

而我相信，只要一個人接受足夠的教育，啟迪良知，就能在面對社會中的挑戰時不受人本身的罪惡影響，做出無愧於己、無愧社會的選擇。不管你信什麼教，只要相信自己，就是最大的善。

在我升上大學後的寒假，一次近黃昏時，照常前往市區途中途經家鄉外的那片荒原，要由柏油路右轉經過一條五公尺長的橋，在橋上的我跨下機車，望像西落的夕陽，巨如蛋黃一般將暗橘微光映射在流向夕陽的整條溪流上，溪流水淺湍急，大小不一的砂石突出水面，使水流在夕陽下如浮金般閃爍；光影交錯沉落在荒野大地上；傾灑在稀疏抖動的雜草上；漆在一柱柱架著鐵絲網的木樑上，漆在沿著言賀一柱柱挺立的長方形堤畔上，也漆在伊就晨鐘暮鼓的廟宇上、漆在哥德式教堂的尖塔上。涼爽微風吹來，而我陶醉其中，此刻恍若長久。可忽然一陣驟風吹來，將草地下乾燥砂石一併吹起，霎時飛塵淹沒大地，將暮色所澤收歸還無，傾刻風息，大地已入黑夜的籠罩，冷風吹得人渾身發抖。當承載著一切美景的土壤是鬆弛的時候，風沙又曾放過任何人呢？

◇評語

小編一：很優秀的一篇文章，儘管字數多，卻不會空洞乏味，反倒字句相連，令人不禁沉入其中。惟後半段由感性轉為理性，想法甚好，但稍顯僵硬，若在轉折的部分可斟酌，定會更順暢，但不減它的優秀。

小編二：文字表現優美，情節與情感可再更加投入。

小編三：雖然文章長度很長，但表達的主旨言簡意賅，讓人深入其境，散文貴於其文字精簡，若能減少些許贅筆，整篇文章會更加有力。

4月是悲傷的記憶　曾竹綺

猶記那年夏天，炙熱烈陽，我卻絲毫不感熱意，只有絲絲酷寒傳入心尖，當和煦的陽光無法帶來溫暖、當刺骨的冷風無法帶來傷害，站在人群當中，耳裡聽見的是虛無、眼裡看見的是黯淡星光，倏然，時間就像是恢復了，像是從未發生一般，路人繼續行走，電燈持續閃爍，我們之間的牽連彷彿隨著忙忙碌碌的人群漸漸失聯。

回憶是毒藥也是解藥，在一個人獨處中，回憶像是一把沒有利刃的刀，卻也能在心口上畫上一刀刀深可見血的傷口，同時，在一個人獨處的同時也是療傷的時間，好似琦君故鄉的橘子園，碩大的橘子，在記憶深處點亮曾經黑暗的年歲，照亮曾經的委屈的童年，就如同涓涓細流，慢慢地流淌在心間，慢慢暖和那儼然已結凍的內心。在偌大的病房中，聽著機器規律的律動，此時它是我最喜歡的旋律，放眼即可看完的空間裡，那躺著的人像是我最不熟悉的人，曾經，她是如此光芒四射，曾經，她是那麼的獨立自信，如今，她是多麼虛弱無力，如今，她僅能依靠他人，回憶中，我坐在她身旁聽著她滔滔不絕說著她學生時期、她的工作時期，像是我也同在那個時期般，她每每說著故事都引人入勝，秋季的楓葉風采，冬季的皚皚白雪，像是歷歷在目的景象，抑或是出遊時的精彩，春季的新芽初萌、夏季的蟬鳴及萬物盛發、秋季的羞澀風情、冬季的偃息休養，共同踏下的足跡遍野；新生命的到來，更增添一絲不同，卻也是離開的記憶，4月，帶來悲傷，卻也有欣喜。

獨自坐在窗邊聽著自己的心跳，像是聽著新生兒的心跳，緩慢卻有力的跳動著，能波動我心情的不多，少了妳，又是更少一個，窗外小孩打鬧，陽光明媚，鳥語春香的景致，約定著要與你再度共享，我們懷抱著期待，屋子裡的藥水味是我近來熟悉的氣味，我們抱怨著生活瑣事，大家熱烈的討論著，因為妳，我們再次有了交集，該說是因禍得福還是曇花一現，我們不知道也不敢猜測，只知道這是難得的一刻。

卻不曾想，命運卻不會盡如人願。

那天，天氣晴朗，才再討論著何時要去，就接到了妳的消息，遇到了才知道真實與虛幻的感覺，不是不願相信，而是虛幻的像故事劇情，之前的道別，我說不出話，不是心中情感滿溢到不知從何開口，也不是胸中情感之痛到不知如何組織言語，而是一片空白，之前好像什麼都說了，卻也好像沒說甚麼，之想到了妳之前擁抱，要是知道這是最後了，就不會只有短短幾秒。

4月帶來了萌發與衰敗，是本來就會有的循環，四月為我帶來了歡樂，也帶來了離別，以往的四月，對我來說就是一個令人陰晴不定的時節，如今，四月就只是一個悲傷的記憶。

4月，本就是個不甚喜歡的月份，這下子，又多了一個討厭的理由。

◇評語

小編一：字裡行間透漏著溫柔，結尾渲染出無奈的情緒，令人回味無窮。

小編二：文筆流暢優美，主題核心深刻。

小編三：文筆精簡有力，相當流暢，文章主旨清楚明瞭，相當優秀，唯有段落分明之處可再熟練些，便會更好。

東旅　游苡彣

轟轟作響的引擎聲隨著細雨啟程，臺東的午後乘載著年少的冒險精神，一車三人的微旅行在卑南駐足。

臺東的氣候千變萬化，時而風晴日麗，時而陰雨綿綿，今天正是一個雖然舒爽卻濕潤的日子，窗外的景色從商家林立的市區轉為兩旁皆為樹木的道路，最後駛入小社區，眼前的是本次旅程的第一站——梨迦初走。

矗立在社區中的木屋商店在四周都是水泥房的情況下顯得特別耀眼，木製的牆壁、木製的地板和木製的桌椅，想讓人在此歇會兒，但天候不允許我們這群大膽刁民繼續撒野，一群老百姓只好被這些天降奇兵趕著進門。

一進門便被滿室茶香迎接，原本被落雨打散的心思瞬間回歸，只想要一探究竟這香味的源頭，於是大夥拿起相機便打算捕捉緊接而來的各式衝擊。

細緻小巧的擺盤、拍！

精緻的茶香糕點、拍

濃郁的奶香霜淇淋、拍！

微酸帶勁的白洛神醋、拍！

品味著美味甜品的友人、拍！

一張張的相片記錄著片刻間突然湧入的大量資訊，僅有幾位客人的小店被我們塞滿了讚嘆不已的嗓音，每道運用當地特色作物製成的糕點被製成適合入口的大小，各個散發著甜而不膩的香氣，蛋糕類入口即化的口感讓人欲罷不能，霜淇淋中還能嘗到釋迦的甜味，不過比起美食我還是更喜愛這間店命名為「梨迦初走」，正如同前來的我們，偷偷不告而別溫暖的被窩，一股腦鑽進未知的領域中探索著，離開家門初次踏入新天地。

店老闆見著我們對於店內的品項與裝潢十分感興趣便親自前來向我們介紹，一路走下來的辛苦談用著淡淡的話語敘說，但苦澀的面龐背後更多的是我們體會不到的艱辛，每個新品的開發背後損失了多少的時間、食材成本，為了研發出符合大眾期待的產品，更是投入了令人想像不到的心力，老闆告訴我們：「你們認為未售完的產品最後會流向哪？」答案十分的簡單，但也是現階段多數人不在意的地方，為了不白白浪費商品，便加工製成能存放更久的產品，不斷的循環直至能流入人民的腹中，成為眾人口中的「美食」。

過癮完這些甜品「饗宴」，是時候再次「離家」前往更深入的山林，外頭仍然下著細雨，我們一行人在杳無人煙的山路上找著不顯眼的招牌，終於最後在路邊的木牌上看到本次的目標「山豬園」，現在的山豬園不像以往充滿山豬，取而代之的是果子狸和咖啡香。

比起一個莊園，此地更像一個樂園，一個充滿各式老闆心血的天堂，從入口處的花花草草和飼養果子狸的小天地，到園內門口通知有來客的小鐘，處處無一不是充滿了小故事，彷彿置身於一本百科全書。

地上的石板指引著我們踏入裡面更為驚奇的房屋，高挑的建築讓室內的空間像是一個小市場，有著販賣各式商品的小攤販，從牆壁一路延伸到天花板都充滿著照片，桌墊下也壓滿感謝狀，老闆的商品有一半以上皆是義賣產品，從自製的木雕到水果、玩偶，其收入幾乎全數捐贈給孩童之家，這一張張的合照與獎狀紀錄著一路以來的歷程，相較起可愛的果子狸和整體外觀，更令人動容的是人心的溫度。

回程的路途比起啟程的緊張感更多的是放鬆的愉悅感，望著窗外同樣的景色卻有著不同的感觸，它們已經不是陌生的景致，而是回憶中的一部分，且每次回想時更對於自己勇於踏出門外的決定感到雀躍，甚至迫不及待的想規劃下次的大冒險。

本次的旅程比起單純的外出遊歷更像是鼓起勇氣踏出家門的刺激感，來到臺東的日子說長不長，說短不短，但外出的次數屈指可數，我們不曉得往後會不會仍有機會踏上更多未知的領域，可旅行的目的從來不是為了前往而前進，而是嚮往不同的生活而移動，去發現新鮮的事物或是體驗陌生的環境。

有些在旅途中的感動難以用文字呈現，再多的相片也不過是留住旅人當初的回憶而已，那些冒險的過程只有親身經歷才能真切感受，不管是心血來潮還是為了暫時躲避塵囂，都應該找到一絲閒暇邁開新視野。

◇評語

小編一：文字清新有力，讓人不禁嚮往這樣的旅行。

小編二：文字勾勒親和近人，可更加突出文章立意。

小編三：整篇文章表現得相當不錯，內文閱讀起來相當有力度，閱讀的同時，彷彿也有聲響加入，讓人回味無窮。

木盒記憶　齊家敏

我撥開木製盒子上薄薄的一層灰，大力扭動鼻子後，才忍住打噴嚏的衝動。離家讀書近三年，家裡的東西不是被我帶走，就是幾乎沒在使用了。這個盒子便是。它被我放在書架的最底層，遭千片拼圖的紙盒擠壓著，若非我坐在書櫃前滑手機，偶然瞥見，它不知還會在灰塵中靜默多久。

木盒表面有好看的紋路，近些還能聞到木頭香氣，我記得這是爸爸早年去非洲某國出差帶回的，但我究竟放了什麼在盒子裏頭，想了半天仍是沒有結果。我記得自己很久以前，也曾捧著這個盒子，思考內容物為何，然而，真正重要的部分，卻怎樣也回憶不來。對於自己如此差勁的記憶，除了無奈，也別無他法，只得再次打開盒子，重新探索自己房裡的未知。

當手扳開略沉的蓋子時，盒子發出輕微的木頭摩擦聲，竟如某些電影中打開寶盒的「吱呀」聲，讓我不禁屏氣凝神。這種感覺很奇特，明明是自己親手放進去，以前甚至打開確認過，如今卻又似揭密般，隱隱期盼和興奮。記憶力差的缺點，居然能在日常瑣碎中，帶給自己些許的新鮮感。

木盒打開後，香氣更甚。放置最頂的是幾張明信片，有爸爸之前從非洲帶回的，也有一些我國中小畢旅的紀念。無論是從何處而來，皆染上淡淡木頭香氣。

翻看明信片的同時，與之相聯的片段記憶湧現，一些重要或不重要的零碎，不按時間順序地浮出畫面，或多或少，在我腦中熙熙攘攘。這種出其不意跌入記憶漩渦的感覺，彷若雙腳虛浮騰空，不安卻奇異。我只得捧著那些輕薄的紙張，捲入沉重的回憶裏，被迫接受許多熟悉或失聯的人陸續出現，在我腦內歡騰做聲。

其中一張明信片，是台南七股鹽山的照片，那時還是皚白的雪山，明信片下則有被蓋住的圖片吊飾，裏頭是稚氣的我穿著運動服，坐在大大的鹽山圖片前面笑得靦腆。那時距離今時已有十餘年，詳細的校外教學行程早就記不清，唯憶我和朋友站在拍紀念照的櫃台前，討論著要選哪張相片。那時我們的身形皆只到透明櫥窗的一半，踮起腳尖努力細瞧每張照片的不同。最後他倆各選了一張我們三人的合照，我則因自己獨照較為好看，而選擇了獨照。

幾年前我曾再度拜訪鹽山，那兒已不同我幼時參觀的模樣，白鹽染上萬人的足印，用棚子搭建而成的紀念品店也消失無影。捧起當年的小小橘色相片吊飾，上頭只有我一人笑著。回憶興起的瞬間，對於那時選擇了獨照的自己，竟有些失落。

僅存於腦中的校外教學印象，是許多模糊的身影，他們和我穿著一樣的校服，在遊覽車等地嘻笑蹦跳，又拉著我的手跑進攝影棚，說要一起留影紀念。那些純真的情誼，天真浪漫的年紀，存留下來的卻僅剩獨笑的我，和白淨的鹽山。至於那時友人們的面容及名字，我無論如何都記不起來。

或許這即是紀念品的意義與惋惜吧。能完好保存下的，僅有真正經歷的幾萬分之一。將其餘的明信片一一看過，跟著深處記憶重新遊覽後，我只得嘆息並這樣想著。畢竟無論如何，我是不可能返回那個時期，再次好好記住他們的模樣。這樣的遺忘，與忘卻了房裡木盒的內容物為何，是截然不同的。

看完明信片和一些紀念吊飾後，我將木盒舉起並抖一抖，意外掉出兩張小紙條。紙條是國中很常用到的隨堂測驗紙，以非常見的方式摺起，成了一個頗具美感的小方型，那是國中偷傳紙條時很流行的摺法。我十多歲時和國高中同學都非常擅長摺紙，但升上大學不再有偷傳紙條的必要，因而全然忘光了，連如何在不弄破的前提下打開都有些生疏。

費了好一番功夫，我才將第一張紙條打開。在隨堂測驗紙最上頭，歪扭的鉛筆跡寫著：十四歲的自己寫給十六歲的信。

我著實嚇了一大跳，因為記憶力極差的我，完全不記得自己有過寫信給自己這樣浪漫的行為。十四歲的我應是國三的年紀，那時面臨升學壓力，有許多的逼不得已和去就之際，在未定準港口的船上搖搖晃晃，時而迎風前行，時而逆風撐船，忽慢忽快，竟就這麼走到了現在。回首再看，才發現那時的自己格外勇敢。儘管對未來充滿不確定和徬徨，卻仍鼓足勇氣，邁開步伐，面對一次次的選擇與結果。無論是哪一次的膽氣，都構成現在二十歲的我。

因此，我很是好奇，這般敢衝敢撞的十四歲，會寫出什麼樣的信。

信的內容不長，筆跡也略顯潦草，但語氣十分有禮。明明是在與自己對話，卻像在同一位比自己稍長幾歲的姐姐談心，用字遣詞亦是溫和，讓我看了不禁莞爾。信件除了一些近況和心情外，剩下全是期盼的提問，作為一位尚不清自己未來的女孩，傾耳拭目又小心翼翼，想離未知的將來稍稍近些。

兩年後的我待在喜歡的高中了嗎？有找到自己喜歡做的事了嗎？有更明確的目標了嗎？

三個戰戰兢兢的提問，包藏了升學中徬徨無措的我，因不曉得該如何抒發內心的膽怯，只得提筆寫信。而後，為讓兩年後的自己能坦然且自信地回答，因此在每件事上更加努力。認真對待每次的嘗試，把握每個機會，只為讓將來的自己面對這些問題時，回答得心安且滿意。

如今回首試答這些題目，才發現自己早已完成了幼時的心願。國三那次的升學考，我發揮得比所有模擬考都好，如願上了心目中的學校。在求學的過程中，也於次次失敗後的起身裡，明白了自己的喜好與擅長，並為此前行。擁有了停靠的港灣，我張開那艘搖晃船隻的帆，掌握每次的順風，亦學習如何於逆風中調整方向、繼續往前的技巧。

幼時懵懂的我向自己的提問並非結束於此，再往下讀，更感震驚。只是幾個簡單的問題，卻將今時與幼時的我相連起，促我憶起最初那個碰觸到夢想、震驚欣喜的自己。

你依然堅持寫作嗎？有沒有創作出更多的故事？在自己喜愛的事情上是否有進步呢？

照樣是三個問題，然而裏頭竟網羅了我對自己的期許，以及最初那顆小小的心。

寫作之事，從國中一路堅持到了大學，數來已八年有餘。我確實喜愛寫作，且從未放棄，儘管過程中有多次的自我懷疑，亦有什麼都寫不出、想不到的困難之際，仍未改變自己的初心。只是我沒想到，對於十四歲的我而言，寫作之事重要到足以與升學未來之事寫於一處。那時的我心未定，徘徊在迷惘堅毅之間，仍處在向未來的自己提問，藉此獲得勇氣的年紀。但在寫作的事上，竟已深愛到希望未來的我亦是這般愛它。

對於這些問題，現在的我得以回答得坦然。是的，我依舊堅持寫作。實在慶幸，就算我記憶力再差，仍未遺失過所喜愛的事物。

翻開第二封信——這次拆信的速度略有增快——開頭的話意外熟悉：十七歲的自己寫給十九歲的信。信的最開頭特意註明，上封信晚了一年才被打開，一樣是在忘記了木盒內容物為何的情況下，於未準備好的狀態中，和幼時的自己相遇了。

十七歲的我沒想過當時身處何處、心思何事，對於三年前的自己是多麼重要。這些看似日常的事物，於曾經的自己而言，皆是想像和猜測。畢竟，沒有人能預先確認自己未來會如何。

第一封信原先應是寫給兩年後的自己，卻遲了一年才收到。說來也是巧合，三年後、十七歲的我亦面臨升學的壓力，在這樣壓力與迷惘兼具的時間裡，碰巧打開了這封信。將信件閱畢後，依循著幼時的自己，引頸期盼又謹慎小心，提筆寫下問題，向未來的自己請教，為著與十九歲的自己相逢。而這封信，同樣遲了一年才收到。

現在二十歲、剛打開了信件的我，湊巧同面臨繼續升學或就職的猶豫不決當中。

這封信如同上封，多是提問，偶有一些自我鼓勵，但氣勢已不如十四歲的敢衝敢撞，從字裡行間可見更多的猶豫和焦慮，對於下一步更是徬徨無措。

你喜歡現在讀的大學嗎？日子過得快樂嗎？我所做的決定你有後悔過嗎？

隱藏在這三個問題底下的，是個脆弱的孩子，擔心己身的一舉一動，妨礙到了後來的自己。儘管已隔了三年，但我依然記得高中時的我，確實相較於國中膽小得多，也不再自信和勇敢。身處高壓的讀書環境，每天皆須面對挑戰和挫敗，經年累月，在意的事物也日漸改遷。幼時留心未來方向與自我實踐，少時則注意內在心情及快樂與否，或許是體會了些不如意和世事難料，明白快樂暨知足往往才是最難達成的目標。

細細閱讀十七歲的我所寫，一方面心疼，一方面卻又欣慰。幸虧十七歲的自己，在今天遇見了二十歲的我，我能泰然而談，高中那段時間雖然辛苦，卻未白費。縱然我來到一間當初未曾料到的大學，但在這裏的所學所見都讓我非常珍惜與滿意，也於其中更堅信自己所走的路。

那些十七歲的我所遲疑和害怕的，在二十歲都找到了解答。

幸虧高中那些疲乏的日子裡，依然有支撐我往前的動力。在這些無助的問題後，仍是我對於自身喜好的堅持。然而這次不同以往，只有一個問題。

高中的我依舊喜愛寫作，十九歲的我也是嗎？

是啊，是啊。無論是十九歲，或是二十歲，皆如最初那樣喜歡。

我看見自己在反覆摸索、抉擇和探究的過程中，從未改變對於寫作最初的愛。沒有指天誓地的諾言，亦無海枯石爛的盟約，唯獨從十四歲一路問到二十歲的一句話：「你依然堅持、依舊熱愛嗎？」。

因著這句話，我能坐在房間的一隅，與各個年紀的我不期而遇。無論處在如何的景況裡，無論遭逢多少難題，是在青春的聲音裡顫抖著，或於芳華的景色中張望，皆有那麼一件能讓我緊抓不放的執著。它似繩索牽引，使我在每個舉棋不定的交叉路，能依循它往前。這些信件亦是。藉由信件所寫，我才意識到自己對此究竟有多固執，哪怕心力交瘁，也不肯鬆開一絲一毫。

或許在成長的過程中，有許多的遺忘，留下的紀念或信件，也無法盡述那時的我分毫。會有可惜，有失落，在名為世間的海上漂流，抵達目的港口前，所攜之物或多或少會遭海流沖走。

然而那些遺失的記憶，終保留一部分在書櫃的邊際，看似不重要的一隅，實則概括了我人生的大大小小。

無論是明信片等紀念品，或是各年齡階段的信件，皆交由木盒妥善保存。

我從書櫃上的某個資料夾深處，找出已多年不曾使用過的隨堂測驗紙，撕下最上頭的那張，用鉛筆寫下：二十歲的自己寫給二十二歲的信。

木盒闔上了，發出輕微的「吱呀」聲，再次靜默於房間，重新等待糟糕的記憶力將它遺忘後的那天。沉寂兩年、或是三年後，終會有人將它打開。

到時，木盒便能再度詢問她。

大學畢業的你，是如何呢？

◇評語

小編一：無。

小編二：題材平易近人、易有共感，部分字句有些口語化，可再稍微打磨。

小編三：木盒是作者的爸爸從非洲出差所帶回來，一直封存在某處，直到某天滑手機時，偶然瞥見方將其拿出，裡面有許多關於童年的記憶，無論是明信片，又或是有著自己寫給自己的信，這時候拿出來，定有感而發，用木盒隱喻自己的童年記憶，是一個很好的譬喻，也將木盒化為動力，使自己勇敢前進，這方面我認為描寫得相當不錯。

出走的睡眠　戴瑋成

我猜想，我的睡眠聽信了他人的讒言。

它聽信那些專門針對我的流言蜚語，那些我在外頭不好的評價，那些我不願讓它知道的事。曾經與我和平共處的它，如今卻不顧往日的情面，頭也不回的離我而去。而寢具們似乎也與它沆瀣一氣，枕頭不如以往般柔軟；棉被不再盡責的送上溫暖；床墊也不再舒適，像是在回應我平時對他們的肆意蹂躪與壓榨，一個個的相繼罷工。

雙眼直勾勾的望著早因壁癌而斑駁的天花板，窗外的蛙鳴聲被寂靜的夜晚放大了好幾倍，牠們每叫一聲，就像是在嘲諷我被睡眠拋棄的事。我開始有點著急，闔上雙眼後就一直告訴自己，不需要他人的幫助，我能靠著自己睡著。然而，在與床做了幾次鬥爭後，我的精神卻愈發亢奮，甚至比剛才還清醒。尋思也在床上翻來覆去好一陣子了，天應該快亮了吧！正計畫著天亮後與好久不見的早餐約個會，翻身拿起手機查看現在時間，好傢伙！竟然才凌晨三點四十二分，要想見到天明，看來還有得等呢。

身軀躺在床上一動不動，內心卻思緒萬千，突然想起睡眠這小傢伙。它獨自在外，是迷路了嗎？不知它在何處落腳？還是誤入了誰的夢境？是否舒適？是否安好？想家的時候是否知道回家的路怎麼走？靜謐的夜被一聲狗吠所劃破，起初我內心還有些許煩躁，認為鄰居的狗又再亂吠了，改天定要向牠的主人打小報告，好好的教育一番。說起那些狗兒，只要有人經過家門前，就會開始吠個不停⋯⋯，等等！牠該不會是遇到了我那離家的睡眠吧！想到這我就興奮地跳下床，打開窗戶向外看，但空蕩的街道再度令我失望，只好委屈地回到床上，蜷縮在被窩裡，繼續等待睡眠的歸來。

盼著望著，總算是在天剛亮後將它給盼了回來。我們沒有過多的交流，因為當我一見到它，我就無法受控的睡著了。彷彿剛才的神采奕奕都是裝的，如同電器被拔下電源線一般，「啪」的一聲，就此關機。然而睡眠只是讓我嘗嘗甜頭，不到幾個小時，它又離開了。再後來，我就醒了。自此，我與失眠開始了藕斷絲連的複雜關係，又好似祕密情人般的存在。仔細想想，其實好像也不錯，反正也睡不著，就多了別人好多時間，不如拿這時間來多做點事，倒也算利用時間吧！於是我開始了我獨特的「夜生活」。

每當夜幕降臨時，我仍會不死心的嘗試睡覺看看，但總以失敗告終。獨自一人坐在床邊，著實有點無聊，想拿起吉他彈彈唱唱，又害怕打擾到室友；打開電腦看看自己的待辦項目，又沒什麼動力；拿出筆記本想寫點文字，又沒什麼靈感。掙扎中，索性離開房間在附近轉轉，說不定能探尋到睡眠的蹤影。

隨著黑夜的濃度越深，周遭的元素就越純粹。略顯低迷的情緒在黑夜中延展開來，受到星月的照耀與夜色的滋潤後，也逐漸好轉，感官也隨之敏銳了起來，還能聽見田裡的蛙鳴與早已霸佔道路一角的野狗們的吠聲。就這樣漫無目的地遊蕩，疲憊與睡意也隨著時間的流失席捲而來，是時候返家了吧！當我換上睡衣並暗自竊喜找回睡眠時，一沾床，剛湧上全身的睡意頓時間蕩然無存。隱約中似乎聽到有人說了一句「你果然不能沒有我嘛」，是一個略帶戲謔的聲音，它那滿滿的惡趣味將我玩弄於股掌之中。該死！又被擺了一道。但我仍享受這樣「眾人皆睡我獨醒」的狀態，天地之遼闊，卻好似只有我獨佔了這片夜色，雖略顯孤獨卻難得脫離平日的紛擾，也確實地讓我用不同的視角看這個世界。

當我意識到事態逐漸失控是在某天。

一如既往的失眠，到了早上，我懶洋洋地在浴室梳洗完畢，想起自己好像許久沒有好好地照過鏡子了，不如讓鏡子看看我這張臉，檢查一下今天適不適合外出見人。咦！鏡中與我對望的那張憔悴的臉是誰？是我嗎？望著這張慘不忍睹的面容，不禁發笑，也是，難怪上次一位與我許久不見的朋友見到我時，先是大驚失色，後來苦口婆心的勸我不可以碰毒品，於是我站在太陽底下被那位友人強灌了半小時的心靈雞湯。當時並不以為意，認為畢竟我有失眠的症狀，看起來會有點憔悴是正常的吧！現在從鏡中看著自己，回憶著自己最近的狀態。不知從何時起，身體開始出現異樣，走路時渾身無力、雙腿發軟、沉重的頭、心理上變敏感、心情起伏大……。我不禁一陣頭皮發麻，這些估計都是身體在給我的提示訊號吧！我卻視若無睹的忽略了。

我開始在網路上搜尋失眠的家鄉，雖與它一起生活過些許日子，但我不知道它從何而來，為何而來，最後為何而去。每個人的失眠都來自不同的地方，有的可能是來自壓力；有的可能是來自環境；有的可能是來自生病，但我的失眠似乎非常獨特，皆不屬於這幾個地方。這下就難辦了，解鈴還須繫鈴人，但我卻找不到任何有關繫鈴人的資訊。而睡眠無預警的出走，是上天對我平時為非作歹的懲罰嗎？但又好像只是我單純的被睡眠遺棄了。

夜不能寐所造成的困擾無時地在影響我的日常生活。走出戶外，原本格外親切，彷彿能包容世間萬物的陽光，此時見我卻像一個士兵看見有著血海深仇的仇人一樣，拿著名為光線的鋒利匕首，狠狠的劃傷我全身上下的每一吋肌膚。我害怕極了，趕緊跑到有遮蔽物的地方來躲避攻擊，但太陽仍高掛在高空上監視著我。我敢肯定，憑藉光那快過聲音的速度，哪怕我只是探出頭向外呼救，甚至聲音都還在口中醞釀，我就會即刻被光線所斬殺。我也不是沒為此做過努力，我曾試著調整生活作息，或是做一堆事讓自己累一些。這樣的做法的確讓我在午後感到濃濃的睡意，但如果就此睡下，到了晚上我肯定又是精神百倍，所以我只好強壓住睡意，將它積攢起來，等到夜幕降臨時再將其化為夢境的養分。天不隨人願，一到了晚上，剛才辛辛苦苦所積累的睡意，此時卻像個貪玩的小孩，到了回家時間卻仍不知它的去向。

即便我再如何抗拒，面對無計可施的現況，我似乎只能尋求外物的幫助。與想像中不同，整個過程就像我只是得了一個小感冒，醫生並沒有向我提出一個又一個我回答不上來的艱難問題，而是作為一個傾聽者的角度，靜靜地聽我娓娓道來。回家後，我望著安靜躺在我手掌上的那顆名為「安邦」的粉紅色藥丸，它儼然變成了伊甸園中那顆令人垂涎的禁果，每一個渴望睡眠的細胞都像是那條蛇，不斷誘惑著、催促著我將禁果服下。然而我有些猶豫，睡眠本應是人類的自然本能，小小的一顆藥丸竟然能代替警察的職務，將我出走的睡眠乖乖地押送回來。在感嘆醫學如此進步的同時，卻又感到恐懼，雖說這樣的結果無疑是好的，但如果連自己的睡眠都要仰賴外力，究竟我還存在著多少自我意志呢？想到這，突然覺得自己真是可悲到了極點。

我知道自己是處於昏迷狀態的，但並不確定這樣是否可以稱得上是睡著。我能數出我今夜翻了幾次身，還能隱約聽見晚歸室友轉開房門時那獨特的聲響。我不清楚這些聲音到底是源自現實還是夢境，好吧，也許聽見隔壁動靜這方面還可以怪罪在隔音工程做得不踏實的份上，但其他呢？還是這一切都只是幻覺，只是睡眠為了滿足它的惡趣味心理，所編出來的一個謊。

難道我今後的生活都得靠這顆小藥丸的協助嗎？聽別人說這種藥會有成癮性，當初也是因為這樣的原因才猶豫不決。我很害怕，一旦我的意志在藥丸的面前低了頭，服了軟，我是否就會身陷泥沼中，萬劫不復了。但我現在對它又愛又恨，有點像毒品，明知道是藥三分毒，會對身體健康造成損害。但我又拒絕不了它，我需要它來幫助我終結這一切關於失眠的夢魘。

就像睡眠當初走的臨時，回來時也毫無預警。我感受不到它有帶著任何情緒，甚至是歉意。表現得稀鬆平常，就好似放學回家，在與我打過招呼後就回房休息了，晚上也不再亂跑。那之後，我就記不清我有多少日子是沒有它的陪伴，似乎都不再重要了。也才知道，就算是與我親近到像睡眠這般的存在，都會突然地離我而去，更不用說那些朋友，有些絕情的人甚至就一去不復返了。

夜晚，睡眠汲取眾人的睡意，將其融於夜色，作為養分，在夜空中綻放一朵朵夢之花。

◇評語

小編一：將睡眠擬人，語句順暢，用詞吸引人，畫面感十足，結尾若稍作修改，韻味將更足。

小編二：擬人化手法有趣、富有想像，用字遣詞精確到味。

小編三：善用擬人，引人發想，文字精簡有力，耐人尋味。

太陽和魚　羅云汝

這是待家裡的第二十天，我以為要中午了，原來是日出的陽光從窗外照進來。有時候覺得這樣子很幸福，很喜歡東西被太陽照的樣子，很溫暖。想想，如果病毒也能這樣被太陽照死就好了，如果將一切不開心的事給太陽曬一曬是不是就會被曬乾了。

突然想起前幾天買回家的三隻小魚，從牠們被賣魚的阿姨從魚池撈起、裝進袋子裡，小時候逛夜市好羨慕其他小朋友一隻手握著媽媽的手，另一隻手抓著一袋小魚。這是第一次感覺被賦予了照顧小生命的責任，很期待，就像那些小朋友都是帶著笑笑的臉期待回家將牠們裝進魚缸裡面，而我在回家的路上一直想著要放在哪裡好呢？要取名字嗎？牠們會活多久……一隻是黑色的、紅色的和白色的孔雀魚，尤其是白色的魚，當牠吃好多好多的魚飼料，小小的身體從白色變成一點一點的透出飼料的樣子，貪吃魚。隔天早上，和三隻小生命說完早安便開始早上的課程，下午出門前也說了再見。

當我回到家，牠們全浮在水面上，小小的生命，離開得太突然，曾經想努力保護的小生命們，或許是我沒有準備好要怎麼把牠們照顧好、或許牠們不想離開自己的家人和朋友吧，但我卻把牠們帶到一個陌生的小魚缸裡面，對不起。在相處短短的一個夜晚裡面，是不是想念大魚池了？就像我每個晚上都會好想念屬於我的大魚池，想念我的爸爸媽媽，想念我的家。因著大環境的劇變，回家，成為一件很困難的事情，能安安全全的回家是一件事，能安安心心回家又是另一件事。哪裡都不能去的現在，多了好多自己的時間，躺在床上也好；坐在書桌前也好；看著窗外也好，就像魚兒看著魚缸外面的世界。

把牠們的魚缸洗乾淨靜靜地放在角落，遲遲沒有拿到窗邊讓陽光曬曬，感覺陽光的溫暖曬不乾裡面的濕，這種濕不是水，而是一種想念與失去。總覺得因為三隻小生命的短暫出現與離開傷心很好笑，沒事，我也會這麼覺得。但有時候想，有時候想好好保護的東西，怎麼好容易的就離開？在我身上失去了好多，我做錯了甚麼？還是錯過了甚麼？牠們就像那三隻小魚一樣，就離開了。留下魚缸的水垢，剩下失去的想念。還是祝福三隻小魚以後不要再當魚缸的魚了，去當大海裡的魚吧！那裡更寬更廣也有很多很特別的魚朋友。曾經的失去無論向天空飛去，或是沉入大海，能在屬於自己新的世界擁有自由與寬廣。

這是待家裡的第二十天，默默的，太陽要往西邊走去，這是他每天的行程，好吧，想想這樣子也幸福。我還是很有理智的明白，水蒸發需要時間，或許將一切不開心的事曬乾需要時間，但太陽不會不見，他在早上會出現在窗外成為鬧鐘前的預告，一整天又要開始了，希望也好、失望也好，又開始了一天。

◇評語

小編一：將魚的遭遇與目前的環境做連結，題材有趣深刻，節奏稍顯倉促，可再延伸描寫。

小編二：立意與主題平和近人，整體文字清新簡潔。

小編三：對魚兒的眷戀，題材新穎有趣，段落可以再清楚的分明，會更加優秀。

喜歡　譚淇

「喜歡」是微妙的。

無論是單看這個詞並追溯它的意思，又或是直接從字面上來看，對一件人事物產生的好感能讓你感到「喜」與「歡」，那便能解釋這一切——對吧？

我第一件喜歡上的事物，是鋼琴。黑白分明的88個鍵盤、在上頭叮叮咚咚流淌的千種旋律、完美音程在耳邊迴盪的愉悅、手指在琴鍵上快速穿梭的快感……鋼琴帶給我的一切喜與歡都讓我大呼過癮。

我第二件喜歡的事物，是閱讀。翻開書本後悄悄鑽進鼻間的墨香、白紙上排列整齊的文字、用著優美辭藻娓娓道來的故事……閱讀帶給我的喜與歡使我的心靈得到平靜，靈魂得以呼吸。

我第三件喜歡的事物，是歌唱。啟唇深吸一口氣，腦中揣摩著想要發出的音高，聲帶準確地振動那個音符的頻率，歌唱帶給我的喜與歡使我的情緒高昂，壓力就此解放。

我喜歡的事物不只三件，我還喜歡好多好多事物：我喜歡做點心、喜歡小狗小貓、喜歡精緻的小飾品、喜歡漂亮的衣服、喜歡自己打理得整整齊齊的臉龐……這些都讓我的生活變得美好，點綴著我的生命。

最近，我喜歡的事物又增加了。他的相貌不是最佳，眼下掛著的黑眼圈深得彷彿晚上從未闔眼；面對人生的態度幾乎沒有樂觀過。雖然認真工作，卻總是遭到責罵；更不用說對自己的自信，那是一點都沒有。

可我卻喜歡那樣的他。即使他再怎麼悲觀，縱使他不會出現在我的現實生活裡……他帶給我的喜與歡，卻是真實的。奇怪的是，我可以非常明確的說出我為何喜歡鋼琴、閱讀以及歌唱，可唯獨喜歡他這件事，我沒有辦法說個明白，甚至無法明白。是相貌嗎？不，他並不是最出色的。那是個性？不，我並不喜歡悲觀的人。還是聲音？不，他的聲音不在我的守備範圍之內。

綜上所述，照理來說我不應該會喜歡這樣的他，我應該會喜歡更加相貌出眾、樂觀向上、聲音深得我心的人才對。然而事實證明，我遠比我自己想像得要來得喜歡他。當我看到他和其他人說話的時候，心臟就像是被人揪緊一般，難受得無以復加；當他消沉不已的時候，我只想抱著他並靜靜的安撫他，直到他恢復平靜；當我遇到挫折且被悲傷所掩埋時，我第一個想到的也是他……過去的我並沒有認真檢視那份喜歡，也以為「喜歡他」這件事不過就是看著他會感到「喜」、感到「歡」，殊不知我的內心早已為他空出一個位子，我就這樣讓他在我心底住了下來。我訝異著自己的轉變—或是說發現，發現自己無法停止喜歡他、發現自己比想像中更喜歡他、發現自己非常需要他……

我就這麼仔細深思，才發現「原來如此」—我跟他是相像的，一樣容易消沉，遇到事情的時候只想一個人擔著，痛苦時寧可自己消失也不願看見別人為了自己悲傷……我在他身上找到了那個被我壓入箱底、極力隱藏起來的自己，也找到了崩潰時可以躲藏的去處。他不會在我笑不出來時試著讓我笑出來，也不會推著暫時無法前進的我前進；他溫柔的包容著我的一切，在漆黑且無法停止流淚的夜晚裡，他只是待在我身邊，沒有「妳可以的」、「妳要加油」、「妳要振作」等讓人喘不過氣的言語，而是最真實的「陪伴」。

所以說，「喜歡」是微妙的。

「喜歡」不只帶來「喜」與「歡」，它讓人開心，使人愉悅，使我更加明白自己需要什麼、自己是誰。同時，「喜歡」這份心情也給予我重新在這個時常讓人無奈的世界裡，繼續走下去的勇氣。

◇評語

小編一：文字細膩溫柔，用心描述自己的「喜歡」。

小編二：情感真摯，文字可再更加精煉。

小編三：喜歡這個詞，是愛人的怦然心動，也是物品的愛用度。將喜歡這個詞處理得相當恰當，文章情感豐富，文字若能再精簡，那便會更好。

向海而生　蘇虹瑜

〈初生之犢〉

海水的鹹度沾染了衣裳，溫熱的旭日散落在市場街道，這是海邊小鎮的日常，一九九九年的寒露，我出生在府城郊區的一座村子，我的家鄉就坐落在臨著巴士海峽的黃金海岸，西部的海邊平坦綿延，灰黑色的沙子上頭牽牛花蔓延而生，有幾艘破舊的排仔擱淺在岸，遠方海面上的蚵棚搖搖晃晃的矗立著，每到日暮時分，夕陽落到海平面上，海水就被染成了橘子汽水的顏色，閃閃發光，在那遠離市井，海風吹又生的小鄉，讓我擁有一個樸素卻真實的童年。

我仍常常想起兒時所見的海，那時候，有無邊無際的沙灘，我們時常跟著爸爸在有坑洞的地方抓沙蟹，玩累了就躺在沙灘上，沾的滿臉都是沙，海在很遠的那端靜靜拍打著浪，幾百年來守護著這片土地上的人民，寧靜而悠遠，然而隨著時序流淌，我不再是那個肆無忌憚的抓螃蟹小女孩，這世界也以我未知的速度傾斜著，全球暖化、溫室效應這些詞彙漸漸地與我有關，海水升的越來越高，過往的回憶如同被淹沒的沙灘，陷入了沉沉大海中，那些曾經逃離我手中的沙蟹來得及逃離這片沙嗎？還有那些淺淺踏過這片沙的腳印，也被海浪一一撫平了嗎？我沒來得及難過，也沒來得及好好看那已成歷史的海岸，事實上，生命的輕與重，總是讓我難以承受和面對，我無法用言語闡述那是什麼樣的感覺，我知道我仍舊會滿懷希望的擁抱這個世界，然而心中那消逝的一部分，卻再也無法被任何一片海填平，直到後來，我遇見了這段文字。

張嘉佳說：「沙城就是一個人的記憶。偶爾夢裡回到沙城，那些路燈和腳印無比清晰，而你無法碰觸，一旦雙手陷入，整座城市就轟隆隆地崩塌，把你的喜笑顏開，把你的碧海藍天，把關於我們之間所有的影子埋葬。如果你不往前走，就會被沙子掩埋。所以我們淚流滿面，步步回頭，只能往前走。哪怕往前走，是和你擦肩而過。」

〈星夜〉

一八年的夏，我從西部的海流浪到東部的岸，火車緩慢駛入漫天湛藍，沿著鐵軌穿梭於山與山之間，夕陽換成了日出在每個靜謐的夜晚悄然滲入，山林綿延成一線景，太平洋的浪唱起了歌謠，我在睡夢中甦醒。

臺東的海深邃而靜謐，散發著原始純淨的氣息，無數個夜幕低垂的夜，大學生叛逆的精神號召著我們，離開被窩，擁抱浪潮，一群人依偎在一起，從暢談過往到默默無語，那是一種心照不宣的情感，在海的面前，言語顯得多餘。

暗夜裡的星光璀璨，成了至今見過最美的星空，流光殞落，點亮了眼眸中的黯淡，我始終相信這些星子是有生命和靈魂的，在億萬光年之外，它們也同樣遙望著心口閃爍的我。

〈貳零年〉

五、四、三、二……一……新年快樂！

大學的第二年我留在了異鄉跨年，我們一群人在嚴寒的天氣，裹著一件又一件的外套和圍巾，新奇的擠在海濱廣場，冷風從海面上吹來，刺骨的涼透進了肌膚，人潮簇擁著周圍躁動的氛圍，滿天的煙花在倒數完的那一刻灑落，炸裂的聲響像是迎接新年到來的喝采，每個人的眼裡都閃爍著夜幕的倒影，儀式感，很重很重的儀式感，像是樸素生活裡的一種點綴，但也挺好，荒涼的日子偶爾也需要片刻的喧鬧，偶爾也需要一些感動和瘋狂來豐滿往後平凡的日常，不知道是什麼樣的緣故，看到那些不斷落下又消逝的花火，竟覺得這樣的好看與動魄，好似有些什麼情緒也在心中綻放了一千萬次，周圍的人們笑著、吶喊著、歡呼著，輕輕的對自己說聲新年快樂，輕輕的將這瞬間記在心底，貳零年的我們，正好是二十歲，在這個敢於愛人和被愛的年紀，跌跌撞撞、灰頭土臉地迎接屬於我們的曙光。

〈月光海〉

大學的第二個暑假，因為工作的關係留在了臺東，待在這個城市從未讓我感到焦慮不安，也許是因為這裡和我的家鄉一樣，有海的氣息。

同樣留在臺東的友人提議去看看月光海，於是我們一行人坐上一輛紅色小轎車，奔馳在蜿蜒的海濱公路上，一旁是巍峨高聳的山林，一旁是湛藍幽深的海洋，循著青春的步伐前行，這樣的景象讓我想到了家鄉，每當黃昏時分，校車緩緩駛過西濱公路時，我總會靜靜的凝視著窗外，熾熱的太陽被海吞噬，火橘色變成了淡鵝黃，湛藍的海平面波光粼粼，天上的雲彩如夢囈語，召喚了沉睡的月影，那時的我是如此癡迷於日落帶給我的平靜。耳畔傳來人潮的聲響，打斷了思緒流轉，我們到了都歷的遊客中心，這時已經是傍晚時刻了，音樂祭早已開始，遊客中心坐落於半山腰，我們將車停在了公路旁後便隨著人群緩緩往上走，音樂在山谷之間迴盪，這裡的山坡恰好呈階梯狀，最上層是市集的位置，每個攤位都掛上了燈串，像星河般地連結在了一起，柔軟的草地上鋪上了幾張毯子，上頭繡了些原住民圖騰，為大地增添了幾分色彩，走到舞台區，小小的一座表演台搭建在山坡邊緣，幾盞主燈高掛在兩旁，僅僅是為了照明表演者，而舞台後方正對著一面無際的大海，銀銀月色撒下，今夜的東海岸披上了一層紗，我們在舞台前方的草皮席地而坐，沉醉在歌聲中，我見過家鄉昏灰質樸的海；見過土耳其翡翠浪漫的地中海；見過島嶼色澤鮮明的珊瑚海，卻未曾想過原來夜晚的海，是這樣的美，月光，海，音樂，微醺的一夜。

年少的思緒如今仍在浪潮之間載浮載沉，即使流浪到了不知名的遠方，我仍舊會記得心中的那片海，那是血液裡流淌著向海而生的本性。

◇評語

小編一：文字優美動人，充滿畫面感，惟文章主旨可再凸顯。

小編二：描寫景緻的文字獨到優美，內容可與核心主軸關聯性更加強烈。

小編三：文章相當柔軟且動人，頗讓讀者身歷其境，若結尾之處能與題目做結合，會更加優秀。

小說類

一暝大一吋　齊家敏、梁于恩、黃季翔、王靖文、胡雅欣

「啊！這是怎麼回事？」

洪思語看著從地板下突然冒出來的樹木感到不可思議，這還不是最誇張的，她不過就是睡了一晚，這棵樹竟已衝破了屋頂，粗大的樹身詭異的卡在客廳中間，往上看不見頭，往下看不見尾，粗細不一的枝枒交錯橫長在房子裡。

她立馬衝回房間，打開了電腦，手指飛快在鍵盤上敲打著，瀏覽過一個又一個的網站。沒有，都沒有！作為一個重度網癮患者，她已經養成了有什麼問題都去網上問的習慣，可這次居然找不到任何相關的答案，心如死灰的她在最後一個網站掛上自己的問題後，便關閉了網頁，開始胡思亂想起來。

那棵樹是不是有人故意種在她家的？目的是什麼？是不是想害她？還是這是一種邪術？需要吸人精血來修練法術？

洪思語越想越害怕，腦中一片混亂，就在這時，電腦發出「叮咚」一聲，傳來一則信息「親愛的『錯給的愛收不回來』用戶，有人回答了您的問題」。

瞧見這則訊息後，她快速點開通知，看到她的論壇下方終於出現了一個答覆「吃雞嗎？兄弟」傳來的。

「那是棵生命之樹啊！生氣起來很恐怖的！不過原Po，別著急，這件事要解決很容易，我常年在處理這種問題的，跟你說，要想不惹怒它，很簡單，這傢伙喜歡吃雞心。」

喜歡吃雞心？這消息乍聽不可信，可往往越是離譜的事越可能是真的啊！於是，洪思語毫不猶豫的點開了「吃雞嗎？兄弟」留言欄下方的回覆。

「是嗎？吃雞兄，那這雞心是哪兒的雞心都行嗎？請快速回復，在線等，急！」過了十幾秒，那邊回了：「不不不！原Po你可千萬別隨便亂買，你想啊，那傢伙是生命之樹耶！對於普通的東西怎麼可能下嘴，來，你來我這買，我的雞心都是經過精心供養的，絕對不一般！」

那吃雞兄丟了一個連結給洪思語，點開以後裡面還真是賣雞心的購物頁面。

「買起來啊，雞心店」洪思語點開連結就看見斗大的標題在頁面上跳動著。標楷體，亂跳的標楷體，加上頁面上滿滿的雞心背景，望著詭異螢幕畫面，洪思語愣了半晌，腦子一片空白。

「這什麼奇怪的東西？也太……」洪思語心想，正想著要關閉網頁時，「吃雞嗎？兄弟」又傳了則訊息過來。「先買5斤雞心，明天掛在樹枝上，讓它吸收雞心的日月雞華，否則妳會遭遇不幸。共2萬元，以下這是我的帳戶，記得匯過來，我會火速將雞心快遞到妳家，把地址給我。」

報了地址之後，那夜，洪思語失眠了，她反覆思考自己為什麼就攤上了這麼奇怪的事。是不是因為老天忌妒自己長得好看，所以才想把自己收了啊？洪思語最終得出了這個結論來。可是從小母親就不讓自己碰鏡子，她說照到鏡子就會死，所以洪思語從來不知道自己長得是鬼樣，還是美若天仙。只是有次她在路上聽到歌手對她唱「妳長得像我uncle，願她是一朵花。」她聽完就了然於心，原來不僅自己長得親切還像朵花，也難怪母親不讓碰鏡子，要是看到自己如此貌美，那一定會被自己該死的魅力迷死啊！

翌日，日子依舊風和日麗，生命之樹長得越來越高，幾乎蓋住屋裡的光線，就連白天也得開燈。

奇怪了，都不知道現在電價很貴嗎？又不能砍掉樹，又要買雞心，而且會不會雞心還沒到自己就要先窮死了……唉。洪思語長長地嘆了口氣。

驀地，門鈴一響，叮咚的聲音中斷了洪思語的傷春悲秋。

「來了！」她走到了門口，開門只見一箱雞心出現在門口，卻沒看到快遞的人影。箱子上還貼著一張紙條，上頭寫著請快點將雞心掛到樹枝上，記得要掛滿7749顆，然後唸三次「巴拉巴拉逼逼餔餔搭拉搭拉蹦」就可以度過這個危機。

為了拯救自己，洪思語照做了。希望可以一切平安。畢竟讓美女離開人世是不道德的啊！

可是洪思語不管怎麼掛，回頭看，雞心都會少一顆，這下洪思語慌了，她害怕自己就這樣死去。

於是，她快速點開訊息，找到吃雞兄，繼續向他求助。吃雞兄告訴她生命之樹生氣了，大事不妙，需要買更多的雞心來供養才能拯救自己。這次，洪思語砸了自己買凱狄拉克的錢買了如山的雞心，希望自己還能繼續活下去！

她將成堆的雞心塞入冰箱，看著平日空無一物的冰箱再無縫隙，唯剩數個塑膠袋，將雞心團團包裹。她嘆口氣，闔上冰箱，不去看那些專屬她的救命方針。

自從家中長出一棵巨無霸大樹後，連續幾天洪思語都沒睡好，她總覺得那棵樹陰森得可以，畢竟那可是棵會吃心臟的樹，又能衝破她家屋頂，甚至攪擾了她的生活作息，哪天伸出枝枒將她生吞活剝都不為過。要不是吃雞兄說這方法能解決，她都想撇下房子逃命了；要不是她房貸還沒還清，要不是她最近失業，要不是她——

洪思語在偌大的床舖上輾轉難眠，每天一顆顆消失的雞心，猶似她的內心脆弱的防線，慢慢脫離，慢慢碎裂，終於在某日不堪一擊。

當她冰箱的雞心減少了大半，付諸於怪樹多日後，她隱約聞見幾絲怪味。但她總說服自己是錯覺，忽略了那股氣味幾日。然而，令人作嘔的鐵銹味，伴著嘔吐般的異樣感，充斥在她的生活裡，她漸漸承受不住，哪怕她實在沒有勇氣去探究。

家中突然而起的大樹已經將她擊打得不成人形，再多點可怕的消息，她想，她是真得崩潰啊！

氣味愈靠近大樹愈明顯，隨著微風吹著枝葉抖動，在屋裡擴散。飄散至她的臥房、浴室，甚至從窗戶的縫隙溜出外頭。在她第三次接受到鄰居對氣味的抗議後——但她不知道鄰居為什麼對她家屋頂那棵視若無睹——她終於鼓起勇氣，想去一探究竟。

洪思語深吸一口氣……不這會讓她想吐。洪思語屏氣凝神，走到大樹前面，她由衷希望自己家裡不會突然發生了什麼凶殺案。

環顧四周，大樹似乎並沒有什麼異樣，於是洪思語膽子大了起來，摸了摸大樹粗壯的樹幹，跟一般的樹沒有什麼區別，於是她又敲了敲，跟一般大樹一樣堅硬。

見大樹沒有絲毫反應，洪思語的心裡突然有股怒火直竄上來，將這段日子的懼怕和委屈全部炸了出來，她開始將這些情緒全報復在大樹上——

「都是你害的！」她狠狠踹向樹幹。

「什麼鬼生命樹！」

「真是臭死了！」

她每罵一句就踹大樹一下。

「臭死了臭死了臭死了！」

啪噠。

有東西掉下來了。

一個黑黑紅紅白白的東西，洪思語定睛一看，那是雞心，腐爛的雞心，正散發著惡臭朝她席捲而來。

啪噠。

啪噠啪噠。

啪噠啪噠啪噠。

黑黑紅白白的東西正不斷從天花板——正確來說是從樹上掉下來。

隨著頭皮傳來的異物感，洪思語顫巍巍的伸手向頭頂一摸，那黏膩又柔軟的觸感在手中爆炸開來，她腦中本就瀕臨崩潰的神經隨之而斷。

「小姐！妳終於醒了！」洪思語緩緩的睜開眼，進入眼簾的是純白的方格天花板，身旁一位護士小姐正擔心的看著她。

洪思語艱難的張口道：「我這是怎麼了？」「您是被人發現暈倒在家中，叫了救護車送來的，已經昏迷兩天了。」「昏迷兩天……是誰叫的救護車？」「聽說是一位快遞員，他在門口按了鈴，發現沒人回應，就從貓眼瞧了進去，正好看到您倒在地上，就嚇得趕緊打一一九了。」

「沒有看見雞心嗎？」「雞心？您被送過來的時候，被判斷是因為腦部受到強烈撞擊昏迷的。」「那樹呢？我家的那棵大樹？」「什麼樹，您家明明沒有種樹呀？」「怎麼可能！我前幾天被它折磨的都快瘋了！」「小姐不好意思，我得去幫下個患者換藥了。」

護士推著車走出了病房，拿起了對講機道：「這裡是３０６病房，患者有一些妄想症的現象，我懷疑是因為腦部撞擊產生的後遺症，請之後的護士小心對待患者。」「收到。」

護士放下對講機，推著車轉過一個轉角，不小心撞到了人。

「哎呦。」「先生不好意思，請問有怎麼樣嗎？」

被撞到的人身穿快遞公司的外套，頭戴印著「吃雞快遞」的帽子，他壓了壓帽簷，道：「沒事沒事，護士小姐辛苦了。」

他走到３０６病房門前，看著正抱著頭努力想分清虛幻與現實的洪思語，嘴角微微上揚。

「又賺了一筆。」手裡把玩著一顆泛著綠光的種子，快遞員吹著口哨走進了電梯。

雨、爸爸和拖鞋　齊家敏、梁于恩、黃季翔、王靖文、胡雅欣

退休後的第168天，正是個吉利的數字，168「一路發」很適合出門呀！蔡董褪去他的浴袍，換上絲絨吊嘎、戴上勞力士運動錶，抓起Gucci腰包，放入他的iphone 12 pro，最後將穿著標榜防腳臭的Dior襪，塞進ＬＶ的跑鞋，他照了照鏡子，臉上掛了抹微笑似乎很滿意的自己的行頭，看了透進落地窗的朝陽，他伸了伸腿和懶腰，便興高采烈地出門晨跑了。

不料，才剛在公園熱完身，準備來個長跑，耳裡傳來siri小姐毫無感情的聲音。

「大雨將在30秒後抵達。」

什麼？我聽錯了吧？蔡董望了望晴朗無雲的天，湛藍的很啊，哪來的雨啊？蔡董他老人家不信邪，便繼續跑。沒想到天突然風雲變色，一聲雷響過後，緊接著就是狂風暴雨，蔡董措手不及，狼狽的像隻落湯雞，他的ＬＶ跑鞋就像是身旁的湖，湖裡還養著臭掉的Dior襪。

好不容易回到家，踏進家門，脫掉他因為悶過而更臭的襪子，換上他最愛的紅白拖，一頭栽進他的皛皮沙發，搔著腳底、挖著鼻屎，長嘆自己的不走運。

蔡太太一聞到熟悉又討厭的腳臭，便罵罵咧咧的走出來。

「都跟你說過幾次了，你那雙襪子該換了，真的很臭，臭到我都想跟你離婚了！」蔡太太毫不留情地批判，重傷了蔡董的心。

他委屈地咕噥了一句「我雖然腳臭，但我還是愛妳啊……」話音還沒落地，便頭也不回地衝出家門，一身溼答答，還忘記換掉紅白拖，現在蔡董全然失去了董事長的威嚴。

外頭的暴雨不止，和蔡董重傷的心靈一樣，雷雨交加，天昏地暗。他隨手拎了把折疊雨傘後，踩過幾灘大水漥，衝出獨棟住處的前院，別說是Gucci腰包和iphone 12 pro了，他連鑰匙都顧不上，除了口袋裡的幾張信用

卡，就剩腳上那雙紅白拖啪啪作響。

剛剛還豔陽高照的天空早已灰頭土臉，屬於早晨的柔光與暖意不復存在，唯剩毫不留情的雨水，打落在熙熙攘攘的都市裡。路上的行人很少，他們低著頭，閃躲地上的水窪，以及從身旁呼嘯而過的汽車所濺起的雨水。蔡董也不例外。他舉著不大的折疊傘，將肩膀盡力往內縮，低頭盯著自己的紅白拖，小心翼翼地踩在紅磚道上。

紅白拖因為泥濘，竟已成了紅黑拖，泥土和灰塵躲進他指頭的縫隙裡，在指甲裡留下深淺不一的痕跡。部分的泥土攤在他的小腿，等到雨水漸乾，成了點點泥褐色污漬。

平日裡坐慣私家豪車的蔡董很少經歷這些平民遭遇，他覺得很新奇，除了地上的汙水外，他對路過行人的穿著也非常有興趣。因著妻子對自己的嫌棄，以至於他的專注力都放在路人腳上的雨鞋上。那一雙雙透明的雨鞋，包裹著一雙雙的鞋子，無論是布鞋或是皮鞋等，皆因外面透明的軟式雨鞋防護，得以在豪雨中倖免於難。原來還有這種有趣的鞋子！退休前的下雨天都在邁巴赫的後座度過，蔡董自是不需煩惱淋濕的鞋。今天難得不在健身房運動，而是出門晨跑，卻遇上狂風暴雨，蔡董不禁思考，自己或許該更熟悉平民的生活。興許買幾雙這種軟綿綿的雨鞋，鞋襪就不會再淋濕，他的妻子也不會再嫌棄他的腳臭了。

當他於腦中規劃美好的退休後生活該如何與妻子甜甜蜜蜜，順道改善他因長期悶於皮鞋而興起的腳臭時，一陣突如其來的大風颳過，吹開了他本就不堅固的折疊傘，蔡董瞬間身陷滂沱大雨中。

平日裡只會打在邁巴赫身上的大雨滴，毫不客氣的招呼首次見面的蔡董。蔡董第一次知道，原來大雨水打在身上是這麼痛。

他慌亂地想收回雨傘，但大風不給他機會，哪怕他拉得再大力，放飛自我的傘面依舊不聽命於他。

就在此時，一台賓士開來——咻咻咻——或許是趕時間，在雨天完全不減速，逕自從人行道旁奔馳而過。濺起的水之高，將蔡董從頭至腳淋個澈底，一丁點兒也不放過。

柏油路上骯髒的泥濘水，就這樣毫無顧忌地緊貼著蔡董的身體，他的髮絲黏在額上，白色背心逼近透明，雙腳滿是水漬，折疊傘在他手中軟爛成一團，破破爛爛。

他看著賓士迅速離開的背影，想起以前坐在邁巴赫的後座，看著外頭的是是非非；他再看看滿身雨水的身體，想起即使是雨天也能乾爽上班的自己。

於是，他決定去附近的百貨公司逛逛，回味一下退休前的生活，並且給老婆買個禮物道歉，順便給自己買雙新襪子。

蔡董踏著和過去來公司視察一樣的步伐進入百貨公司。

誰料自動門一打開，冷氣迎面襲來，本來就渾身濕淋淋的蔡董直接打了個噴嚏，從髮梢、衣服滴下的雨水落在地上，和泥沙混在一起成了混濁的泥水。他每走一步，原本被擦得潔白光亮的磁磚地板就髒了一塊。

蔡董不用照鏡子就知道自己現在有多狼狽，每個經過他旁邊的人都對他頻頻側目，有個小男孩甚至還發出了「這個叔叔好可憐」的驚呼，然後很快被母親拉走。

「真是，外面下這麼大雨，是不會穿個雨衣嗎……」一旁正努力拖地的清潔人員喃喃低語，並不時將目光瞟向他，這讓蔡董不禁有些尷尬。

他來這裡都是被前呼後擁進門的，從未被人如此對待過。

咳，還是趕快買了東西走人吧，別給人家添麻煩。蔡董想著，不禁加快了腳步。

MOKIMOTO，世界知名珠寶品牌，以珍珠項鍊著名，每顆珍珠皆渾圓飽滿、完美無瑕，是以受到廣大名流人士喜愛。

同時也是蔡氏集團旗下子公司。

蔡董一踏進專櫃，就受到了兩個櫃姐的側目，髮梢的水珠已經乾了，只有濕淋淋的衣服還黏在皮膚上，冰涼的感覺十分不舒服。

他看著玻璃櫃裡的珍珠項鍊，每顆都在燈光下閃耀著迷人的光芒，不過這櫃子裡的每一條，家裡那位多得已經可以從頭掛到腳，於是他決定再走進去看看。

「欸，妳有沒有聞到什麼味道？」

「什麼味道？」

「一種……哎很難形容啦，反正就是很奇怪……」

蔡董不由自主地看了看自己的腳，他掩飾住自己的心虛，叫住了還在竊竊私語的櫃姐：「小姐，這邊這條幫我包起來。」

「好像……就是從他身上散發出來的……」一個櫃姐摀住口鼻小聲說道，露出的眼睛不斷往蔡董身上瞟去，似是想藉由這樣讓他感到羞恥，然後落荒而逃。

「呵，也不看清楚這裡是哪兒，這可是百貨公司，是他可以進來的？」另一個櫃姐更直接，塗抹豐滿的紅唇扯出一個鄙視的笑容，像這類的人她見多了，無非是想進來躲雨的。可偏偏這種人買不起也就算了，還往往裝作一副有錢的樣子，讓人看了就討厭。

「欸，好了好了，小聲點，萬一被他投訴了就不好了。」一旁稍胖的櫃姐拉著紅唇櫃姐，示意她小聲點，又趁機離蔡董離得遠了些，畢竟，真的是很臭啊！

蔡董環顧了一下周圍櫃姐的表情，就大概知道她們在想甚麼了，他本身就有那麼一點腳氣，再經歷雨水的悶濕浸泡後，這味道即便是他自己都險些撐不住。

腳趾暗暗摳了摳地，這是蔡董在家的小動作，每當他被老婆罵或尷尬的時候就會這樣，可這次沒穿皮鞋也沒在家，沾著褐色泥土的腳趾完整顯露在櫃姐眼裡，一時之間，他已經看到好幾個櫃姐又快速往後退了幾步，突然，臉上像是著火了般的燒熱，他不曾經歷過這樣的對待，心裡是既羞恥又生氣，這哪裡是應該要有的待客之道阿？

這時，一名男子打著傘走進店裡，櫃姐們瞧見了，發現是公司的經理，趕緊過去招呼：「總經理好！」，總經理剛將傘收起，就看見了一旁焦躁不安的蔡董，連皺起眉頭，櫃姐以為總經理也一樣嫌棄蔡董，總經理卻出乎意料的徑直向他走了過去，說了一句：「爸，下雨天為什麼不叫司機送你？」

媽媽總動員　齊家敏、梁于恩、黃季翔、王靖文、胡雅欣

一支紅白藍相交的棒棒糖出現在蔡小弟眼前，他有些困惑地抬眼，看見一位帶著墨鏡、下半臉盡是鬍渣的大叔。大叔笑著朝他晃動那支棒棒糖，語氣輕快地開口：「嘿嘿，小弟弟，你喜歡棒棒糖嗎？叔叔家裏還有很多，要不要來叔叔家裡吃棒棒糖，看可愛的小貓咪後空翻呢？」

蔡小弟眨眨眼，沒有搭理大叔。他低頭繼續挖著沙，加深了那個小圓坑。

他現在一人待在傍晚的公園，媽咪去附近的超商繳電話費，留他一人在這兒待著玩沙，他的目標是在媽咪回來前，挖出一個好大好大的坑洞，讓媽咪稱讚他。

大叔不死心，屈膝蹲下，將臉湊到蔡小弟面前。

「小弟弟，我看你衣服上有隻可愛的小貓，叔叔家裏的貓更可愛喔！還會後空翻呢！」

大叔一腳踏進了那個小圓坑，蔡小弟見狀，不開心的鼓起腮幫子，他向後退了一小步，將沙子堆裡的鏟子抽出，悶悶地開口。

「我不喜歡貓，這件衣服是我媽咪硬要買的，我比較喜歡狗狗啦。」

然而蔡小弟轉身，鏟子插入另一邊平坦的沙子，重新開鑿新的坑洞。

他背對大叔，對於那支色彩繽紛的棒棒糖視若無睹。

「還有，我不喜歡棒棒糖，我比較喜歡乖乖。」蔡小弟敷衍道。

「怎麼了？蔡蔡。」蔡媽媽這時繳完電話費走了過來，兒子喜歡在這玩沙，以往她下班回家沒有看到兒子時，八成都是在這，變著法的要她誇獎他，有時是堆座小山，有時是挖個大坑的，只是今天……她望了望剛剛還蹲在兒子旁邊，現在已經慌亂起身的polo衫男子，心裡升起幾分怪異。

「蔡蔡，我們回家了，爸爸還在前面等我們。」她拉起蔡小弟的手就大步往外走。其實前面根本沒有人在等他們，只是女人的第六感加上身為媽媽的敏感，她直覺這男人有問題。

「媽媽，剛剛那叔叔好奇怪！他剛剛說要帶我去他家看貓，可是我不喜歡貓啊，我喜歡狗！而且我才不信貓會翻甚麼後空翻　，好奇怪喔！」果然，蔡小弟在離開公園後就扯了扯蔡媽媽的手，一張小臉滿是不解，還帶點不屑，他想：那叔叔好幼稚喔！這麼大了還喜歡看貓咪翻跟斗。

「蔡蔡，你記住，以後不要一個人到公園去玩，當然，不只是公園，媽媽希望你去哪都先跟媽媽說一聲，我陪你去，好嗎？」聽到蔡小弟的描述，蔡媽媽更覺不放心，尤其是在最近看了幾則小孩被拐賣的新聞後，因此，她決定這一段時間，都儘量陪在孩子身邊，畢竟，他們家可就這一個寶貝。

「耶！媽媽你說的喔，絕對不能反悔！」蔡小弟歡呼了一聲，媽媽已經好久沒有陪她玩了，每天除了上班就是在家裡做家事，這次總算有時間陪他玩了，但是……他似是想到甚麼，小臉皺了起來，嘟著嘴，一雙眼委屈無比。

「怎麼啦？怎麼突然不開心啦？」蔡媽媽不理解，怎麼剛剛還開心得要跳起來的兒子突然又變了一副模樣。

「媽媽，那你去上班的時候，我是不是就不能去玩了？」蔡小弟眼裡是滿滿的難過，看的蔡媽媽心都要化了。

「當然不是啊！你放心，媽媽會叫外婆來陪你，你想去哪兒跟外婆說就行，但不要去太遠喔！媽媽會擔心。」

「耶耶！媽媽愛你！」蔡小弟開心的在蔡媽媽臉上吧　了一口。

被兒子猝不及防的偷襲了一口，蔡媽媽不禁失笑，望著兒子乖巧的臉蛋，心裡突然有點心疼，也許她該再多花時間陪孩子。

就這樣，除去上班和孩子上課的時間，蔡媽媽幾乎天天都陪在蔡小弟身邊，一方面杜絕可能發生的危險，一方面打算花時間與孩子多多相處。

直到這一天……

這天，持續了好幾天的陰雨綿綿終於暫時停息了，蔡媽媽看著窗外仍是陰鬱的天空，思考著要不要趁著這段時間好好補充一下家裡有些空虛的冰箱。

她最後還是喊了正貼在玻璃上認真實況播報水珠戰況的兒子：「蔡蔡？」

「怎麼了媽媽？」兒子轉過頭，一雙大眼眨呀眨。

「把玩具收一收，我們今天去買東西好不好？」

「好！」蔡小弟立刻從窗前蹦到媽媽面前，喜顏逐開道：「媽媽媽媽，我想吃乖乖，可以嗎？」

蔡媽媽摸了摸蔡小弟的頭髮：「可以，不過不能吃太多喔。」看著兒子乖巧地點頭，蔡媽媽又道：「等一下應該還會下雨，要記得帶傘喔。」

「嗯！我要帶那把紅色點點的！」

於是母子倆在一派歡聲笑語中來到了超市。

麵包、牛奶、醬油、雞肉……蔡媽媽在心裡算著今天要採購的東西，偶爾還要分神注意跟在身邊的兒子的動向。

「媽媽我想喝多多。」

「家裡已經有一罐啦，不能再買了。」

「可是那個是草莓口味的，這個不一樣嘛，人家好想喝。」蔡小弟仍然拉著媽媽的衣擺不依不饒。

「不行。」蔡媽媽同樣不動如山，直接牽著蔡小弟離開這個是非之地，然後繼續盤算著今天的預算，導致她完全沒注意到購物籃裡多出了一罐多多。

一直到結帳的時候……

「啊！忘記拿乖乖了啦！我去拿一下喔媽媽！」蔡小弟說完就一溜煙跑掉了。

正在將物品逐一放到櫃檯的蔡媽媽無意識地點了點頭，過了一會兒看到購物籃裡那罐本不該出現的多多，心頭猛然一跳。

蔡蔡！

蔡媽媽心中的警鈴大聲作響。蔡蔡！她也顧不著店員如何詢問她發票的事宜，拋下正要結帳的物品，急忙忙地跑回餅乾區，心裡不斷祈禱，兒子不要出什麼事才好。

她嬌小的身影，穿梭在高大的置物架之間，腳步聲和心臟的頻率像是說好了一般，不由得加速，咚咚咚的敲著。但她什麼也聽不見，一心只想著兒子。

「哇！」一聲響亮的哭聲從前方轉角的置物架後傳來。蔡媽媽認得，那是自己孩子的哭聲。

蔡媽媽著急地大喊「蔡蔡！」她都快急哭了。

還沒到置物架後，孩子的哭聲就從悶聲到消失。這下蔡媽媽更加地慌張。

突然，眼前一個精緻臉蛋的孩子被手持水果刀的中年大叔摀住嘴，抱在了胸前。

孩子睜大眼，眼裡充滿了恐懼，手腳僵直，動也不敢動。

「蔡蔡！」蔡媽媽看到心愛的兒子被歹徒脅持，爆出一聲大吼。

蔡小弟看見媽媽後，手腳開始掙扎，眼裡的豆大的淚珠像斷了線的珍珠不斷落下，悶悶的低啜聲傳進蔡媽媽耳裡，猶如針扎。

「恬恬！」大叔被吵得不耐煩，水果刀抵上蔡小弟的喉嚨。

「再吵，就讓你說不出話！」大叔惡狠狠道。

蔡媽媽看到兒子難受的模樣，顧不得自己身上沒有防禦武器，直直地向大叔撲去。

「放開我兒子！」蔡媽媽為母則強，為了救兒子，空手就要搶下水果刀。

大叔見狀，水果刀反過來就要向蔡媽媽刺去。只見刀尖往蔡媽媽的胸口逼近。

「不要！」蔡媽媽後方一位推著嬰兒車的媽媽，抓起架上的鐵餅乾盒砸過去。這一砸，不偏不移的砸在大叔頭上，大叔吃痛放開了手。水果刀框啷一聲，掉落在地。蔡小弟跪坐在地上放聲大哭，蔡媽媽趕緊將孩子抱進懷裡安撫。

嬰兒車裡的孩子也被嚇得不輕，孩子們洪亮的哭聲傳遍了整個超市。

一旁買菜的婆婆媽媽，聽見哭聲，紛紛趕過來查看。

「夭壽喔！」拄著拐杖看起來體虛的奶奶看到抱頭喊疼的大叔，不知哪裡來的力氣，打的是他不斷哀嚎。

「天公伯啊，哪有這款歹人啊！」同行的媳婦見狀，也過去幫忙。

超市裡一陣混亂，許多婆婆媽媽都過來教訓歹徒。

「叫你欺負囝仔！」「都二〇二一了還敢拿刀擄人阿！」「我已經報警了，警察說三分鐘到。」「尬拎祖媽去死啦！」「哎呦，麥勾打啊啦！」伴隨著毆打聲和逐漸哀弱的哀嚎求饒聲，婆婆媽媽終於冷靜了下來。

警察到場之後，看到了站在一旁氣憤填膺的婦女們，還有正努力安撫孩子的媽媽，跟躺在地上被面目全非腳整容過的大叔。

了解了案發過程之後，警察將犯人帶回了警局，並請蔡媽媽和幾位見義勇為的人一起去做筆錄。

「沒懶趴欸查埔郎才會做這種事啦！」「把他關久一點，不然以後我小孩怎麼敢出門？」「恐怖喔！現在治安怎麼這麼差。」正義的媽媽們七嘴八舌的跟做筆錄的警察傾訴，警察叫苦不迭的連連點頭，表示這位犯人罪大惡極，又是現行犯，還差點犯下了殺童重罪，法官一定會從重量刑，婆婆媽媽們的怨氣才漸漸消弭。

「以後我不會亂跑了。」「蔡蔡乖，不是你的錯。」是這個社會太危險了，蔡媽媽心想，要怎麼做能改變這一切呢？

這件事，就是蔡總統踏上政途的伊始。

劍行・錢行　齊家敏、梁于恩、黃季翔、王靖文、胡雅欣

第一封信

家豪學長惠鑒，茲啟者：

學長好。又到了鳳凰花開的季節，先祝賀學長考上了想要念的政大台灣文學研究所，近四年的用功努力沒有白費。還記得學長在上次家聚的時候，暢談了自己的理想與抱負，對未來有著非常明確的目標，也不忘引導我們將來道路的規劃。

想到我還是一位新鮮人，剛進入宿舍，渾身充滿了菜味的時候，遇到了一位學姐，她問我有沒有記得直屬的名字，當時我想了想，說了一個名字，學姊露出驚訝的表情，立刻轉頭找了學長來，原來我們三個竟是一家的。整個下午，你們帶我跑遍了校園，教了我很多在台東大學必須知道的大小事，還送了我一包裝滿飛機餅乾和巧克力球的紙袋，那分量多到我從學期初吃到期中考，才勘勘吃完。

之後的第一次家聚，恰逢我月底沒什麼錢的時候，已經連續吃了幾天的二十元自助餐了。當天，我侷促的看著菜單猶豫不決，不知道該怎麼辦，這時是您把菜單拿過去，問我餓不餓、喜歡吃什麼，然後推薦了幾道餐點，「我沒錢了」四個字噎在我的喉嚨裡，不知道是否該說出來，「你們儘管點，家聚是學長姐請客！」「我為了你們領了兩千出來，就是為了讓你們吃飽！」，至今我還是對當天的學長姐盈滿感激之情。

三年級的時候，我面對了華語系教學組的必經之路——華語文教學實習。在觀課和準備教材、上台教學的過程中，焦慮和緊張天天伴著我在床上翻來覆去，身為一個沒有實際教學經驗的菜鳥，除了和老師請教，騷擾最多的就是學長你跟學姐了！還好我們這家的都是教學組，我才可以在你們的幫助下熬過實習，你們的鼓勵和加油都是我那時力量的來源，真的十分感謝有你們在！

走過的大學路，讀過的華語書，品過的台東味，流過的人情淚，笑過的真情美，都在時間的河流中沉澱，成了美好的記憶，四年飛逝，畢業分別，願你前程似錦，永遠發光！

祝　順頌

學弟嘉仁　謹啟

一一〇年五月二十七日

第二封信

王剛學長惠鑒，茲啟者：

學長，實在是太神奇了！我從來不知道劍會說話。您知道嗎，自從我發現劍會說話的那天晚上，躺在床上輾轉難眠，因為曾經想像過的場景竟然成真了，您也知道我一直愛玩《劍行天下》這款遊戲，並因此收集了很多把模型劍，我無數次幻想那些模型劍是有靈魂的，它們會互相聊天、玩耍，這所有我想像的一切，在你送給我這把劍後，竟然實現了，自那天後，我身邊的的東西都變得和原來不同。

失眠坐在電腦前打遊戲時，桌子上的水杯竟就自動斟滿了水，歐不，那不是水，那是發光的液體。不知道是什麼促使我喝下那杯液體，喝完後我覺得通體舒暢，沒一會兒就沉沉睡去。再次睜開眼時，便看到無止盡的黑暗。從小特別怕黑的我，只能閉眼在原地瑟瑟發抖，可是有個聲音不斷催促著前進，我只能睜開眼，才發現原來我戴了一副畫著地圖的智慧眼鏡。學長啊，那東西真是酷斃了！我還以為我會就此迷路，回不到原來的世界，可沒想到跟著地圖走，居然發現了糖果屋。

您知道那糖果屋是什麼模樣嗎，我的老天，那棟屋子就像童話裡那般奇幻。孔雀餅乾做的屋頂，巧克力威化餅建的窗戶，更神奇的是屋裡的吊燈，居然全是七彩的糖果做成！一閃一閃的，真是太美了！正當我還沉浸在這些不可思議的美景時，耳畔突然傳來熟悉的聲音，是你們！沒有一個臉孔是面生的，您知道嗎，你們正在舉辦畢業典禮，不是以原本被告知的線上形式，四個大大的字——「畢業快樂」被高高掛在紅布幕上，喔，那應該是紅絲絨蛋糕，飄來著陣陣香甜，嵌在上頭的字似乎是糖果做的，在七彩糖燈下閃閃發亮，這真是個不尋常的畢業典禮呢，可我很開心，至少此刻，我們還能聚在一起歡樂慶祝，然後不帶遺憾地離開。

典禮已經開始一段時間，我四處走走看看，突然，眼前有個盤子飛了過來，我下意識舉起手護在臉上，沒想到它卻在我不遠處停下了。回神一看，旁邊竟有數百個盤子，如同這般停在每一個學長姐面前。裡面裝著豐盛的食物，上頭盡是我愛吃的高檔食材，鮭魚、螃蟹、干貝、鱈魚，再往旁邊看，甜點盤上充滿了松露巧克力、提拉米蘇、波士頓派、檸檬塔，看的我口水直流。正當想拿起其中一個甜點時，舞台上的校長發話了。

校長宣布現在開始頒發畢業證書，但奇怪的是，並沒有司儀小姐在台上，也沒有主持人字正腔圓的聲音。只是在倒數三秒後，餅乾做的屋頂逐漸下降，接著一片片解體，飛到你們的手上，我感到疑惑，莫非這畢業證書也是餅乾？可是上頭既沒有學校、姓名，也沒有畢業生的照片，這還算得上是一張畢業證書嗎？似乎為了驗證我的問題，旁邊的餅乾牆倏地隆起，從裡面浮現出了一個個奶油噴罐，如同盤子一般，它們井然有序的飛到你們每個人面前，等待著被你們拿起，在餅乾上飛舞寫下自己的名字，而寫下名字剎那，餅乾上竟出現了每個人專屬的畢業照，接著那上頭髮出一道強光，強光化為花束，穩穩落在你們手中，我看到你們驚喜的表情，心中不由觸動，還好畢業典禮不是在線上舉辦，還好你們盼望的終有到來，無論這是不是一場夢，還是我的幻想，我都由衷的替你們高興！學長，畢業快樂！

祝順頌

學弟嘉仁　謹啟

一一〇年六月九日

第三封信

哲遠學長惠鑒，茲啟者：

學長晚安，關於學長問我這次事情的始末，其實連我自己都不敢相信，畢竟說出去誰會信呢？所有畢業生都被拉進遊戲介面裡辦了一場畢業典禮這種事，不過我確定事情還是真真實實地發生在我們身上了。那麼既然學長你問了我，身為始作俑者的學弟我，就把事情的緣由從頭到尾在這封信裡說一遍。

其實在接到今年的畢業典禮改為線上舉辦的消息時，我的心情實在失落了好一會兒，畢竟那是一生一次、也是最後一次的畢業典禮啊，就這麼無聲無息地消失了，無論是誰都會很難過的吧。於是當天晚上，我難得沒有登錄「劍行天下」，而是上網搜尋了好些新聞，好像只要找到了疫情平緩的新聞，學長姐們的畢業典禮就能如期舉行似的。當我仍在像隻鴕鳥不願面對現實時，那把放在一旁的、王剛學長送的模型劍，突然又發起光來了！你一定覺得很奇怪吧，為什麼我說「又」呢？學長你不知道，這把劍並不是普通的模型劍，它原本就有些奇異，上次它發光之後，我就做了個神奇的夢，竟然跟這次的事件一模一樣！比較不同的是，這次劍的光芒中隱隱約約浮現了好多字，竟然還形成了一個符咒的樣子。我福至心靈伸出手碰了符咒一下，不想竟還有些燙人，正要將手抽回，就莫名奇妙被吸進劍裡了。等到回過神來，就發現學長姐們都在，而且我們身處的地方，那些我看了無數遍的草木、無比熟悉的亭台樓閣，赫然就是「劍行天下」的場景！

學長，你知道嗎，作為一位「劍行天下」的資深遊戲粉絲，我當下可是激動極了。雖然對茫然無措的你們有些不好意思，但王剛學長送我的那把劍告訴我，他之所以把大家都拉進遊戲的世界，是因為聽見我看著那些新聞時，口裡的碎碎念。當時我自顧自地抱怨，希望有個地方能夠無懼疫情的影響，將大家聚在一塊兒，可以盡情享受畢業的快樂，能夠彼此擁抱，能夠彼此祝福，每個人臉上的笑容都不需要任何遮掩。當然啦，我那不過是隨口的幾句抱怨，我家那把劍居然就這樣為我處理了一切！

當那些餅乾與糖果出現時，學長姐們臉上的驚喜和快樂，我想我一輩子也不會忘記吧。後來畢業典禮就如學長當天所見，很圓滿快樂的結束了，不真實到我總覺得那是夢一場，若不是我寫這封信時，我身旁那把劍仍機哩瓜拉說個不停，我還以為我又做了同一場夢呢。

話說，不知道學長們當天是怎麼回到現實世界的？我只記得畢業典禮結束後，餅乾牆上的那些海報變成一架架紙飛機，滿天滑行。盛大的慶典終至尾聲了，紙飛機乘載著我們的祝福，上頭寫滿了很多學弟妹想送給學長姐們的話，不知道你們有沒有看見呢？我是沒有啦，真的好可惜，因為就在我仰首，想看清楚上頭的文字時，其中一架紙飛機飛到我的面前。誰知它突然解體，撲在我的臉上，下一秒我便從現實世界的床上清醒，並且看見你傳給我的訊息了。若非學長你傳訊息給我，想知道事情始末，否則我當下真以為自己不過大夢初醒，遺憾更深呢。

這場畢業典禮，雖然沒有以往的高朋滿座，也沒有穿著傳統的畢業袍，但它卻在我們無法輕易見到彼此的日子裡，為我們留下一生難忘的典禮。幸好我在學長畢業前，還有機會拿下口罩，大聲地喊一句學長畢業快樂，也不須保持1.5公尺的距離，可以大力地撲向你——儘管學長你嫌棄不已——給你一個最真摯的擁抱。

這起夢幻事件就到這裡結束了，往後還會不會有什麼神奇的事情發生，實在是不好說，因為我家那把劍似乎還沒有要變回去的樣子呢。

在信件的末了，讓我再大聲地說一次吧！祝學長畢業快樂，一帆風順！也願學長往後所有的不開心，都能像那晚一樣，以不同的方式，轉變成最深刻的回憶。

對了對了學長，「劍行天下」這款遊戲真的很好玩，若有機會，你一定要和王剛學長、家豪學長一起玩玩看啊，保證你們會澈底愛上它！

祝　順頌

學弟嘉仁　謹啟

一一〇年六月十一日

少年歡　齊家敏

滴答滴答。

一場小小的雷雨落在夏季的午後，沖淡原先從遠處園子散開的桂花香。小雨在泥土地上積成一灘灘水窪，倒映出滲入點點陽光的多雲天空。約莫一個時辰後，斜暉終於撥開灰雲與細雨，灑在濕漉漉的邯鄲，照亮了灰濛濛的城。

趙政依著門樑，看著外頭園子裡飛舞繞圈的蝴蝶，出奇地發起愣來。他覺得蝴蝶挺幸福的，雨一停就開心地東奔西跑，好像沒什麼煩惱般，自在得很。

他只是個髫辮孩子，臉頰的肉兒還未消退，牙齒也仍未長齊。卻被迫在他國，面對所有人的冷嘲熱諷，甚至是惡言相向。他有時感覺，自己像是一個孤身作戰的將領，背後護著媽媽和弟弟，獨自對抗滿山滿谷的敵方大軍。

他曾是個會哭的孩子，在外頭受到其他孩子的欺負，便嗚嗚咽咽地跑回家找媽媽哭訴。媽媽總會好聲安慰自己，揉揉他的頭髮，溫柔地抱住他。但久而久之後，趙政漸漸發現，媽媽除了安慰自己外，實在無能為力。

於是乎，他開始憋住委屈的眼淚，開始在跌倒後不轉身逃跑。為了不成為媽媽的愁煩與擔憂，小小的身子，學會在面對比自己高出一截的眾孩子面前，倔強地不認輸。

每當他被狠狠揍了幾拳，灰頭土臉地從泥土中爬起來時，他總會思考，自己為什麼這樣不討人喜歡呢。身為質子之子，在他國的地位確是搖晃不安。或許是因為身為秦國人，在長平之戰後，便成了趙國人唾棄的對象。他們憎恨、厭惡秦國的每個人，而住在趙國的趙政母子，便成了這些怒氣的宣洩口，成了眾矢之的。

從小的欺壓使得趙政比同齡的孩子成熟許多，那雙本應閃著好奇與童真光芒的眼睛，染上了世間的雜質，滲入些算計和無情。

他的童年，好似漆黑扭曲的野獸，隨時都會將他吞食。

在趙政出神的同時，一隻小小的手掌揪住了他的衣袖，略微遲疑地拉了拉。

「哥哥。」四歲的成蟜睜大眼睛，仰視著比他高出一顆頭的哥哥，怯生生地問道：

「我能不能出去玩會兒？就一會兒。」

趙政低頭，瞧見了弟弟眼裡的興奮和閃爍的膽怯，神色柔和許多。他蹲下，與弟弟平視。

「娘不是告訴我們別亂跑嗎？」

「娘睡著了，一下下不會被發現。」

弟弟比了個噤聲的動作，悄悄地上下蹦跳幾下，好不期待。

前天他和弟弟又跟趙國的孩子打架，娘親看著他倆鼻青臉腫的回家，既心疼又生氣，便處罰他們七天內不能再出去玩了。

但成蟜的年紀實在幼小，正是對這個世界好奇疑惑的時候，哪禁得住百般無聊，這兩天他已經在家裡要悶壞了。碰巧母親睡著，成嶠就興沖沖地想偷偷出去遛達。然而，偷跑計畫在門口遇見了趙政之後，便臨時改為拉上哥哥一塊去，有個伴也好，不會單獨挨罵。

趙政怎麼會沒看穿成嶠調皮的小心思，但他也心疼弟弟，對其他孩子來說稀鬆平常的事，成嶠卻要引頸期盼、小心翼翼。

他無奈地揉揉成嶠亂糟糟的毛髮，柔聲詢問。

「想去哪玩？」

知道哥哥這是答應自己，成嶠拉著趙政的衣袖蹦蹦跳跳，高興極了。

「去外面踩水窪！踩水窪！」

兩個未及志學的孩子踏出門，就像放出籠子的小鳥一樣興奮。他們在還殘留著夏雨清新氣味的泥巴街上留下一路腳印，在遇見一坑一坑的水窪時，便會大力地往裡頭跳，濺起的水則會濕了他們的腳踝，重新跑到泥土地之後，腳底板便沾上滿滿的爛泥巴。

在這樣跑跑跳跳的過程中，他倆的腳丫已經澈底地成了個泥巴柱，黏黏又稠稠。同時，他們在不知不覺中，走到了離自己家有些距離的村子。

趙政畢竟還是個孩子，在玩樂的時候仍會沉迷其中。他拉著弟弟的手，儘管雖說跑了一會兒有些微喘，但精神卻越發洋溢。就在他們尋找下一個水窪時，弟弟看見了一棵桂花樹。

「哥哥，好香呢！」成嶠驚呼道。

下了一個時辰的雨，已經沖淡了邯鄲城裡濃濃的桂花香氣，除非近距離輕聞，不然是找不著桂花樹的。成嶠大力地吸了口空氣，滿滿的桂花香便將他包裹。他興奮地拉著趙政的手，往樹那兒走去。

近了點細瞧後，孩子倆發現，雨水將樹上多數的桂花打落到了泥土地，只剩下稀少的白花仍堅毅地掛在枝條上，三三兩兩地聚在一塊兒。

滿地的桂花像殘雪，褐色的泥濘將白色的花瓣染上汙痕，曾經漂亮又帶香的白花竟落得這般田地。

成蟜蹲下身，從泥濘中拎起一朵小花。倔強的小花仍散發絲絲香氣，混著土壤和雨水的味道，讓人有種置身草地上的錯覺。成蟜伸出兩隻短短的手指，將花瓣上的泥巴給抹去。

「花髒了，就別撿了吧。」

趙政想把成蟜拉起來，但成蟜蹲在地上，仰首眨眨眼，把花舉到面前，橫在他和趙政的視線中間。

「可是你看，花還是很漂亮啊。」

成蟜笑得瞇起眼，露出了上排的牙齒。午後的陽光灑在他的臉上，形成了光影的模樣。

「欸你們看！是秦國的小雜種！」

雨停後，許多孩子便到大街上玩，趙政他們也不知不覺地跑到了人多的地方，附近三三兩兩的孩子在熱鬧一會兒後，很快就發現了趙政他們。

領頭的孩子看上去八九歲，個頭比趙政高出了一截，他瞧見桂花樹下的兩人就大聲嚷嚷起來，吸引了其他遊戲的孩子注意。

「他們把我們的花都弄掉了！」七八個孩子裡，不知是哪個神經兮兮的孩子驚呼一聲。

成蟜還蹲在地上，看到一群沒什麼善意的大孩子，他本能地想起身逃跑，但一聽見有人這麼說，便不甘示弱的回嘴了。

「那明明就是雨打下來的，你怎麼亂說話！笨蛋！」

在成蟜開口的同時，趙政便往前一步，將成蟜護在身後。他知道小孩子被激怒肯定會亂說話，為了防止打架再次上演，讓娘發現他們偷跑，他只能趕快離開這裡。

但成蟜的話很顯然地把對面那群孩子惹火了。

「雜種居然罵我們笨蛋！」「那些花是我們趙國的東西，秦國人怎麼能動！」「上次他還打了我朋友！」幾個孩子七嘴八舌起來，看上去竟也有些嚇人，他們將趙政二人包圍住。趙政往後一步，用手臂護住他身後的成蟜。或許是二人從小遇上的類似事情已經夠多了，所以四歲的成蟜沒有害怕，反而氣呼呼的想探出頭理論，但被趙政按了回去。

「你們上次居然敢打趙國人！」領頭的孩子趾高氣昂的站出來，本來就和趙政差了一個頭的身高距離，使得趙政只能看見對方開張的鼻孔。

趙政沒有因為面對人數多而害怕，也沒有因難聽的字眼而動怒。他的眼神冷了許多，語氣淡淡地起唇。

「上次是你們先打我的。」

「你……！」領頭的孩子見趙政沒有害怕，頓時覺得有些沒面子，他舉起了拳頭，欲將怒氣以此釋放。

就在趙政想拉著成蟜往旁邊閃開時，那群孩子發出小小的驚呼，伴著此起彼落的吸氣聲，舉起拳頭的孩子衣領突然被往後拉，整個人向後跌跌撞撞，撞上一個結實的胸膛。

「你們這群搗蛋的小孩，怎麼可以欺負人呢？」

然後，一陣帶著笑意的少年音，出現在這片刻的寂靜裡。

與此同時，桂花隨著一陣突來的風輕輕落下。於來人身後，成了浪漫的雪花紛飛。

趙政愣愣地看著這個突然冒出來的小少年，少年比在場的孩子都大上幾歲，聲音也已經不是高亢的童音。他穿著一件青色的袍子，和路上見到那些總打扮黑壓壓的大人們很不一樣。

趙政知道這個人是誰，但他沒想過會在這裡遇見對方。從前，他都只是遠遠地看上一眼，無論在哪個場合，這個少年身邊總是圍繞著很多人。明明彼此的身分在趙國是相同的，偏偏對方卻總能笑著和趙國人聊天，而自己和弟弟只能東躲西藏，深怕被他人看見。

明明都是質子，為什麼他卻能不一樣——為什麼呢，姬丹？

領頭的孩子搖晃幾步，便惡狠狠地往後瞪，想罵身後那個不會看狀況的不速之客幾句。但當他回首後，卻瞪大眼睛，口裡只剩下吞吞吐吐的幾個字。

「公、公子丹。」

「你好。」

姬丹笑得燦爛，露出一口白牙。他大力揉揉領頭的孩子的頭，把那頭黑髮搓得亂七八糟後，還愉悅地拍了兩下。然後，姬丹向前走了一步，眨眨眼，盯著趙政瞧。

「哎呀，你們不是我家隔壁伯伯的孩子嗎？這麼跑來這了。」

「公子丹，您在說什麼，他們是秦國人……」

「秦國人？但我家隔壁的伯伯是趙國人啊。」

姬丹轉過頭，疑惑地看向孩子群，雖然他一臉真誠，但連孩子都知道他擺明在睜眼說瞎話。一時半刻，他們實在很難相信眼前這個少年年紀明明比他們大，居然還這般幼稚。

幾個孩子知道今天的事情必是無疾而終，他們只好在離去時，用忿忿的眼神瞪著趙政。但趙政一丁點也沒放在心上，他現在只想知道這位燕國公子丹葫蘆裡賣什麼藥。

待孩子們都散了後，姬丹伸個懶腰，笑嘻嘻地向趙政與成蟜開口道：

「你們怎麼會跑到這裡來？」

姬丹邊說話邊伸出手，放在躲於趙政身後、只露出一顆腦袋的成蟜頭上，將對方的頭髮揉得亂七八糟，惹得成蟜小聲哀叫，閃躲那隻惡作劇的手掌。

「不小心的。」趙政抬起頭，姬丹比他高上許多，他只能仰視對方。「謝謝公子幫我們。」在趙政的視線裡，公子丹有一個纖細的下巴，和高高揚起的唇。

聽聞趙政的道謝，那張唇笑得更燦爛了。

「哪兒的話。同是質子，身在他國當然要互相照應一下。」姬丹搔了搔頭，「不過抱歉了，雖然是面對小孩，但我一個燕國人在趙國幫秦國人，傳出去還是不太好，所以裝傻了一下。」

語畢，姬丹眨眨眼，淘氣地笑出聲。

這個燕國皇子和自己想像的好像有點不一樣。

面對外表是個少年，但依舊孩子氣的姬丹，趙政微微斂眉，將成蟜往自己的方向拉進些。

他可不想他的弟弟被這個幼稚的傢伙帶壞。

他的童年，是極度的不安與恐慌。暫居他國的皇子之子，在世人的恨意與怨氣中長大，他像一株在黑暗潮濕的地洞裡，哪怕被人潮狠狠踩過，也依然堅韌生長的綠苗——一株在黑暗裡瑟瑟發抖的小苗兒。

然後，風流又爽朗的姬丹，走進了這段時光。

那之後，姬丹帶著他倆去把髒兮兮的雙腳洗乾淨。雖然姬丹很想一手牽一個孩子，但趙政怎麼也不讓他靠近成蟜——不就把他弟弟的頭髮用亂了，有必要這麼小氣嗎——因此，姬丹只好牽著趙政，趙政再拉著弟弟，往他們倆人的家走去。

途中，姬丹笑盈盈地說了很多他在趙國的見聞；也說之前就想找他倆玩，但一直沒有適合的時間；說從現在開始他們不用害怕，有問題可以交給他；說他以後會常來趙政家，叫他們等自己。

許是因為二人的情形雷同，都是小時被迫受質於他國，在一個滿是眾人厭棄的地方長大，所以姬丹可憐他、同情他，施捨一個依靠給他。

趙政對於姬丹滔滔不絕的話沒有回應，只是偶爾嗯一聲，表示自己有在聽。

在趙國長大的趙政不擅長相信人，但既然來者有善意，他也不拒絕。反正他只是，在這漂浮的海上，找一根虛木緊抓不放。

他們的偷跑還是被母親發現了，回到家後不免被罵個狗血淋頭。看著母親因擔心而紅了的眼眶，趙政默默在心裡發誓，他再也不會讓母親失望。

他想長大，而且想變強。強到可以不用看他人的臉色，不用躲躲藏藏，不用依靠別人的憐憫生存。

人的一生多數都在迷茫，但會在幾個瞬間成長。趙政覺得他目前不多的七個年歲裡，成長的瞬間卻太多了。

後來的日子，姬丹還真的如他所說，三不五時就跑來和他們兄弟倆打鬧。一開始不放心的母親，想到這樣兒子們就不會動不動就想跑出去，便慢慢釋懷了。於是，姬丹漸漸佔據他童年生活裡的記憶。

附近的孩子得知他和姬丹有了交情，再不來找他的麻煩。姬丹發現他母親常被宮裡的人辱罵了後，不知和誰講了什麼，便再沒發生這種狀況。明明他們都在仰仗趙國過日子，卻又是天差地遠的區別。

他倆就是在這種關係下交好的。

他曾問過姬丹，對於王位是什麼看法。畢竟身為兩國皇子，談點國事政治也是無可厚非的。

「是人都會想要吧。」姬丹答到，「想要坐在那個位置上，得人的敬重，接受人的吹捧。」他笑了笑，沒有平時的燦爛。

「不過，當你還沒位居高位時，人們對你的情感是真實的，厭惡就厭惡，喜歡就喜歡，不會特別包裝潤飾。反之，一旦上了那個位置，所有正面或負面的情緒，在你的面前，都會偽裝成善意和討好。一開始可能還不會習慣，還是能看透那些虛假下的虎視眈眈，但當待在一個盡順你意的地方久了，是不是判斷力就會下降呢？」

趙政怔怔地看著姬丹嘆口氣，他沒想過平常看似笑嘻嘻的少年，竟也思考過這些問題。

「要一直猜測對方是不是真心的、是不是值得相信的，是件非常累的事。」

姬丹苦笑了一下。

「難怪自古以來的帝王，都極其寂寞——」

偶爾，姬丹會邀請他到附近的亭子裡，去品姬丹那兒的茶葉。他特別喜歡這個時候，平常都只能喝到澀味極重、少時才會摻點甜味的低劣茶葉，但和姬丹在一起，總能喝到許多宮裡高貴的茶類。

他們會藉茶而談世事，談理想，談己見。

他和姬丹的年紀還是有一些差距的，外人可能不懂為什麼姬丹要和一個秦國的小鬼走得這樣近。但姬丹曾和他說過，他身上有一種與其他孩子不同的氣質，更多的成熟懂事，更多的聰穎善悟，更多的計算和冷酷。

儘管姬丹待他這樣的好，他還是清楚，姬丹對他有興趣、會好奇，但更多的是對於一個弱者的保護慾。他們的地位並非完全的平等——當然，相比他人而言已經好非常非常多——他還是需要在姬丹臉色下小心翼翼，還是需要迎合，也仍然要處處謹慎。

姬丹可以隨時沒有他，但他難以失去姬丹。一旦他放開這隻抓著浮木的手，就會下沉。至於下沉到哪裡，他不知道。

所以他只能靠著姬丹，在零敲碎受的趙國裡，尋求安穩。

為了母親和弟弟，也為了自己。

然而，這樣的日子並沒有持續很久。

在他九歲那年，他們一家被接回了秦國。

他的父親成為了秦王。從小小、不受寵的質子皇子，成為了強國之王。

他們一家被接回時，姬丹就站在不遠處。

趙政上了轎子，回首，瞧見佇立於徐徐清風裡的姬丹。那雙眸子還是一樣透亮，但卻不見笑意，反而攙雜一些混亂的情緒。

趙政再幾年後才明白，那裡面盡是茫然，是失落，也是無措。一夕之間，他從人人唾棄的孩子，成了帝王之子，甚至還有可能成為太子，而後繼承秦王之位。而姬丹，依舊是他國的質子身分。

他看向姬丹，姬丹發現自己的目光後，便揮揮手，揚起與平常無二的笑容。

那是他最後一次，看見仍光鮮亮麗的姬丹。

他的父親上位三年後便去世。他以十三歲的年齡，坐上了那個渴望已久的位置。在這之前，秦國已然成為了一方強國。

他即位那年，晉陽發生叛亂，將領蒙驁將之平定。或許有人會質疑他的年紀，看不起他的出生。但當那些人看見王座上的他時，便皆會噤聲。

王座上的、他們的秦王，有一雙不屬於少年的眼睛，沉著冷靜，看不透的思緒在裡頭打轉。纖細的身子挺坐起，沒有起伏的唇，冷冷的眼神盯著底下的眾人。光影在他的眼睛裡，留下了思緒如海，似會使人溺斃。

沒有人感輕舉妄動，因為那是屬於君王的威嚴與壓迫。

他不再是趙國那個懦弱的趙政，他是嬴政，是秦國的王。

是一方霸主，無人可擋。

帝王是孤獨的。在他接獲成蟜叛變時，他想起了姬丹說過的話。沒有人可以信任，哪怕曾是最親近的人。

他也想起了兒時，蹲在地上撿桂花的成蟜。那瞬間的成蟜笑得天真燦爛，一朵出淤泥的小花就能使對方高興，笑如冬煦。

那時，他確是想守護這樣的笑容。

就算在滿是惡意的世界裡，仍需要有人相信一切會更好，需要有人保有天真和善良。所以被世界背棄憎恨的人，他來作就好了。

他曾想守護這樣的笑容。

但是，誰來守護他？

已經有了盛名、威震四方的嬴政幾不可視地皺一皺眉。他聽著來報的人口裡的長安君，和自己看著長大的成蟜無一處相像。

底下的人描述長安君是如何的壞、處心積慮想要將他拉下王位，串通敵軍打了敗仗，把秦國的士兵送給對方殲滅。但他記憶裡的成蟜，沒有這樣的冷血，更不可能這般足智多謀。本來讓成蟜帶兵，就是想練練他的膽識，增加他的功績。嬴政希望他的弟弟，有足以保護自己的能力，能夠再更長大。

但他沒想過，成蟜的成長會是這個模樣。

「派一支兵去支援，不能讓趙國為所欲為。」

他握著王座的手指，緊緊的掐住手把。

「至於長安君……以叛亂之名治罪，殺無赦。」

不過他是君王，容不下任何危險變因。

但是嬴政不知道的是，帶兵出征的少年成蟜，在騎乘上馬的那種惶恐，面對自己哥哥日漸冷血的畏懼，以及後來出師不利的驚慌。

他還只是個心性未定的少年，他沒有嬴政來得果斷，沒有嬴政來得沉穩，也沒有嬴政來得能捨。他有很多放不下的東西，比方說自己的性命，比方說對親近之人的倚賴。

所以，在他被奸人口裡那句「秦王說不定是為了殺你」震撼後，澈底地被挑撥了。

成蟜害怕死亡，害怕自己的心腹跟著他送命。他怕很多東西，當然也怕嬴政，怕那個和從前對他溫和微笑的哥哥不一樣的嬴政。

以至於，當他聽見嬴政有可能想殺自己時，成蟜便叛亂了。

但這些嬴政注定是不會知道。

因為帝王是孤獨的。

在這些接踵而來的事情中，嬴政靠著他的作為，逐漸廣為人知。

人們傳他暴虐無道、冷血無情，也說他有勇有謀、功績顯赫。總之，他以青年之身站在眾人面前，身後是他日益壯大的秦國。

他不再是當年那個需要人輔佐的少年帝王，母親的情亂、呂不韋的逝世都使得他的權力更加集中。他並非不念舊，但現實是殘酷的，他比誰都清楚，這些感情之事，是無法給人權柄，它只能叫人懦弱，成人軟肋。

他僅有的一絲溫柔漸漸被這殘酷的世界掩埋。他無情、無掛記，眾人都說他天生應為王，一個沉著冷靜，不受情感絆跌的王。

他清掃了所有威脅自己王位的因素，將大權獨攬，成了人人聞風喪膽的秦王政。

青年眉眼間早已沒了幼年的稚嫩，黑色的瞳裡再無光，宛如無底的深淵。他身覆黑色的袍子，坐在高高的王座上，伴著黑髮及腰，整個人看起來盡是黑得讓人不寒而慄。再加上為王的威壓和霸氣，令人未敢隨意一視。

而後，他迎來了和姬丹的第二次遇見。

此時的秦國無比強大，其他六國相比之下，不過是個陪襯的玩意兒罷了。這使得六國緊張又害怕，他們表面討好秦國、巴結秦國，私底下則在暗暗商量如何才能摧毀這個蒸蒸日上的強權。

戰國時期的七國都流行互相把皇子送去他國做人質，嬴政的父親嬴子楚和姬丹便是這樣去到趙國的。而如今，質子之子的嬴政，已成了一方霸主，但姬丹仍舊是個燕王之子，甚至還被他父親差派來秦國為質子。

當嬴政聽到這個消息時，多的是對燕王喜的嗤之以鼻。他對於燕王姬喜的天真行事多有耳聞，譬如說姬喜以為燕國可以打贏趙國，結果卻輕敵而損失兵馬。如今又派自己的太子前來，若不是知道姬丹曾和自己交好，那這樣的行事說多魯莽就有多魯莽。把自己國家的太子往外送——笑話。

一想到在趙國的自己和姬丹，嬴政的眼神便陰沉了幾分。

對於嬴政而言，在趙國的日子對他是一種侮辱。被人踐踏、藐視，甚至遭受欺侮，是他最不願想起的過去。他痛恨且厭惡那時的每刻，乃至那時的任何人。

無論是成蟜還是母親，在他年幼時與他最親近的他都背叛了他。或是這就是生在蜩螗亂世的下場，人人都互相猜忌懷疑，連本應扶持共進退的關係，都會因權力的改變逐漸疏離，甚至反目成仇。從交託後背的信賴，成了往後捅一刀的仇敵。

於是乎，在他年幼時，陪在自己身側的人都相繼逝世了。在與他的爭鬥裡，澈底敗北。

唯獨姬丹。

姬丹正是見過他最狼狽模樣的人。

而今，他已然是身分尊高的君王。與當時二人的地位關係有了截然不同的轉變。

他曾依附於姬丹之下，仰仗其的同情與施捨苟活，曾搖搖晃晃、載浮載沉。姬丹對幼時的他而言，像個大哥般，看不慣小弟弟的跌撞，於是憐憫地扶了一把。

但沒有一個君王會留著自己有能的哥哥，放任對方胡亂作為。於是姬喜將姬丹送來，正合了他的意。

聽說姬丹很得燕國百姓的愛戴，說他是有得有能的太子，視民如子、愛人利物，在世事紛擾裡撥亂誅暴，得民之心。

姬喜不讓自己有才能的兒子好好當太子，偏要送來給敵國看管，實在是坐實他輕慮淺謀的評價。

嬴政冷笑了一聲，瞇起眼，等待著姬丹的到來。

他記憶裡的姬丹風光無限，一襲青衣翩翩，隨著桂花身後落下，宛如不屬於凡塵的少年。俊朗的面容隨著直爽的笑容，清秀的少年佇立風中，笑得燦爛，是人人稱讚聰穎又機靈的燕國皇子。談笑風生間，盡是英姿颯爽。

他總是仰視姬丹，最先入眼的便是那無畏無懼的笑容，有點自傲得意，又有些溫和近人。記憶裡的姬丹，總是笑臉迎人。

基於此，在他看見走進來的姬丹時，竟怔怔的恍惚了會兒。姬丹對上他的視線，也悵然失神。

幾十年不見，他倆已不是當年桂花樹下的孩子。

這是嬴政第一次俯視姬丹。

大殿裡的姬丹，退去年少輕狂時的青玄袍子，如今穿著沉穩的黑褐色外袍。眉宇間多了幾道細紋，他緊抿著唇，愁煩在他眼角留下痕跡。面容沒了氣色，蒼白而脆弱，臉頰也比從前消瘦許多。

曾不滅的笑容消失了，那雙眼睛，也不同當年有神，反而黯然地望著嬴政。

與嬴政的目光交錯後，姬丹沒有移開視線，他靜靜地看著王座上的人，謠言裡那個冷血無情的秦王。

嬴政皺了眉頭，正要啟唇說話時，卻見姬丹垂下了眸子。

在姬丹面前的，不再是當年那個牽著他手的孩子，也不再滿腳丫的泥巴。身在趙國的趙政，還有雙帶著淺淺暖意的眼睛，光影在其中閃爍。那時的趙政，還會對著成蟜笑，會討母親歡心，會板起嚴肅的臉，向姬丹問些國事政策。

但此時，坐在王座上的青年嬴政，眼目深沉得嚇人，裡頭是一整片的黑，只留下冰冷刺骨的視線，眉宇間已尋覓不到當年稚氣的孩子分毫。

他的身型拔高，肩膀魁梧，儼然已是一國之帝王的霸氣模樣。

姬丹對於成蟜與趙姬的事情略有耳聞，對於嬴政的處事之道也略知一二，但他沒想到，當年的孩子變化如此之大。

頓時，他覺得秦王太高大了，高大到讓人不敢直視。

「秦王，許久不見，姬丹實在朝思暮想。今日一見，仍是當年威武風采。」姬丹行了個禮，聲音不卑不亢地在大殿裡響起。

「燕國太子說笑了，本王哪比得上太子一表人才。」

嬴政呵呵了兩聲，便不再正眼看姬丹。他閉上眼，略為煩躁地揮了下手，示意內官將姬丹帶走。

得到這樣的迎接讓姬丹倍感詫異。

姬丹在離去前，再次看了嬴政一眼。他雖然不奢求嬴政盛情款待，但他以為以二人的相識交好，嬴政會再待自己有禮些。誰知，嬴政非但如此，竟還不將他放在眼裡。原來兩人間的情誼，只是自己一廂情願。

他雖未感到氣憤，卻是有些心寒。當年那個跟在自己身後的孩子，已經不存在了。取而代之的，是個陰冷無情的強大君王。

原以為來到秦國為質不至於過得太差的姬丹，開始有些擔心。

他本不是這樣小心謹慎、如履薄冰的性子，奈何世事蜩螗、兵連禍結，竟也將他磨成這般步步為營。

待姬丹離去後，嬴政沉思片刻，突然忿忿地以拳捶打座椅扶手，驚了大殿前的侍衛與內官一跳。

他設想過與姬丹的再遇，他以為自己能毫不在意，以為能雲淡風輕的看待這個人。誰知，他仍舊是在對上眼後，亂了心神。

他不願當年的窘迫過活被世人知曉，而且他總覺得，姬丹看著他的時候，仍滿是當年的憐憫同情。是在時刻提醒他，當年弱小的自己丟臉至極！

嬴政將手撐著下顎，深吸口氣，試圖平靜自己的煩躁。

然而，嬴政不願承認的是，自己內心深處，在看到姬丹消瘦的模樣後，陰冷的意志有了一絲動搖。

辦事的內官自然看得出大王的態度，因此他對姬丹並沒有什麼好臉色。領姬丹來到宮裡的一角後，內官便行了個禮，語氣戲謔地道。

「這裡即是燕太子您的住處，今後若有什麼事情吩咐我即可。另外，大王有言，除非燕太子有什麼要緊的事，不然不可踏出此宮。」

姬丹的眼睛睜大，有些不敢置信。

這等於是變向囚禁！是對於質子非常無禮的待遇！

雖說他的身分是質子，但仍代表他國的使臣，不特別禮遇也就算了，這樣霸道刁難還真是荒唐至極！

「莫非，本太子想去哪，還需向秦王報備不成？」

既然他人不以禮相待，姬丹的口氣也就冷漠許多。

「正是，太子果真絕頂聰明。」內官含笑，不慌不忙地承認了。

沒錯，秦國就是要限制他的出入，監視他的一舉一動。

他們壓根沒把他當他國太子，壓根沒把燕國放在眼裡。對他們而言，燕國太子姬丹不過是個燕王送來的擺飾，不值得關注，也不值得畏懼。

姬丹看著內官離去的背影，神色竟變得有些駭人。

在那之後，姬丹遭受到許多不平等的待遇。

他就像幼時身在趙國的趙政，被眾人唾棄排擠，需要看人眼色生存。

但趙國的趙政有個姬丹，而秦國的姬丹卻誰也沒有。

他在秦國的飯食勉強能溫飽，被蹋也勉強能保暖。但除此之外，他的生活卻糟糕透頂。秦國官員的藐視，內官們的看不起，當他有需求時遭遇下人們的冷嘲熱諷……這些都是他從前不曾經歷過的，生而為燕王之子的他，何時落入這般境地。而這些待遇，都是嬴政默許的。

但其中讓他最難過的，就是嬴政一次也沒來看過他。

在嬴政質於趙時，自己可是三不五時就跑去找他玩，深怕他無聊。可怎麼輪到自己時，卻是這樣的回報。

在這樣的環境裡，姬丹逐漸對嬴政產生怨恨。他認為這是嬴政想要摧毀自己的自尊，這是一種慢性的虐待。宛若將一個本可乾淨整齊的人，壓進一灘爛泥裡，還不准他出來。

終於，姬丹安耐不住了，決定進宮找嬴政理論。他想弄清楚，自己究竟哪裡使嬴政不悅，非得這樣對付他。

嬴政正在書房批改公文，聽見燕國太子求見，略帶浮躁的挑眉，他早猜到會有此事，但沒想到來得這樣快。

他一抬眼，便見姬丹怒氣沖沖的走進來。

「秦王，貴國即是這般禮遇外來客的？」

姬丹已經不顧所謂的禮節，他站在嬴政面前，怒視面無表情的嬴政。

「怎麼，本王待你不好嗎？」

嬴政嗤笑一聲，放下手中的毛筆。

已經很久不曾有人敢這般怒斥他了，姬丹倒真有膽子。

面前的姬丹從容全無，很難與曾經風光的公子丹聯想在一塊兒。這就是嬴政想看見的樣子——姬丹的狼狽和脆弱——不會讓他憶起初遇的姬丹，亦不會讓他想起曾經弱小的趙政。

嬴政知道姬丹這些日子過得如何，但一個小小的燕國太子還輪不到他來操心。他是秦王，是要一統天下的王，不是來玩什麼友情遊戲的。

姬丹見嬴政對他如此不屑，心全涼了。他還天真的以為二人間有什麼過節或是誤會，可以溝通和解。誰知，什麼也沒有，單單是嬴政厭惡自己罷了。當年的情誼友好，也不過是他姬丹的自作多情。

終於明白嬴政對自己根本不在乎，姬丹的忿忿不平逐漸冷卻，取而代之的是心冷得平靜。

「嬴政。」

姬丹輕喚了嬴政的名諱。這使嬴政雙眉微斂，有些發怒。

但姬丹不在乎，此時的他不想當個謹慎度日的人，面對這巨大的打擊，他就想任性一回。

「放我回去。」

姬丹直視嬴政的雙目，沒有任何居人之下應有的態度和禮儀。

「燕太子莫非以為，你還是當年那個呼風喚雨的公子丹？而本王亦是當年那個無知的小孩？」

嬴政聲音漸冷，他起身，與姬丹平視。霸主的威壓襲擊而來，嬴政全身散發一種懾人的氣場，顯然他心情極差。

若是平常人，早就被嬴政的霸氣嚇傻了，哪還記得自己方才所說的話。但姬丹不一樣，他看過嬴政最脆弱的樣子，就算此時的嬴政多麼的威武強大，他也不會示弱。

「放我回去。」姬丹又開口，語氣平穩地要求。

「除非當日正午天降小米，烏鴉的頭變白，駿馬長出角，灶間門口的木象生出肉足。否則，你別想回去！想都別想！」

嬴政憤怒地拍了書案，上頭的筆墨因重擊而彈起，再掉回案面後，落下幾滴黑色的墨水，滲入木製書案裡。

這次姬丹沒再回話，他冷冷地望著嬴政，嬴政也悻悻然地瞪著他。

嬴政為了囚禁他，連毒誓也不在乎，當真是恨他至極？

思至此，姬丹又開口了。但這回他不再語氣沉穩，反而聲音裡摻雜一絲顫抖。

「嬴政，你恨我嗎？」

這問題讓憤怒中的嬴政一怔，沒來得及認真思慮，就輕吐出話。

「……我恨的人太多了，不差你一個。」

「但我恨，我恨你。」

語畢，姬丹揚起了個淡淡的笑容。

這是姬丹來到秦國後，第一次露出微笑。

嬴政瞬間有些失神，他彷彿看見了當年神采飛揚少年的影子，但又稍縱即逝。

不待嬴政再回覆，姬丹便轉身離去。

他知道再說什麼也沒有用了，當年那個和自己暢談世事的孩子已經不在了。

如今只剩秦國的王，是他的敵人！

踏出秦王的書房，姬丹舉步堅定，清風將他的鬢髮吹得凌亂。

他確信嬴政不會放自己回去，但他一刻也不想多留。他一回到自己的居所，便偷偷聯絡身在燕國的心腹，告訴對方自己打算這幾天就逃走。

嬴政不讓他走？沒關係，他可以自己走。

待事情都辦妥後，姬丹便於五日後悄悄溜出秦國。

但無論姬丹多麼小心謹慎，終歸是在嬴政的眼皮底下。但侍衛來報，燕國太子有欲逃離之舉時，嬴政沉思了許久。

姬丹一句恨他，竟使他悵然不已。自己本是一國之王，應是要野心勃勃的狼虎之人。怎可因一段可笑的情誼動搖？

終於，他緩緩開口。

「罷了，隨他去吧。」

就當是償還從前的恩，日後他倆便各天一方。

姬丹乘上了備好的馬車，搖搖晃晃地駛離秦國。望著秦國愈加渺小的燈火，他忽然感慨萬千。

他好想念當年那個牽著他手的孩子；想念他們一起坐在亭子裡，喝茶談天下；想念他拉著那對小兄弟在花園裡奔跑……想念好多好多。

在來到秦國前，他從未想過自己有朝一日會恨嬴政。而今，他恨嬴政的暴虐，恨嬴政讓他失去自尊，恨嬴政沒有將他們的友情放在心上，恨嬴政把自己對他的好付之東流。

他也恨一廂情願、弱小無能的自己。

姬丹感覺自己像掏心又掏肺，將五臟全往湖裡丟，他拚命掏空了一身，卻什麼也沒有回應，還遭湖水濺滿身，狼狽不堪。

他並非什麼善心良性之人，該恨該殲滅的，他不會有所猶豫。出了秦國後，他燕國太子姬丹，從此和秦王嬴政勢不兩立。

閉上眼睛，深吸口氣，姬丹覺得身子比來時沉重許多。

姬丹回到燕國後，首要做的便是尋思如何削減秦國勢力。最終的結論，並非招兵買馬，也不是以謀取勝，而是尋一殺手，直接威脅嬴政的性命。他需要一個能為燕國、為自己報仇雪恥的人。殺了嬴政，秦國便會大亂。

他不得不承認，這中間或許有一些私心。

殺了嬴政，究竟是為天下社稷著想，還是單純欲叫他償還自己所受的屈辱？姬丹不知道，但他清楚，此時的他恨嬴政之入骨。

姬丹先詢問了自己的太傅鞠武，請教他有無推薦的人選。鞠武本就對姬丹先前收留了秦國大將樊於期感到不同意，如今姬丹又望他給予建議，他無可奈何下，便舉薦了田光。

然而田光以自己年紀過高的原因，反到向姬丹推薦荊軻。為了證明自己的諾言，告訴姬丹他田光做事一向一言九鼎，田光在轉告荊軻後，便自刎離世了。

這對姬丹是不小的打擊，他悲痛萬分，更誓死要成功刺殺嬴政，不枉費田光的犧牲。

拜見荊軻，二人達成共識後，便開始計畫刺秦一事。

途中，姬丹曾一度心軟，向荊軻提出無理的要求。

「若是能效法勇士曹沫，持刀上殿要脅秦王，逼他返還侵占各諸侯國的土地，假若秦王不從，再將之刺死。這樣可好？」

不等荊軻回應，姬丹就嘆口氣，自嘲似地苦笑再道。

「罷了，當我沒說。我是在猶豫什麼，真可笑。」

明明嬴政對自己一點也不心軟，但他居然還在替對方考慮，實在是太懦弱了。

荊軻說，刺殺秦王若要成功，需備齊燕國最肥沃之地督亢的地圖，與秦國大將樊於期的人頭。

樊於期是姬丹的貴客，姬丹實在不忍殺害。於是荊軻便私自去拜訪樊於期，說明此次刺殺的計畫。樊於期本就與嬴政有不共戴天之仇，二話不說便應允自刎。

在眾多人的犧牲之下，更加深姬丹決心，此次刺秦只許成功，不許失敗。

終於，在五年後，荊軻帶著地圖、樊於期的頭顱，以及一把淬過劇毒的匕首，跟助手秦舞陽告別了姬丹。

「風蕭蕭兮易水寒，壯士一去兮不復還！」

荊軻扯開嗓子，嘶吼般地唱了一首歌。他擁抱了好友高漸離，看著眾人身覆白衣為自己送行。

姬丹向前，為荊軻倒滿了一杯酒。

喝下這杯酒後，俠客荊軻就將遠行。無論結果如何，定是無法活著回來了。

姬丹紅著眼眶，遞出了那杯酒，在荊軻一飲而盡後，姬丹朝荊軻深深地行個禮。

這一別，就是永遠。

看著荊軻馬車逐漸細小，姬丹昂首望天，輕長嘆。

此別，也是要和嬴政永別。

將他們這幾年的恩恩怨怨，埋葬在荊軻的匕首之下。

嬴政在聽說荊軻的來到，自是非常開心的。他的心願即是一統六國，而今有人雙手奉上地圖，他當然不會拒於門外。

和五年前的青年秦王相比，如今的嬴政面容更成熟，也更陰沉。他的疑心病愈來愈嚴重，對於身旁的人也更加不信任。前殿裡站著的百官，要退去身上的武器，不能有任何可能傷及人的利器在身，因為他們的王不信任他們。

嬴政逐日體會到，當年姬丹所言的寂寞帝王。

他將荊軻請了進來。因荊軻是從燕國來的，嬴政理所當然該懷疑所來的目的，但荊軻頂住了巨大的心理壓力，在靠近嬴政之前都顯出他的沉著與冷靜，保持神情泰然自若——雖然助手秦舞陽緊張個半死——但嬴政狐疑了會兒，就歸咎於是看見自己太緊張，畢竟他也不是第一次見到來投奔的人顫得如此厲害。

當荊軻攤開地圖時，整個大殿的氣氛是緊張寂靜的。他們屏氣凝神，想瞧清楚燕國督亢的地圖。隨著荊軻來開的動作，眾人的注意力也隨之被吸引。

只見荊軻緩緩地將地圖打至最底，並用迅雷不及掩耳的速度，取出裡頭的匕首，朝嬴政用力刺去！在荊軻大喝一聲的同時，整個前殿都受其影響而大力震動。四周的官兵因這突變而怔在原地，一時沒反應過來。倉促間，沒人能阻止這位貿然行動的刺客，整座大殿只有一位醫官將藥袋砸向荊軻，其餘的人都愣愣地看著荊軻起身，舉起匕首朝他們的王行刺！

淬著劇毒的匕首在即將劃過嬴政臂膀時，嬴政一個閃身，驚險的躲過了。他喘著氣，向後退了一大步，想拔除腰間的長劍，偏偏這個時候，長劍竟卡在刀鞘中出不來！

嬴政瞪大眼，看著荊軻舉刀衝向自己，情急之下他只能繞著柱子，躲過荊軻的攻擊。

嬴政和荊軻二人圍著前殿的大柱子轉著，最終，荊軻決心豁出去，他將匕首向前擲出，帶著這五年的努力、許多人的犧牲，以及自己性命的託付，付諸全力，扔向嬴政。

然而，世事總是不盡人意。

嬴政低下頭，匕首從他的頭衣上飛越，稍稍擦過布料，釘在嬴政身後的柱子上。

將姬丹與眾人的心願和依託，深深插入木柱，再也無望了。

荊軻一聲哀嘆，劃破天際，深而長遠，宛若杜鵑啼血般，哀痛至極。他跌坐在地上，目光黯然，頹喪地垂下頭。

荊軻知道，自己失敗了。

而嬴政也終在此拔出他的長劍，指向了荊軻。那雙眼裡滿是怒火，覺得自己被玩弄的怨氣，混著冷血和殘暴，巨大的壓力籠罩著荊軻。

荊軻冷笑了聲，任由衝上來的士兵將他包圍。他看著嬴政，不屑地笑道。

「之所以沒殺死你，不過是因為我想活捉你罷了。世上想殺你的人之多，非你所能想像。」

荊軻的大言不慚使得嬴政震怒，高高在上的他哪經得起這番挑釁，當場便下令將荊軻處死，分解屍首示眾。

待侍衛拖走荊軻後，嬴政巡視了在場的官員，他的怒氣仍未平，對於這些在旁什麼忙也幫不上的傢伙，他感到十分憤怒。除了那位醫官他給予了豐厚的獎勵外，其他人皆被他狠狠訓斥與責罰。

待人漸散去後，嬴政彎下腰，拾起地上的地圖，將卷軸的邊緣捏出皺痕。

「燕國……姬喜……」

嬴政怒視著地圖喃喃。他本就有一統六國的打算，如今刺殺事件發生，更加劇了他的行動。他大致猜到了背後主使的人，但比起姬丹，他更不喜燕王喜。那種懦弱無能的君王，還是儘早除盡得好，尤其是他竟敢放任自己兒子行這般小人之事。

他沉沉呼口氣，高聲召了他的參謀與軍事將領們。

燕國——這種自作聰明的小國——不能再留。

嬴政握緊卷軸的手加重了力道，他沒想到姬丹所言為真。他真是這樣恨自己，甚至到非要殺了他不可。

既然姬丹有這樣的勇氣，那就別怪他秦王不義！

姬丹聽聞荊軻失敗後，他茫然地倒靠在牆上，順著壁面下滑，失魂地跌坐在地上。

他不知道自己該再有什麼樣的情緒，他恨嬴政，且下定決心要殺他。但在一切就緒後，卻不如他的預期。嬴政還是活下來了。

嬴政勢必會知道這是自己的計畫，以那人殘暴的個性，肯定氣憤難平，定是要殺自己解恨的。

他小小的燕國太子，怎可能逃出秦王的手掌心？

姬丹不明白自己怎麼會和嬴政走到這步，走到非殺了對方不可這一步。

但他清楚已經無法反悔了，從他派出荊軻那刻，他與嬴政就注定成了血海深仇。

不只是敵國的關係，更是食肉寢皮的仇人。

緊接著，姬丹接到秦國出兵燕國和趙國的消息。嬴政一點也沒打算讓他喘息，在他還沈浸在荊軻失敗的痛悔中時，嬴政便已下令萬兵襲來，目的即是將他碎屍萬段。

秦國的將領王翦率領千軍萬馬朝薊城而來，日漸夕陽西下的燕國哪抵得住秦軍的圍攻，不及幾個月，便被攻下了首都薊城。

慌亂中，姬丹與燕王喜逼不得已兵分二路，退居遼東。

姬丹跨坐在黑馬上，衣袖隨著逆風起舞，風如刀割在他臉上劃開，但他一刻也不敢遲延，因為秦國大將李信在後窮追不捨。

他駕著馬，領著倖存的精兵們穿越樹林、踏過泥濘，踐踏黃沙，往遼東前進。

「大家撐住！」

不眠不休地趕了三天路，燕國的軍隊都已疲憊不堪，稍作休息又要上路之時，姬丹發話了。

他的聲音沙啞至極，疲累混雜著焦慮讓身體逐日衰弱，握著韁繩的手顫抖不止，冷汗從他的鬢角滴落，雙唇蒼白無色且乾裂。但他仍是站在眾人身前，挺直背肌，用堅定且炙熱的目光注視他的軍隊。

「再過不久就要到衍水，我知道大家都倦了，等我們到那兒，就隱匿於衍水中，待秦軍經過後再趕路。畢竟身子還是要顧，本太子要看見每個人完好無缺的到達遼東，一個都不准少！」

他高聲吼道，聲音震驚了枝頭上的鳥兒。成群的鳥兒振翅起飛，在兵軍響徹雲霄的應答聲中躍起騰空。即使他如此狼狽，落到被人追殺的下場，他仍是燕國的太子，有眾多人景仰他，且望他帶領燕國戰勝。他的人民除了他，再無其他指望。

所以他必須撐住，堅持到最後一秒也不退縮。

因為他肩上還有整個燕國，燕國也還有他堅守。

姬丹與他的軍隊，在隔天下午抵達了衍水邊。李信的大軍離他們不遠，若仔細瞧便能見到遠方的塵土飛揚。這樣綳緊神經的追逐戰已經延續好幾日，燕國的士兵各各神色憔悴，但他們都是燕國的精兵，無論身體多倦多難受，仍是睜著炯炯有神的眼睛，跟在姬丹後面。

姬丹舉起劍，指揮燕兵穿上能禦寒的外衣，準備潛入衍水中藏匿。

只要這次躲過了李信大軍的追趕，他們便可稍作休息再出發，能唬住李信幾天便幾天。眼下他們也沒有更好的法子，畢竟燕國兵馬數量稀少，正面迎戰定是贏不了的。

姬丹領的眾人緩緩走進衍水裡，冰寒的江水淹沒他的腳踝，浸濕了他的袍子，刺骨的寒意從腳趾頭一路蔓延，包裹他全身。姬丹狠狠咬住發顫的唇，逼自己繼續前行，直至河水高過他的頭頂。

他不能在這裡認命，他的士兵都在堅持，只要自己露出一絲倦意，士氣便會大大受影響。哪怕河水再冷，他都得表現無畏無懼的模樣。

因為他是燕國太子。

姬丹沉入水中後就不動了。為了防止遭發現會被一舉攻破，他和他的士兵分散在衍水各處。周遭是寂靜的，只剩河浪輕微的翻滾，及細流極微小的流音。

姬丹仰看著水面，衍水波光粼粼，太陽灑在其上成了漸層的光影，將上層的河水照得通透明亮。淺藍色的細流撫過姬丹身側，細小的泡沫從他鼻腔呼出，在一片藍色裡漂浮。

然而，姬丹身後的深層河水卻是一望無際的漆黑。那些陽光照射不到的地方，尤其寒冷凍人，深不見底。

姬丹漂浮在衍水之中，他覺得四周好安靜，時間彷彿靜止了，又或許是此時天地間只剩他一人。他已許久不曾這般放鬆，任身子隨著水流上下微晃。這幾年，他已習慣睡前仍憂心國事，醒後再面對新的打擊和困難，有時甚至連一覺都奢侈。他好久好久沒有如此的逍遙，若不是待秦國離去後還要繼續趕路，他真想就躺在這兒別起了。

姬丹閉上眼睛，讓感知更清晰，以便確認李信大軍追上與否，迫使自己回歸到戰事的緊張裡。

然而姬丹不知道的是，與自己分開另領一隊兵馬的燕王喜——他的父親——此時竟懼怕不已，乃至開始起了邪念。

燕王姬喜在策馬奔騰了一兩天後，身體的倦怠和緊張感使他意志消沉，追兵的吼叫聲近在咫尺，似下秒就會拖他下馬，一刀奪命。

姬喜覺得自己要撐不下去了。

和他一同逃命的是趙國的代王嘉，代王嘉也是個膽小怕事的弱者，他見士兵士氣低靡，姬喜快要一蹶不振，便想給姬喜出個主意。

他趁大家搭了個簡易的營，準備過夜休息時，進了姬喜的棚子。

帳內的姬喜愁容滿面，見趙嘉出現，立即哀怨地向他抱怨一堆。趙嘉和姬喜一同辱罵了秦王政一陣後，趙嘉悄聲開口。

「秦王之所以追擊燕軍特別急迫，正是因為太子丹的緣故。如果你殺掉太子丹，把他的人頭獻給秦王，一定會得到寬恕。」

殺掉姬丹？姬喜瞪大眼睛，對於趙嘉的提議有些不敢置信。

姬丹可是他的兒子啊，殺兒子獻秦王這事要傳出去，他豈不淪為天下的笑柄！

趙嘉見姬丹的臉色從震驚轉為憤怒，趕忙再接下去說。

「秦王若滿意停止追擊，天下社稷也能獲救了。」

姬喜一愣，想想也是。秦王之所以暴怒難熄，正是因姬丹差荊軻去刺殺他的關係。若是自己替他去捉住姬丹，並將之殺死，以表自己欲和的心意，秦王或許就會罷休。

而自己也能從這窘迫、進退兩難的環境裡釋放，當回那高高在上的燕王。或許還能再得個捨子救天下的美稱。

思至此，姬喜同意地點頭，對趙嘉大大讚賞。

姬喜悄悄喚了名將士，要對方以使者的身分參見姬丹，說自己有要事商量。待姬丹鬆懈警戒，再一劍刺殺他，取他首級，徹夜快馬加鞭送去秦王手中。

對於這樣的計畫，姬喜和趙嘉滿意不已。他們確信秦國不久便會止兵，趕路的速度也慢了許多。

當使者趕到姬丹一行那兒時，姬丹剛從水中起來，身上的袍子還在一答一答地滴著水，身後接連起身的軍兵也皆濕透了。李信大軍在前一天已經過了衍水，以防萬一，姬丹讓燕軍在水裡多留了半天的時間。直到收到獨留於岸上的士兵暗號，他們才從水裡探出頭，上了岸。

江水的嚴寒和久未進食的飢餓使得眾人舉步維艱，袍子因水而加重，多天的疲憊加上寒冷，每個人走路都搖搖晃晃，許多人甚至一上岸就倒下。姬丹正在兵與兵間奔波，慰問受傷的人，關心體力不支的兵丁。他自己也很累，但還不是他休息的時候。

以至於，當燕王喜的使者近身，說有要事稟報時，他一直緊繃著的警戒心便鬆懈了。

使者說這是機密，需進附近的樹林商討，於是姬丹便跟著進了林間，遠離了他的軍隊。

在他走進樹林之時，岸邊的軍兵突然發出一震原因不明的呼喊。

就在姬丹回身，背對使者，想確認自己軍隊的狀況時。他感覺自己身後的使者一陣動靜，緊接著，冰冷的觸覺貫穿全身。錐心刺骨的寒意襲上他的胸口。

他錯愕地低頭，一抹染了鮮紅血液的刀鋒從他左胸凸出，在陽光下反著光芒。利刃刺穿他的心臟，立即一股熱血便從胸前的衣袍湧出。劇痛隨之而來，宛如被削骨般的無法忍受。頓時，他感到暈眩，瞬間失血過多造成他雙眼朦朧，一片白霧。

姬丹捂著胸口，無法置信的轉頭，面無表情的使者在他轉身之時，狠狠地抽出刀刃。鮮血從傷口噴出，染紅了姬丹腳下的綠草。

「你……！」姬丹咬牙，血液從他嘴角滴下，他想拔出腰側的長劍，但全身的力氣已經流失，連雙腿都在搖晃。姬丹只能無力的坐在地上，血液仍然源源不絕地從他手指間溢出，沿著臂膀流下，不只外袍染了血，到裹衣、靴子……全身都成了鮮紅的模樣。

「大王說，」使者冷冷地望著倒在地上，雙眼漸無神的姬丹。「只要呈上太子您的首級，秦王便會止兵。」

使者瞇起眼，蹲下身，望著雙眼朦朧的姬丹。

「太子啊，為了燕國，委屈您了。」

傷口的劇痛讓姬丹額間冒出冷汗，他感覺自己的意識漸趨模糊，不只看不到了，連聽覺也在漸漸喪失。

沒想到，他逃出了嬴政的手心，卻沒料到父親的長臂竟舉刀而來。

他瞪大眼睛，滿臉是不甘，這種死亡方式，他實在不服氣。

隨著樹木們在眼前搖晃，藍天越發趨近蒼白，姬丹知道自己這次是沒救了。失去意識前，他苦笑了一聲。

他還有好多事想做，想帶領他的軍隊直至遼東，想成為一個賢德的王。他也有野心，對江山也有渴慕，如果可以，也想一統天下。

他其實有許多想做的事，只是沒人問過他，沒人對此在意。

他這一生似乎都在他人的主宰下，被動的前進、被動的跌倒起身，最後仍被動的止步不前。

生在帝王家，多得是身不由己——

見姬丹氣已息，使者俐落地割下他的首級，連眼也為替他闔上，就裝進一個木箱裡，快馬加鞭地奔向秦國。

至此，燕國的太子姬丹，結束了他起伏的一生。

當使者抵達秦國時，嬴政正在和將領們談論行軍路線。底下的小兵一報，說燕國使者帶著姬丹的頭顱來求和。

「姬丹的頭顱？」嬴政的眼目微微瞪大，尾音高高揚起，滿是不可確信。

燕國使者帶著自己太子的頭來求和？

小兵驚恐地應聲，不敢直視他的王。他覺得此時的大王面容猙獰的可怕，像會隨時喊人將他拖出去斬了般。

代表秦國的棋子從嬴政手中摔下，房內的將領還來不及反應，嬴政便撞開擋在自己腳前的所有人，往前殿快步走去。

每一步踩在地面，都極其用力。

他一入殿，便見燕國的使者跪在地上，舉著一個箱子在額前。還未靠近，嬴政就聞到從箱子裡散出的陣陣惡臭。

但他臉上沒有表現出任何的厭惡，連憤怒也沒有，反而是冷靜的面無表情，這讓殿裡的秦國人極其惶恐。因為每次他們的王面露此樣，意味他已經怒得發狂，怒得澈底，怒得不知如何表達。

使者見到傳言裡的秦王，身體竟止不住地發顫一下，但他仍趕快平復心情，欲闡明來意。

正當他要開口時，卻被嬴政打斷了。

「裡面是姬丹？」

嬴政的聲調以外的平穩，使者還以為他會興奮不已，沒想到卻是如此不在乎，有點出乎意料。

使者點點頭，將箱子舉過頭頂。然而他卻沒聽出，那句問話裡的一絲顫音。

「是的，我們大王為了表示他對您的敬佩與尊崇，替您殺了姬丹這個賊人。」

現場的秦國人聽見這般阿諛奉承的話，皆面露不屑與嘲諷。一國之君竟為苟且偷生，殺了自己的兒子獻給敵國君王，豈不是愚人之舉嗎？燕王喜真以為他們大王如他這樣的愚蠢可笑不成？

而嬴政聽聞，同樣也露出睥睨的神情。他向前一步，接過使者手裡的箱子，攥入懷中。

然後他居高而下地看著那位使者，冷冷地下令。

「殺了他，把他的頭送去給燕王。」

他望著使者震驚、不可置信的臉，勾了勾唇角。

「順便加派兵馬，我要看見燕國被滅，姬喜被抓到我的面前。」

嬴政在語畢後，就快速地轉身離開，不待其他官員表態。

秦國的官見嬴政的神情舉止，也不敢上前祝賀或道喜，他們知道大王是多憎恨燕太子丹，卻不明白大王此時的反應。

他們大王的一舉一動，皆像是姬丹的死，讓他無比的憤怒與痛苦。

嬴政懷中緊緊桎梏著裝有姬丹頭顱的箱子，再轉了幾個彎後，他快步走入一間無人的房間。他將箱子置於桌面，呼口氣後，便伸手打開木箱的蓋子。

原先被箱子包裹的惡臭頃刻間溢出，猖狂地從窄小的房間內滿溢。嬴政皺皺眉間，低頭看進箱內。接著，他的視線對上了一雙滿是仇恨、不甘、怨氣與委屈的目珠。

箱內的姬丹雙眼瞪大，血絲遍佈眼球，眼皮因死亡多時而皺起，使得眼珠微微凸出。他的面皮乾裂死白，雙唇與肌膚同樣泛白，除了唇中有被咬破而流溢的血液凝固，形成怵目驚心的紅順著嘴角往下，沿下巴蔓延，直至與頸項的暗紅交織一塊兒。頸項的大片血紅已經凝固，箱底皆遭其染紅。頭顱上的毛髮仍帶著衍水的痕跡，潮濕而黏膩，沾著血漬，黏貼在臉面上。

嬴政見過許多人的死亡，卻從未有一人令他震懾，發顫難平。

從這顆頭顱上，再找不著任何那年桂花樹下公子丹的相似處。

他一直以為自己是希望姬丹死的，然而真正確定姬丹的死訊後，竟讓他這樣的惶恐。

好像自己的心口某處被硬生生的剝落，碎成灰燼落在木箱內。

此刻他終於明白，姬丹對於他而言是什麼。姬丹是世上少數見過他仍保有善意，仍對人溫柔的模樣，或許那是自己最窘迫的樣子，但同時也是最暖和的曾經。如今，那個時期與他一同經歷的人，皆已不在了。在他年幼時，陪在自己身側的人都相繼逝世。

再沒有一個人，留下陪他。

是他親手摧毀這些關係的。

嬴政閉上眼，闔上木箱，再沒有打開過。

那之後，他命人葬了姬丹，埋在咸陽外的山丘上。

秦軍聲勢浩大，士氣磅礴。秦國終在五年後，一統天下。

坐在王座上，不可一世的秦王命丞相與御史紀錄自己對這亂世的所見所聞。當他談及燕國時，沉默了會兒，才緩緩道出。

「燕王昏亂，其太子丹乃陰令荊軻為賊，兵吏誅，滅其國。」

就這樣，這句話記進了史書裡，流傳千古。

與「秦王政生於趙，其少時與丹驩。」兩句短短的話，共寫下了始皇帝秦王政與燕太子丹的二人的始與終。然其卻未能寫盡他們之間的一切波瀾。

史書上記載，秦始皇已然成了個猜疑的王，他再不相信任何人，至死未嘗改變多疑的性子。

「難怪自古以來的帝王，都極其寂寞——」

少年的聲音如風，伴著秦國的午後細雨慢慢消散。這場落在咸陽的太陽雨，打落了枝頭上的桂花，成了滿地白雪。

卻再沒有孩子會彎腰拾起，也再沒有少年會在雪花紛飛中出現。

雨水澆濕了咸陽，使得空氣灰濛一片。

滴答滴答。

俠客情　王靖文

楔子

正逢大暑，午時的天候悶熱難耐。李白遊到這齊洲，也熱得顧不得練劍，捋起寬袖，一手茅扇一手執筆沾了墨，便進亭涼快去了。

他是前日到這悅來客棧的，這裡的主人家對劍術也頗有研究，與李白正是志趣相投，決定下住這客棧，閒來無事，執些筆墨，早晚正好與之切磋切磋。

李白拎起一盅陳釀，小酌了番。金風雖送暖，這棧內還有個涼亭供人休憩，且對望著一池雅致的荷花綠葉，也到算是為人稱快。

喝了有些滿意，他便罷手，重新將他方才擱在硯台上的筆提起。

就想趁有醉意時，多道些詩文。

才向紙上撇了一豎，就聽見有紛沓的步伐聲，一抬眸只見不遠處有個嬌小的身影朝他奔來。是主人家的孩子，很是伶俐，才八歲就跟父親習了劍術，習的有些成就，李白見也不吝嗇相授。

「李伯伯！李伯伯！」帶著稚氣的女孩，手中抓著木劍，興沖沖的跑跳著。

一到身邊就圍著他打轉，對他興致滿溢。

害得李白有些暈乎瞇起了眼。不知是酒所致，還是被孩子繞的。

「哎呀，是盈盈啊！」李白望著她，噙著笑意道。

「伯伯您今天也要寫詩嗎？」女孩大大方方的扯著他的衣袖。

李白還未答，孩子就一股腦兒地說了一大串話。

「伯伯，您昨日那首《俠客行》，實在是令盈盈佩服不已。可俠客定是要男子才能當的嗎？伯伯呀，盈盈將來也要做個十步殺一人，千里不留行的大俠！」說著說著還舉起了木劍比劃著。

李白見孩子的天真樣，不禁有些被逗樂了，擱下手中的筆，面著她呵呵地笑道。

「盈盈想做女大俠啊。江湖上當然有女俠，伯伯這就來跟妳說個女俠的故事呀！」李白望著前方盛放的荷花，思緒漸漸飄向了那個久遠的故事中。

盈盈坐到李白身旁，滿心期待地望著他。

半晌，李白沉穩如鐘的嗓音，緩緩地道出了故事「這要從貞觀三年的突厥之役說起⋯⋯」

序章

貞觀三年末，東突厥進犯河西，唐太宗便以此為由，盼能澈底除掉東突厥，遂派將領兵分六路反攻突厥。翌年正月，襄道行軍總管李靖率三千驍騎夜襲襄城。

遠方狼煙起，星火點點，正月純白的雪也沾染上殺戮的氣息，襄城這夜注定要不平靜了。

禁軍在李靖的一聲令下，朝南門放出了火箭。

「報！」南門守將薩巴受到李靖軍隊的突襲，負傷突破重圍，殺出一條血路直奔本營。

「可汗，守不住⋯⋯」薩巴衝進營帳一見頡利可汗，語未畢一口鮮血吐出便氣絕倒地。

既是突襲，在措手不及下再多的勇士都抵擋不了這來勢洶洶的禁軍。不出幾刻，城門破，哀號四起，軍隊所到之處無一倖免。空氣中瀰漫著血腥味，屍橫遍野，僅剩餘火在城裡延燒著。

血洗後的襄城寂靜地宛若一座死城。

夜襲前靜謐的午後，外頭風雪漸盛，似是黑暗來臨前的宣告。

「埃媞納，快！聽額吉的話，唐軍就要來了，拿好這些東西，帶上疾風從北馳道快走，十日就可以到長安，換一個身分好好活下去，不論發生什麼事都不要回頭，知道嗎？」義成公主將手中的包袱交給一個中原打扮的少年，並交代最後的叮囑。

（註：額吉為突厥對母親的稱呼。）

「額吉，我不要！我不要走！我要留下來保護妳，我不要離開！」少年倔強的小臉上布滿了淚痕。

「乖，埃媞納，聽額吉的話。額吉是走不了了。這早已沒希望的人生中能有你，就已經是最大的慰藉了，額吉不能連累你。埃媞納，快走！額吉就要回到可汗身邊了，一刻都不能留了，快走啊！」一身突厥貴族服飾的義成公主，替少年披上白狐裘後，毅然決然地將他送上白色駿馬。

「駕！」她斥喝一聲用力地把鞭子鞭向白馬，白馬長嘶，便疾馳上道。

「額吉！額吉！」少年的哭嚎聲隨著距離漸遠，越來越小、越來越小，像風吹來的呢喃細語，轉瞬就飄散，義成公主不禁懷疑這一切的虛實。直至雪白的身影隱沒在林子裡，她忍住慟哭望著少年消失的方向，拉緊了華美的外袍，深吸一口氣，換上凌厲的眼神，揮手喚來婢女，轉身朝頡利可汗的營帳離去。

青樓鬧事

貞觀十三年，長安境內一處青樓。怡香閣的招牌就在打在殷紅的燈籠間，夜愈深，人，川流不息。隨著達官貴人的到來，門口的老鴇笑容越是可掬，各個打扮的花枝招展的青樓女子愈發地招搖。廳堂內樂音悠揚，歌舞昇平，舞者不時以嫵媚之姿取悅貴人。空氣中漫著脂粉香，令人沉醉心迷。

倏地，框啷的一聲巨響打破了這曖昧的氛圍。頂著一頭大鬍子，身材壯碩的男子翻掉了酒席，正怒氣騰騰地瞪著圓眼，朝一名女子破口大罵。

「呿，你個臭婆娘，老子讓你從了我是給妳面子，妳這下賤的女人居然不願！」

「哎呀，官爺，真是抱歉啊，我們媚然可是賣藝不賣身的，還妄大人不要見怪。」老鴇湊近他，好聲好氣的哄著，還不忘擺了那位媚然姑娘一眼。

「哼，賣藝不賣身，還當什麼紅牌。我不管，她今天不從了我，我就拆了妳這怡香閣的招牌！」壯漢大爺話畢就開始砸一旁的瓷碗，眼看就要鬧出大事了，老鴇推了媚然出去，叫她好生哄著大爺。

媚然蛾眉輕皺，似是不願去服侍那個粗人。

就在那位官大爺要翻下一張大桌時，媚然輕嘆了口氣，一雙素手搭上了他的肩。

大爺愣了停下了動作，只見媚然俯身在大爺耳邊說了一句。

極其輕柔的聲音道「大爺，砸夠了嗎？」說罷還給了大爺一個不屑地笑。

「臭婆娘！妳這……」官大爺的怒氣已然達到了最高點，舉起手就要朝媚然揮下去。

「砸夠了嗎？」話落一席雪白的身影從廳堂門口出現，在地上一踏，如流星般迅速的輕功就掠過圍觀的人們，轉瞬間就到了媚然的身邊，抓住那官大爺還未揮落的手，再一快銀刀出鞘就架在了官大爺的脖子上。眾人譁然，甚至有姑娘嚇得花容失色，一時之間空氣似是被凝結，無人敢出一口大氣，所有人都屏神以待眼前的局勢。

「王媽媽，今天依舊老樣子，這裡我包下了。」身著雪白戰袍的青年，一雙冷眸轉向了老鴇說道。

到底是見過世面的老鴇，面對突如其來局面，緩了緩後就恢復以往的神色，便含笑應是了。

見老鴇答應，青年俊臉上帶上了一抹淺笑，整個人更顯得英姿風發，髮上的玉簪寒光在燈影下一閃，襯得青年愈發清亮。

「至於他……」青年如彎刀般的笑眼，直直看得官大爺心頭髮麻，想著脖子上冰冷的觸感，官大爺早已沒了方才的氣勢凌人。

「澈公子，還請看在奴家的份上，就放了他吧。您春宵一刻值千金啊，何必耽誤您的正事呢？」老鴇好言勸道。

「他就是澈公子?!江湖上人稱，十步殺一人，千里不留行的俠客？」

群眾忽有一人高呼，引的大家議論。霎時，眾人有走避不及的亦有大膽地觀看的。

見青年俊俏的臉龐上似是有些不悅，老鴇怕煮熟的鴨子就要跑了，趕緊散了還圍觀的人們。

散了群眾，青年攜手媚然回房，才剛坐落。

「澈公子，許久不曾來找小女子了，今日怎有興致來呢？」媚然做柔弱態，依偎在澈公子胸口上。

「啊！」青年神色一凜，到抽了一口氣，修長的手撫著右胸口。

「阿澈，你怎麼了？受傷了嗎？」媚然趕忙起來幫他察看傷勢。

青年不語只望著胸口的箭傷，鐵著臉苦笑。

「上官澈，妳不是十步殺一人的大俠嗎？怎會傷地如此……妳個女孩子家扮什麼男人，跟人家學什麼打打殺殺啊！狩獵也就算了，搞得遍體鱗傷，這樣妳滿意嗎？」媚然見發膿的瘡傷，雖心疼卻慍怒道。

「為了謀畫大局，受點傷又如何？」澈公子壓低聲音答道。

「說什麼大局啊！阿澈，妳是不是還惦記著要為妳養母報仇的事？妳難道忘了公主殿下在臨行前交代妳的話了嗎？」媚然質問她。

聞言，上官澈一轉方才的態度，語氣冰冷，透出滿滿的恨意，眼神變得銳利，握緊了腰側的寶刀。

「是……我是忘不了，但我一輩子都不可能原諒李氏一家。」

「上官澈，妳清醒一點，妳再也不是埃娖納了，殿下與可汗早已不在了，他們也不願意看妳如此！阿澈，我知道妳的感受，我服侍公主這麼多年何嘗不了解她呢？拜託妳，放過自己吧！」媚然激動地晃著上官澈。

上官澈聽了媚然這番話，僅是不動聲色的將髮上的玉簪抽下來，烏黑的髮絲隨之垂落，襯著清秀白皙的臉寵，亦是雅緻絕俗的姑娘。她靜靜端詳著手中的簪子，眼前不禁就有些模糊，這玉簪，正是養母義成公主留給她最後的生辰禮。

太宗之子　李慎

「殿下！殿下！您今日不能擅自出宮啊！」小廝子夜在身著圓領青衫，腰間繫著鳳紋革帶，墨色長靴的男子身旁不停地打轉著，就是要攔住他不讓他出宮。

「子夜啊，你殿下我，是你攔的了的人嗎？」男子停下了腳步，拍了拍胸脯對子夜挑了眉道。

「殿下，您挑哪天都好，可今日真的不行啊！皇上每年上元節定是會來水芸宮吃貴妃娘娘做的糕糜，您這一不在，貴妃娘娘回頭責怪起來，奴才可是要遭殃的。」子夜一副泫然欲泣地拽住主子。

「你要怎麼攔我啊，那跟我比試一場如何？」男子頑皮地朝小廝一笑，做出了準備幹架的姿勢。

「別啊殿下，你就別為難奴才了。」子夜想起上次自己陪殿下練拳腳的慘狀，不禁打了個寒顫。

「行，那你就別攔了吧！」話畢，便轉身躍上偏殿的屋簷，以迅雷不及掩耳的速度縱身一躍翻出了宮牆，留下錯愕慌張的子夜在原地著急。

躲過層層的守衛，翻過無數個宮牆後，李慎立在朱雀門上，任涼風吹著衣襟，享受著辰時的朝陽，他伸了伸懶腰，閉上眼深吸一口氣再睜開眼，只覺得神清氣爽，他滿足的笑了笑。他心想，本是上元好時節，這悶在宮裡頭陪父皇和母妃吃糕糜該有多麼的無趣，簡直就是浪費了大好的光陰。上元節啊，可是逛長安城最棒的時機了，這天，宵禁既不嚴，又能夜遊市集，還有華燈初上時，簡直是熱鬧極了！想到這兒，他興奮地向下一躍，躍進了渠道旁的暗巷，再出來時已是喬裝成紈綺子弟，一副玩世不恭的闊少樣。

他把玩著一串銅錢，嘴上叼著一根草莖，閒逛在東市裡的一處，身邊攤販此起彼落的吆喝著，不知是不是上元節的關係，市集上多了許多異國面孔，甚至有許多異族的商人席地做起了生意，準備發一筆過節財。筆直的大街上人來人往，李慎熟門熟路的身一閃，轉進了一間不起眼的小店，這是長安城內最有名的餐館，但它卻沒有名字，眾人都稱它為無名棧，這無名棧中只要到午時便是坐無虛席，店中沒有任何一名店小二，只有一名性情古怪的老頭兒，和餐館一樣沒姓名，大伙就依他性子喚他怪老頭，但他卻也無任何表達，永遠都是一張面無表情的冷淡面孔。

「老頭兒，怪老頭，少爺我又來拉！」李慎一進門，就對裡頭正切著鱸魚的老頭嚷嚷。

李慎話音還尚未落下，便突然覺得一陣疾風朝他而來，他頭朝側邊一偏，一把沉甸甸的菜刀就咚的一聲，筆直的插進身後的梁柱。

「哇，老頭，不錯啊，許久不見依舊是寶刀未老呢！」李慎面不改色的讚許，順手把刀拔起來，運氣一送，將刀穩穩的送回砧板上。

「臭小子，沒見我還沒開張嗎？誰准你進來的！」怪老頭狠瞪了李慎。

「師父，就咱們倆的交情，您捨得趕我出去啊？」李慎隨便拉了把木凳，就正坐在怪老頭面前。

「唉，說吧，今天又有何事來找我了？」這普天下也就只有李慎能讓怪老頭妥協了，唉，多麼地令人沒轍啊，怪老頭低頭嘆道。

「今日呀，就是嘴饞，想念師父的手藝了。」李慎眼巴巴望著那條鱸魚。

「怎麼，宮裡吃食不合您大爺的胃口啊？」怪老頭邊問邊用精湛的刀法將魚肉切片。

「那再怎麼好，也比不上師父呀。」李慎不以為意道。

說起宮裡的吃食，各個皆是精緻可口，可那規矩講究的就太不盡人情了，別的不說，他還真的就喜歡民間的一切，比起宮裡的步步為營，他更希望自己能自在地生活。

不出半刻，李慎面前多了熱騰騰的糖醋鱸魚片、湯餅。他不管是否燙口，就徑直塞了一塊魚肉入嘴裡，愉快地咀嚼著。魚肉的香氣和醬料完美融合，既酸又辣，甚是開胃。就是這個味兒！他不顧吃相大快朵頤起來。

「你小子居然閃的過我方才那刀，還真是有點長進，你說你是不是練了什麼邪門歪道啊？」想著剛剛李慎進門時躲過他的考驗，怪老頭熬著湯隨口問道。但李慎卻是沉浸在美食中，毫不在意怪老頭的話。

「臭小子，為師問你話呢！」見他不回應，怪老頭轉頭對李慎吼。

突然，外頭的大街上忽有一陣喧鬧。轉眼間，對怪老頭聽耳不聞的李慎，手中筷子一扔，早已鑽進人群，沒了蹤影。

「搶劫啊！誰來幫我抓住那賊人！」無名棧門口跑過一名黑衣蒙面人，後頭一位上年紀的大娘氣喘吁吁的追著。

同時，在街口為了打造兵器正和刀匠討論的上官澈一聽到有人喊搶劫，二話不說上前追了去，乍時銀光一現，上官澈的白衣帶隨靈敏地動作而飄揚著。一黑一白正打的不可開交，二者可謂是平分秋色，誰也沒勝出一籌。

百姓們見狀便有了呼聲。「澈公子上啊！」群眾們激昂地向澈公子喊話。

其中不乏有頑皮的十皇子李慎。

「好厲害的身手呀！」李慎丟下手中的筷子，也跟著湊一腳熱鬧。

對方會武！他的身手絕非等閒之輩，更不可能是普通的小毛賊。上官澈在與他過招時意識到了這點。上官澈避過他的暗器，低下腰身閃過。

哼，有點意思！我到要看看你究竟是何人。上官澈見他要逃，一個箭步就要扯下他的面罩。

「當心！」人群中，李慎喊了一句，上前攬住上官澈的腰，將她拉近自己，巧妙地避開了不遠處的弓弩偷襲。

李慎輕輕放開上官澈，上官澈一雙空靈的明眸對上了李慎，兩人因靠的近清晰感受到彼此的氣息，李慎望著上官澈心頭陡然一跳，這姑娘好生俊美啊！要不是他練過武能夠辨別，眼前這武藝高強，又有俠熱心腸的姑娘，還真的會讓人誤以為她是個男俠，沒想到骨子裡是不折不扣的女子呢！

「多謝公子相救！」上官澈不習慣被人觸碰自己，望了一眼對方，迅速後退了一步，抱拳道謝。輕抬腳步，將手中的銀劍一拋追著黑衣人去了。

另一個黑衣人見狀，就要趕上上官澈的步伐。

你個黑鬼，休想跑，遇上本少爺就別想走，還敢動爺有興趣的人，沒門兒！李慎身子一動擋住了那黑衣人的去路，兩人刀劍相錯，打成了一片。

不久後，上官澈領著大娘被劫走的包袱回來，見李慎還跟那黑衣人纏鬥，便出手幫他，黑衣人的背被上官澈劃開了一刀，黑狼的圖騰現了出來，黑衣人一驚手連忙壓住後背的刺紋，放出一枚煙硝，消失無蹤。

附離?!難道他是突厥人？上官澈一愣忘了遮住臉。但這個念頭很快就隨著煙硝帶過，煙硝的濃煙嗆進了口鼻，一陣嗆痛，她開始咳起來。

（註：附離在突厥是狼的意思，是可汗身邊的親兵，為騎兵精銳部隊。）

李慎見狀，衣袖一揮，擋在了上官澈之前，將她護在了懷中。

煙霧散去後，李慎放開她，與她不過半步之近，如此相近，二人都能感受到彼此的氣息。

「妳沒事吧？」李慎望著眼眶赤紅的上官澈，見她傻愣的模樣，擔憂地問。

「沒……沒事，無大礙，多謝！」聽到耳邊響起李慎沉穩地聲音，把她從呆愣中拉了回來。她趕緊後退一大步，拉開兩人的距離。

視線轉向一旁因害怕打鬥既著急又躊躇前的大娘。

「大娘，您的包袱。」上官澈上前禮貌地遞過包袱。

「謝謝啊！謝謝，多謝二位公子幫奴家尋回包袱，這可是我兒的救命錢呢……不知如何向二位公子言謝……奴家啊無以報答，還請二位公子來寒舍喝杯茶，就當答謝二位了。」大娘因為激動而顫抖著，她誠懇的握住上官澈的手。

雖不喜與人有過多接觸，上官澈卻不好意思抽回手。

大娘不斷邀著二人，他們拗不過她老人家便跟了去。

無名棧內的怪老頭看著大街上發生的一切，捻了捻下巴的白鬍，面上一抹詭譎的笑容，口裡喃喃道「長安啊！許久沒有新血注入了，不知又會多熱鬧呢……」

良久，他轉身回灶台尋他的湯羹，算算時間也差不多該好了。才踏出一步突然覺得哪兒不太對勁。

咦？不對啊，似乎有哪裡不對……那臭小子沒付我銀兩！！權當他師父是宮裡御膳房的廚子嗎！怪老頭撓著頭頂，白髮不知道又落了幾根。

唉……應該先從基本禮儀教起的……就不該先練他的武藝！

嬌生慣養，真不知道是誰教出來的白眼狼崽子！怪老頭怒不可遏，一張臉都呈現赤色了。

不喜這個答案

正是華燈初上時，河畔極為風光，與平時不同，上元節對長安城裡的人們來說，是個解放的日子，平日裡宵禁時間一到就無法出門，偷偷出門者一旦被抓到，就是鞭笞二十，所以這難得的繁華夜景，怎麼會令人不為所心動呢！

異國樂者在船舫上奏著樂，舞者聞歌翩翩起舞，婀娜舞姿更是讓岸邊的觀者拍手叫好。街頭戲子舞著戲偶，演的正是三國裡的桃園三結義，這各路英豪的故事，孩子們甚是喜歡。一時間，長安城熱鬧非凡，四處充盈著歡笑，商販們面對紛至沓來的客人，愈是笑的合不攏嘴。

既是元宵，少不了猜燈謎領花燈的習俗，攤販們為了一較高下，紛紛擺出自家最好看的花燈，街上花燈齊放，美不勝收。

「冰糖葫蘆～好吃的糖葫蘆～」賣糖葫蘆的老伯迎面走來，見李慎回頭看了一眼，開始殷勤的推銷。「這位爺要不要來串糖葫蘆，酸甜的滋味，包你會懷念！」李慎望著竹串上殷紅的糖葫蘆，口水都要流出來了。

「老伯，給我來一串！」突瞥見前面自顧自走著的上官澈，李慎改口「老伯，給我兩串吧！」

「好勒！」老伯愉快的應下。

「上官公子！澈公子！」眼看上官澈就要消失在人群中了，李慎上前趕緊叫住她。

「公子還有事？」上官澈停下腳步回頭。

「澈公子也來隻糖葫蘆吧！」李慎堆滿笑容地遞過來一隻糖葫蘆。

「喔……不了，多謝！」上官澈微微點頭向李慎致謝。

「哎呀，客氣什麼，就拿著吧！好吃著呢！」李慎一把抓起上官澈的手塞給她。

上官澈只好邊走邊啃著糖葫蘆。

李慎則是邊吃邊跟著上官澈，還不停地觀察她。

看著上官澈慢慢吃著。李澈心想，這姑娘生的可真是好看，可惜就是性子冷了點。不知道她為什麼要扮成男子的模樣，先跟著，探探她好了。好不容易遇見個伴，終於不是一個人晃了呢！

「澈公子有急事嗎？若無的話，能否陪我一起逛逛呢？」李慎突然向上官澈提到。

上官澈餘光察覺李慎一直看她。這人……未免也太厚顏了點，從大娘家出來就一直跟著她，又是一直看她，又是遞食物，再來又要她陪他逛街？真是奇怪了……不過……看在他救自己的份上，就陪他走走吧！

「無妨，就陪公子走吧！」上官澈應道。

見上官澈答應，李慎笑的更開了，就像個孩子一樣。

望著他的笑，上官澈有片刻的失神。

她在他身上看見曾經的自己，有多久自己沒有像他一樣，有著清澈笑容，有著孩子般的天真了呢？

如果，她沒被頡吉發現，帶到了突厥的大漠上生活，那此時的她，會不會有所不同呢？

「別叫我公子了，我姓黎名慎！妳就……叫我阿慎吧！我能叫妳阿澈嗎？」為了隱瞞皇子的身分，以免偷溜出來被發現，李慎順口改了自己的姓。至於叫阿慎這個稱呼，是他想對她釋出善意。他是真的歡喜能找到一個同樣會武，又年紀相仿的朋友。在宮中接近他的人，無非是要對他阿諛奉承，好讓他在父皇的寵妃－韋貴妃，也就是他母妃前好好讚揚，歌功頌德一番。這樣主動去認識一個人，對他來說是打出生以來的第一次。

「阿澈，失神什麼呀！走！我們去猜謎。」李慎再次拉起上官澈的手，奔向不遠處的花燈攤。

這人實在是……才相處多久，怎麼可以這麼地唯所欲為啊！感受著涼風從耳際呼嘯過，上官澈雙頰卻染上了一絲紅暈，不知是奔跑所致，還是四周花燈映上的。

「來來來，各位客倌來猜燈謎拉！答出謎底者，得蓮花燈，這特製蓮花燈是本舖僅有，絕無分號。送心儀女子保證滿意！」花燈老闆吆喝著。

許多年輕男子好奇湊過來，李慎和上官澈也不例外。

「來！仔細聽好，戶部一侍郎，面似關雲長，上任桃花開，辭官菊花黃。打一物」

「這位公子猜的出來嗎？」攤販老闆見上官澈一臉疑惑地思考著。

「這還不簡單，不就是扇子嗎？」李慎一臉自信的回答。

「客倌真是厲害！您要哪個花燈呢？」

「就要那個蓮花燈！」李慎指著老闆身後那盞新穎別緻的花燈。

「哎呀！客倌啊，這是本舖的壓箱寶，若想要就得再答一道謎題。這才能讓在場的諸位都能心服口服！各位說是不是啊？」見李慎答的快，店鋪老闆只得出此策，引得群眾皆稱是。

「行，就再答一題！這有什麼難的？」李慎依舊對自己很有把握。

「光陰一去不復返，對一句詩。」舖店老闆又再出題。心想道，這應該答不出了，看這紈絝子弟樣，估計對詩文不會有涉獵了。

李慎頓了一下，與上官澈對視。

「阿澈，妳想不想要一個花燈？」李慎溫柔地對上官澈道。

「我是男子，你留給心儀女子吧！」上官澈直盯盯的望著他，語氣依舊淡漠。

「那好吧，謎底是『今夕何夕，見此良人』。」李慎瞥了老闆一眼，一改之前嬉皮笑臉的樣子，正色凜然對上官澈說道。

「可惜啊客倌，下次再光臨了。有沒有其他人要答的？」這是開玩笑吧，這什麼奇怪的答案，不過還好沒答出來，老闆心頭一喜。

「啊～這樣啊～真可惜呢！」李慎眼神裡似乎迅速閃過一點黯然。但很快恢復了之前的頑皮樣，自嘲般地笑。

「阿澈，妳看那邊也挺熱鬧，我們去那邊吧？」李慎二話不說又拉著上官澈。

上官澈對於被生人觸碰還是很不自在，抽開了自己的手，冷聲道「放手，我自己走。」

李慎詫異了一瞬，但還是回應「好。」

來到了李慎口中熱鬧的地方是個高樓酒坊，酒坊裡正有樂者彈奏著琵琶。大絃嘈嘈如急雨，小絃切切如私語。樂者千呼萬喚始出來，猶抱琵琶半遮著面。移開琵琶，只見美人玉手纖纖，輕撥樂絃，音如流水。這美人正是怡香閣的紅牌藝者－上官汐，人稱媚然姑娘，是整個長安城裡最出色的琵琶樂者。

如同往年一樣，今年的醉興樓也邀了媚然來替酒樓奏樂助興。

兩人才落座，小二便熱情地過來招呼。

「兩位客倌要用點啥？」小二客氣詢問。

「給我來上一壺你們舖最好的酒，再來盤招牌下酒菜。」李慎答道。

上官澈短暫地目光停在了媚然身上。

媚然剛奏下另首曲子，一抬眼就看見一身白束裝的上官澈閃過了她的視線，而上官澈對面正坐著一位公子，這一幕她都看在眼裡。她一面奏著曲子，嘴角忍不住上揚。

在小二上酒前，這二人就這麼靜靜坐著，彷彿酒樓裡的喧囂聲都與他們無關。

李慎一瞬不一瞬的盯著上官澈，上官澈偶爾抬頭看他。二人不發一語，各自打著算盤。

「阿澈。」李慎突然叫她。

「剛剛花燈的謎底真正的答案是『別時容易見時難』，可我並不喜歡這個答案，更不希望這句是在說我們……。」李慎倚著酒樓的窗，漫不經心的道。

「為什麼？我們並不熟識，不過萍水相逢罷了。」上官澈聽了，心中微微一動，卻故作不解。

「澈公子咱們好歹相識一場，卻要這麼無情嗎？」李慎瞇起眼，甚是無奈地笑。

突有細柔地聲音響起。

「還望公子多包涵，阿澈她的性子就是如此。」媚然向他們走來，接過小二送來的酒，給他們都倒了一盅。

「阿姐！」上官澈又羞又怒。

「我是上官澈的姐姐，稱我媚然就好，公子如何稱呼？」媚然不理上官澈的反抗，福了福身就當是見禮。

「在下黎慎，黎家十子，見過媚然姑娘，久仰……」李慎起身抱拳回禮，還想再說點什麼。

就在這時「殿……啊呸，少爺！少爺啊！」小廝子夜不知道從何出現，急忙地呼喚著。

「奴才終於找著您了！快跟奴才回去，老……爺找您……」子夜氣喘吁吁地道。

「你說什麼？老爺?!」李慎吃一驚瞪圓了眼，慌忙轉身問。

「是啊！趕緊啊啊！」子夜答道。

完了完了，鐵定要被父皇狠狠訓斥了……

「阿澈、媚然姑娘，我們會再見的，後會有期！」李慎一回頭深深地看上官澈一眼，便匆匆告別，隨小廝走了。

「阿澈，那黎慎，阿姐看著還不錯！如此地一表人才，見他看妳的眼神，似是對妳有意呢！」媚然回眸堆滿笑容，調侃著上官澈。

醉興樓窗格外，如墨的夜空開出了絢爛的煙花。五顏六色的花火當空綻放，酒樓裡的人們也感染著節慶的氛圍，吃酒聊天更加的活絡。

上官澈探著窗景，舉起一杯清酒，默默地喝著。

她不知道，在這個上元夜，那個看似頑劣的青年，和這偌大的長安城會如何改變她，她一杯一杯的喝著，味微苦澀的酒，像是在一點點地揭露她心底許久不曾出現的感受。

同一層樓，毫不起眼的角落裡，坐著一個身穿黑袍的青年，他將他所見的一切確認好，一閃身就沒入樓道的人群裡，不見身影。

媚然身世番外篇

媚然從前的身分正是隋朝義成公主的侍女，出身貧苦人家，因精湛的演奏能力入了公主的眼，公主待她如同己出，以至於在送到突厥和親前，公主將她年少的她留在了長安，讓她不跟著自己到外族受苦。

公主告訴她，若跟她到了外族就是浪費了人才，只讓她留在了長安，也好與她能做個接應。沒想到隋朝被李淵所滅，又在玄武門之變後，唐太宗李世民上位，為剷除外患便派人消滅外族，而這其中的外患，東突厥就是一個。

義成公主和親突厥啟明可汗，啟明可汗死後，義成公主又嫁給啟明可汗的兒子始畢可汗，始畢可汗得病身亡，公主又再嫁給他的弟弟處羅可汗，最後則是頡利可汗。最終結束這一切的就是李靖，唐太宗的愛將，也是他將公主殺死的。

在突厥被滅之前，媚然曾送急信至義成公主，但在到後來她只見到了一個傷痕累累的少女，帶著義成公主的親筆信來見她。

義成公主信中道了，要她照顧好上官澈，她自己是不可能再活下去。當朝代下的犧牲品也倦了，這孩子是她黑暗過往中的唯一希冀，替她好好照顧她。

為了報答公主的知遇之恩，媚然就一路拉把著上官澈長大。二人親如姐妹，只是上官澈卻始終忘不了養母被殺的傷痛，甚至想復仇，以此替死去的養母討公道。

自相殘殺

身著黑袍的人，一幌眼來到了帶著霧的竹林，夜晚的林子中，還有鴟鴞在嚎鳴，甚是詭異，他抹開燭火向林子走去，走了不知多久，眼前出現一個土丘，上面還有些祭祀的痕跡，他將燭火擱在土丘旁木樁上，向土丘行了突厥的大禮，再蹲下身撥開竹葉，壓下了一個機關，地上閘門打開，出現了一個深不見底的通道。

他再次舉起木樁上的燭火，一步步的走了進去。閘門應聲關上。

地下通道裡，十分陰冷，寂靜地能聽見水滴落在石上的回音，燭火因迎面來的涼風微微閃爍著。

走到盡頭時，前方忽有亮光，壁道的兩排燭火燃燒著，中間是一個石門，他抽開門栓用力一推，門後爆出淒厲的叫聲，一股血腥味直撲而來，隔著人皮面具還是感受到黏呼的血濺上了臉，他眉頭輕皺，眼神微變。他眼前是衣背被划開的黑衣男子，背上黑狼圖騰被鞭子打的不見原形，背上皮開肉綻，倒在了地上，噴了一口鮮血。

兩旁約七八個黑衣人跪地，長鬍子突厥長相的壯年男子走下石台，手中拎著沾血的皮鞭，表情因憤怒極其扭曲。

「一群廢物！」他沙啞的聲音破口大罵。

「吐谷渾邪大人！」披著人皮的少年扯開面具，露出一張乾淨的面孔。向面前的壯年男子行禮，便接著跪下。

「子熠，你給我帶回來什麼情報？」吐谷渾邪見他，扔掉了手中的鞭子，頗為玩味地望著他。

「李世民的十子－李慎，似乎對她有興趣。」阿史那子熠微微仰頭，恭敬地向吐谷渾邪道，卻在對方看不到的衣袍下，悄悄握緊了拳頭。

「喔，是嗎?這下有趣多了。要是那個李慎知道了她的身分，不知道該有多有趣。不過為防萬一，還是一切還是照原來。這件事就交給你去辦了，越快越好!中原人殺中原人……這自相殘殺的好戲就要上演了。哎呀，必要的時候，連同不重要的也一起除了。」吐谷渾邪露出邪魅詭譎的笑。

「是！」阿史那子熠尊敬地答道。

聽到這些，阿史那子熠的拳頭握的更緊，指甲都要嵌進皮膚裡了。

頡利可汗在東突厥被滅後，終於在貞觀九年結束他的俘虜人生，含恨病逝。而他身邊的忠臣吐谷渾邪亦要求為可汗殉葬。唐太宗聞之，還讚賞他的忠心，更因此封了吐谷渾邪為中郎將，並遵照他的遺願將他葬在頡利可汗的墓旁。

這些都是連百姓都知道的事，不知道的是，吐谷渾邪其實是假死，他重新在長安的某個角落悄悄崛起。帶著當時可汗身邊的附離，以及屬於小可汗阿史那蘇尼一族的阿史那子熠，密謀著要藉上官澈之手滅掉李世民。

原先是打算先除掉上官澈，這個曾經躲在義成公主羽翼之下的小孩，可汗都被擄到長安從此鬱鬱而終，她一個中原小孩受了突厥的庇護，卻在突厥受難時，為求自保躲回了長安，實在是該殺！先除掉她，再找機會殺掉李世民。但要對付上官澈的武功是一大麻煩，這來路不明的中原小孩，居然擁有一身的好武功，頂多就是傷了她，要除掉卻不容易。

於是吐谷渾邪，改變了他原先的想法。先除掉她身邊的藝者－媚然，再嫁禍給李氏一族，藉她的手向李氏復仇。才計畫好，沒想到李慎就出現了，真是一個現成的替死鬼。但是聽說李慎對她有意思，那計畫就有可能會出現變數，萬一上官澈的想法變了就可能會前功盡棄，那還是該提早行動，以斷絕上官澈的念想。

動搖

阿史那子熠在吐谷渾邪離開後，扶著剛才倒在地上的男子到一旁上藥，男子沒了意識昏了過去，在迷糊間喃喃地唸著大人，饒命。任何人見這幕都會於心不忍，可阿史那子熠只是眉頭緊鎖，手更麻利地幫他上藥，可他思緒早已飄到了他方。

自從他伴著可汗作為俘虜來到了長安，他就沒再想過他在大漠上的那段過去。更不用說他身為貴族，就在家族滅絕後，有幸苟活的他，要臣服在過去地位低於自己的吐谷渾邪。他受到吐谷渾邪幫助後，想也沒想過自己的從前。可今日也許是眼前的景象，讓他又再憶起了曾經。

他在突厥時受過上官澈的幫助。一次還尚年幼的他駕著還不熟悉自己的馬，逞勇出外打獵，沒想到驚了馬失控狂奔，大人們都興致高昇的談論著今日獵物的獲量，無人注意一旁的少年面臨了危險，這時上官澈見狀，便躍上自己的馬，快馬加鞭地追上了他，幫他解了圍，還幫他仔細上了傷藥。

他望著幫自己上藥的清秀少女，想著自己以後也能跟她一樣勇敢。儘管她是來自中原，只是個和親公主的養女，有機會一定要還她人情。

沒想到後來他的勇敢，居然是要去傷害敬愛的她，他就算再不願也沒辦法，只因他親眼看了全族被唐軍滅口，剩下來活著的，又是如何受著屈辱過完一生。全族無一倖免，連同他也差點死去，是現在的吐谷渾邪給了他一條命，讓他繼續活著，以復仇為死志。

可到今日，給他第二次人生的人要殺掉那個她，阿史那子熠開始有些動搖了。

還須繫鈴人

李慎在南書房內，坐立難安，一會兒撓撓頭，一會兒又玩起桌上毛筆，看著前頭唸叨叨的太傅，只覺得腦子暈乎乎的，木机上堆滿了經典，這些都是父皇為懲罰他送來的聖賢書，還要老太傅為他個別授課，希望他能夠成材，皇子沒點皇子的樣子，成何體統這是父皇對他偷出宮的教訓。

他裝作專注地拿起了論語，在趁老太傅唸著知乎者也轉身時，從衣領旁抽出了話本，放在論語內，一頁頁的翻著。今日不論話本有多有趣，他也無心看，他越翻越覺得百無聊賴，一顆心早飛到了宮外。

那位生的可人，又善良的姑娘，儘管待人冷冰冰，可他就是喜歡。尤其他救她時，二人挨的如此近，近到他知心裡的渴望一聲不響地被打開了。他不知道，那姑娘的過往是如何，但就本能的想靠近，想多了解她。

子夜不知道尋著了沒，他想再找機會見見她。

好不容易等到老太傅唸完那冗長的經書，李慎還沒等他交代事項，一溜煙就回到了自己的寢宮。

「殿下！殿下！」還沒踏進門，就見子夜風塵僕僕的朝他跑來。

「子夜，查到了嗎？阿澈都會去哪？」李慎迫不及待的問。

「殿下，澈公子經常會去怡香閣。」子夜慎重的道。心中有了疑問，阿澈？這麼親暱的稱法，莫非是熟人？

「怡香閣嗎？好，我知道了。」李慎喃喃道，笑的滿面春風。

殿下，第一次對人感興趣，是對一男的？還笑的這麼的……詭異？何況那男的還喜歡逛青樓？這……子夜詫異地腹誹著。

「殿下？怡香閣是青樓啊，殿下莫非是要去逛青樓……？」子夜看著眼前殿下失魂般的笑，忍不住問道。

「嗯啊，你要攔我嗎？」李慎挑眉，頗有逗小廝的意味。

「殿下萬萬不可啊！堂堂皇子怎能去青樓啊？」子夜這下真的急了，只覺得上輩子鐵定沒燒好香，才會跟到這麼難侍奉的主，他的主子真的是唯恐天下不亂啊！子夜淚都要快飆出來了。

「逗你玩的，怎麼會呢？我只是想見阿澈而已，怎麼會去逛青樓呢？」

李慎挑著話，和子夜打了個字謎。

「殿下！」子夜完全崩潰了。

是夜，李慎一改皇子的裝束，扮成小廝的模樣，偷溜出宮。

又是一副闊少樣，他這次晃進了怡香閣，指名要媚然。

媚然一見是他，二話不說領著他上樓。

「媚然姐，我想見阿澈。」李慎關上門的那一刻，就直截了當的道。

「你知道這裡是哪兒，隨隨便便就敢進來啊？」媚然故意逗他。

「我……就是想見阿澈。」李慎像個耿直的孩子，豪不避諱道。

「怎麼如此念念不忘啊……你叫黎慎，是吧？你是不是對我們家阿澈有點意思？」媚然笑了笑。見李慎如此直接，媚然也不拐彎抹角了。

「我……」李慎不敢直視媚然，有點訕訕地道。

「阿澈她一直以來都過的很辛苦，我不論你是抱著什麼心情去接近她，請你答應我，好好待她，好嗎？」媚然語重心長。

「好。」李慎正色回應。

「你是怎麼知道阿澈是女子？」媚然斂了斂自己的情緒，提出了自己的疑問。

「練武之人身上都會有氣，阿澈她雖然將自己的氣息掩蓋的很好，也扮成男子的樣子，但氣息，只要是靠的很近，也是能察覺的。」李慎自信的道，似乎沒有任何問題。

「靠的很近？」媚然突聽到了什麼不該聽的。「黎慎，你與阿澈是熟識嗎？我怎都不知曉。她不喜他人碰她呢……」

「我……」李慎霎時無地自容，手放在背後絞著，一時間卻不知該說什麼。

媚然見他如此的單純，不禁笑了「你別急，我不是在責怪你。阿澈能與你一起，我也放心了。」媚然釋然，忽然有了嫁女兒的感受。

「阿澈不在我這兒，東市門外向西行一刻會道洛寧高地。高地上只有一木房，她就在那裡。」想起了李慎的來意，媚然補上了她的回應。

「我……我，定會好好待她，好叫阿姐放心！」李慎沒想到媚然會如此直接，話語帶上了結巴，他的那些不正經樣在媚然面前消失殆盡。他振重其色，真誠的答應了媚然。

媚然送李慎離開，臉上突然閃過黯淡，卻又很快地換上欣慰之色。

阿澈，別怪我，我只是不願再見妳如此折磨自己。解鈴還須繫鈴人，李氏的仇妳就忘了吧，李慎要真心待妳，也是替他父親償了債。

再遇

告別了媚然，李慎一提腳，快步趕向上官澈的所在地。只是他從沒想到，一個女子居然會在如此荒涼之地居住。

上元過後，天卻是更加的冷，離了長安城，這洛寧高地竟毫無遮蔽物，盡是稀疏的草，夜裡寒風無情的吹著，步伐稍顯艱難，拂在面上盡是刺骨的寒。

李慎再向上走，終於在不遠處望見燈火，他心想那應該就是上官澈的住所。他上前敲了敲門，屋裡的燭火突然熄滅，他待了半晌，燭火熄滅後卻再無動靜，只剩風通過窗櫺傳來的嘯聲。李慎嗔怪。

「你是何人？」悠長的聲音在耳際響起，李慎感受到頸上一抹冰涼，似是兵刃的觸感。

「阿澈，是我，黎慎。」李慎趕緊道。

「你又是來幹嘛的？」李慎報了名，脖子上的短劍卻抵的更緊。冷冽空氣中帶著濃厚的酒味。

「我想見妳！」李慎毫無畏懼地道。

「見我？我有何好見的！」上官澈扯著喉嚨大叫，手中的劍就要傷了李慎。

李慎一驚，奪下她手中的兵刃。掉了兵刃，她又扭過李慎的手腕，李慎吃痛反過身從背後攬著她，懷中的上官澈被攬住後，不斷掙扎。

「你放開我！」上官澈嘶吼著，

「阿澈，清醒點，妳醉了！」李慎抱緊她，不讓她施展拳腳。

上官澈被李慎死死的抱著，半晌她再無反抗，反到是啜泣了起來，削弱地肩膀在李慎的懷中顫抖著。

李慎在黑暗中從袖口抽出燭火抹開，上官澈趁他放開，紅著眼轉身凝視著李慎。

燭火照映下，上官澈的淚不停地湧出來，雙頰因為激動泛上了紅暈，她一改之前男子的裝束，換了突厥女子的裝扮，髮絲被風吹的有些凌亂。雖是中原人的長相，但一身突厥服飾亦有異族女子的美。她倔強的想忍住淚，淚卻是不聽使喚，不停的落下。

上官澈不知道自己怎麼了，不知道是不是今日正是養母的祭日，讓她有失態，還是醉意讓她有些神智不清，她居然對面前這個才見她幾次，又對她糾纏不清的少爺，發了酒瘋，甚至是以一身女裝的樣貌見人。

來到長安後，除了媚然從未有人見她如此。

更可怕的是，她方才一失手差點就傷了他。想到這裡她忍不住打了個寒顫，曾幾何時她活著活著就沒了自己，因為仇恨也成為了一個嗜殺的人。

前王朝為了和平將她的養母送到突厥和親，作了犧牲的橋樑，再到當朝李世民為消滅外族勢力，成為天可汗。這風光的稱號背後，又是用多少殘忍血腥換來的，她不懂這世道的薄情，她不甘願就被命運束縛，她苦練功夫讓自己變得更加強大，當起了俠客，幫助過無數的人，藉由堅強的毅力支撐到了現在。

因為刺骨的寒風，也因為方才被自己忿恨的舉動嚇了，醉酒的感受漸漸褪去，她稍稍回神，意識到自己的失態，踉蹌的退了一步。

李慎從驚愕中回過神，發覺上官澈就算此刻，人就待在他的身邊，可他卻離她好遠好遠。此時身邊人，猶如天涯海角。

此刻，無論你的過往為何，亦枉論彼此的身分，我願守著妳，直到妳願意接受我。

「我……」上官澈想要說點什麼，卻語塞。

「阿澈，走！我帶你去個地方。」李慎望著上官澈，沒說什麼，拉著上官澈的手就要走。

上官澈不知如何是好，帶著全是對他的愧疚和茫茫的醉意，只是任由他拽著走。

不知行了有多久，來到了一處毫無燈火的坊院，大門的門樑上沒有任何的坊名，在昏暗的夜色中，僅剩微弱地月光照著門。

李慎從袖中抽出鑰匙開了門鎖，運了氣，笨重的門應聲而開，待他們進院後，上官澈還來不及看清眼前的景，就被李慎輕輕一帶，上了屋簷。

「阿澈，坐吧！」李慎一上屋簷就逕自坐了下來，就像極為熟悉般自在。

上官澈聽了他的話，又後退了一步才坐下。

李慎見狀，如同自嘲般輕笑了聲。嘆了口氣就向後躺下。

他收回對上官澈的目光，望向了天。

星子落滿天，還是當初他看過的星空，真好啊，他心想。

「黎慎……那個……方才對不住了。」上官澈向李慎道了歉。

「不打緊。妳陪我賞賞這寒夜中的星空，就當是給我賠禮吧！」李慎扭過頭，舉起了手示意上官澈看天空。

哇！上官澈被他這麼一指，抬頭看向天，才發覺這滿空的星子，璀璨的如整個九天銀河都停駐在了頭頂。

「很美，對吧！這可是全長安城中，最佳的賞星地了，除了我沒別的人知曉呢！」李慎自豪道。

她不發一語地看著，忘了要眨眼。

半晌，二人又是無話。各自靜靜凝望著當空的星辰。

李慎正琢磨著要說點什麼，上官澈卻率先開了口。

「你……是怎麼知道我在洛寧高地的？」上官澈從情緒中緩過來，開始有了疑問。

「是妳阿姐告訴我的。」李慎毫無隱瞞。

「阿姐……真是……。」

上官澈微微羞赧，卻忍不住再問。

「你早知道我是女子？」

「是呀，妳隱藏的是很好，但對於同樣習武的人，氣息是藏不了的。」李慎如實答道。

「你難道就不好奇，為何我現在會作為這副模樣嗎？」上官澈趁著酒意再三地問。

「當然好奇，但若妳不願說，我也不會多問。」李慎善解人意的答道。

「多謝。」上官澈淺淺一笑。雖是沒有完全打開了心房，卻也不是沒有任何的感受。眼前的人就像是許久前就熟識一般，讓她可以卸下她偽裝的堅強。

「阿澈，妳笑了！妳應該多笑笑的，妳笑起來可真好看！」李慎見了她的笑容忍不住稱讚。

這人……真的是太得寸進尺了。上官澈才要試著慢慢接受李慎，卻又因為他言語間的輕薄之意，感到無可奈何，不知道要如何與他說話。

上官澈像是沒聽到似的，再次望向夜空，恢復了不輕易多言的模樣。

李慎笑了笑，也再次看向了璀璨的天。

望著望著，他不禁想起了從前的自己，那個因為厭惡宮中惡鬥，而追尋宮外生活的少年。

「阿澈，妳知道嗎？這裡除了我，妳是第一個到這裡的人。為了逃開我不願接受的生活，我很常偷偷離家，自己來到這裡。這是我用積蓄掙下來的地方，也是我的練武之地。在這裡，我可以成為我自己，不必再看誰的臉色過日子。阿澈啊，我對不住妳……我騙了妳，我不叫黎慎，但我並不是有意要欺瞞於妳，我其實姓李，真名喚作李慎，是當今帝王的第十子。可妳也別因此和我疏離……阿澈妳別生氣啊……阿澈？」李慎望夜有感，自顧自的說個不停，沒聽到上官澈的回應，以為她生氣了，沒想到一轉頭，就瞥見上官澈微微晃著腦袋，似乎打起盹來了。

上官澈，身子晃著差點就栽下屋簷，李慎動作一快，抓住了她順勢攬進自己懷裡。

這夜，上官澈久違的做了個好夢。夢中她回到突厥的大漠上，與額吉一同賞著滿天的星星，許著對來日的期盼。

「額吉，來日埃媞納定要像您一樣！做個很好很好的人。」

上官澈似是夢到了什麼，她邊喃喃地道，邊蹭進了李慎懷中，想要擁有更多暖和氣息。

她臉龐就擱在李慎的衣襟旁，微微透出帶著酒氣的鼻息，搔的李慎有些癢，他縮了縮頸子。沒想到一動，上官澈不耐煩地皺了眉，臉頰就直接靠了上來，他能聞到酒氣味，以及感受到些許涼意透過皮膚傳了過來，李慎整個人都僵直了，不知該如何是好。要是現在是白日，他估計自己得像上回父皇圍獵時烤燒紅的野兔。整臉都有些熱，只覺得動彈不得。

他再玩世不恭，也不曾遇到過這樣的情況。他再怎麼也沒料到上官澈醉酒後，居然是這副模樣，與清醒時竟是判若兩人。如此的大膽，饒是李慎也招架不住。

上官澈感受到李慎不動了，找到溫暖可靠的依靠，便滿足地抿了抿唇，哼了哼聲，深深的進入了夢鄉。

突厥之案

太極宮大殿上，太宗李世民正嚴肅地看著，一幫面面相覷的臣子。

方才，陛下身旁有探子來報，近親太監臉色稍變，使了個眼色。一眨眼的功夫，還尚活絡的早朝就像是被結凍般，無人敢再發言。

不過一盞茶的時間，李世民就讓眾臣子退下，宣皇子們進殿。

還未進殿，幾個皇子們正好碰了頭，而李慎也剛好碰見他最不想遇見的人。

「呦，十弟，你會來啊？不是去逍遙了嗎？」五子李祐，擺了李慎一眼挑眉道。

「是啊五哥，像我這樣多自由啊。」李慎皮笑肉不笑的回應李祐，便轉過了頭。他實在是不想跟他鬥，跟他多說一句都是浪費光陰。自小，他就愛跟自己過不去，三天兩頭逮到機會，就在父皇面前告他狀，他要不是比自己年長，早就被他武功伺候了。

「唉呦，羞了啊？給你五哥說說，哪個小美人兒讓你看上了啊？青樓的滋味如何呢？」李祐見他不理，便是當著其他兄弟的面上拆了他的台。

李慎暗自一驚，瞥了眼李祐。

糟了那日大意了，居然被五哥的人跟了也沒注意到。這要是傳到父皇耳裡，又要倒大楣了。

「十弟呀，你這……」李祐見李慎無話，正想趁勝追擊。

「住嘴！父皇還在殿中等我們，在大殿前提什麼不雅之事呢！」太子李承乾一句喝斥，正好打斷了李祐的找碴。

進了殿，皇子們齊齊向太宗問了安。

太宗目光掃過兒子們，他面色凝重，連面前那杯他愛不釋手的進貢茶，都提不起他的興致，茶在一旁晾到涼了，他才緩緩道過突厥後患之事。

據探子密報，俘虜－突厥　利可汗死後不久，長安城竟有帶著黑狼圖騰的人在作亂，疑似是突厥留下的餘黨。李世民當然容不得任何勢力的挑戰，這不就枉有「天可汗」名號了嗎？

想從前，李世民連自己親手足都下的了手。玄武門之變，殘忍及血腥成功地讓他守住了皇位。親兄弟都忍不了了，更何況外族的覬覦呢？

「全都聽清楚了？」李世民一字一句，咬牙切齒的道。

皇子們見父皇震怒，全都低著頭，剎那間全場無話。

僅有三子李恪做了個揖，向太宗自薦道。

「父皇，您別急，兒臣願替您分憂。」

「好，恪兒你說說。」太宗看是自己最疼愛的兒子提了議，臉色稍稍緩了過來。

「父皇，請讓兒臣帶幾個兄弟們去暗查敵方的情況。我們會即刻向您匯報，屆時再做下一步推算。」李恪依舊沉穩地道。

「好，你想帶上誰？」太宗拿起桌上的涼茶，讚賞地看著李恪。

「大家，這茶涼了，要不奴才為您添新的？」心腹太監湊了過來。

「無妨。」太宗揮了揮手，示意他退下。同時點點頭，默許李恪繼續說。

但李恪還沒開口，李祐卻不識相的打斷了李恪。

「父皇，兒臣斗膽向父皇請薦十弟，十弟近來武藝精湛了許多，有他在，定能助三哥一臂之力。」

「喔，慎兒你來說說你的意見。」太宗見了李祐的魯莽之舉，卻沒發怒，興許是有人願意分擔他的心頭恨，他到不在意規矩了。

「兒臣願意願以微薄之力，全力助三哥查案。」李慎知道這分明是李祐故意要挖坑給他跳，但他早已打好算盤。

從一開始進了殿，聽了父皇的一席話，他心裡早有個底。他想到了初見阿澈時，大街上背後有著黑狼圖騰的賊。還有那日阿澈那身突厥的裝扮，他便想查清楚，萬一要是阿澈因為這件事有什麼牽連的話，他也一定要查清楚，這到底是怎麼一回事。

李祐這下卻愣了，他這弟弟莫不是被自己整傻了，怎麼找他的碴，他還這麼的樂意，甚至看著還有些感激？他呆愣了會兒，就開始用看傻子的眼神看著李慎。

李慎只是當沒看見，向父皇應了聲是，就低下了頭，繼續盤算之後要如何。

「老三，你看如何？」太宗滿意的點了頭後，詢問了李恪的意見。

「兒臣遵旨。」李恪振重其事的道。

「父皇，兒臣以為不妥。十弟還尚年幼，如此之事，還是由兒臣代勞吧！」太子李承乾突然持了反對之意。

眾皇子愣了愣，心中都有了點疑惑。沒人敢說什麼，都在靜觀其變。

今日這是怎麼了，這一個個的都搶著找事做，先是李恪，但李恪本就是父皇寵著的，這是當然。可李慎還有李承乾又是什麼情況？難道這是想在父皇面前求表現，好讓太子難堪嗎？這也難怪太子要出來護著自己的位子了。

「父皇，兒臣可以，先謝過大哥，就不勞煩了。」李慎見狀急忙道。

他心想，大哥多有得罪了，我從不與你爭什麼，唯獨這事，很可能攸關到阿澈，我說什麼都不能放棄。

「哈哈好，既然祐兒都舉薦你了，正好你也給為父看看，最近有沒有什麼長進。這事就這樣定了。」難得看兒子有出息了，太宗心裡歡喜。

李承乾心裡有些不是滋味，連十弟都想要他的位子了嗎？如此積極，實在是令人匪夷所思。告辭後，帶著怒火的李承乾忿然揮袖，回了他的東宮。

只是他不明白的是，這世上有遠比江山重要的事。對李慎來說，那便是情。即便那是一眼的時間，卻是千年，甚至萬年所換來的緣分。

打從他見到上官澈的那一刻起，他就沒想過要放開她，她的一顰一笑、一靜一動，都深深的感染著李慎。

李慎也不知道這份情從何而起，他只是希望上官澈能夠好好的，他最不願看到的就是她受了傷害。

卸下武裝

上官澈自打醉酒那日後，便一直心神不寧，她完全沒忘了自己是如何犯蠢的。無論她怎麼想靜下來練武，卻是徒勞無功。為了讓自己專注，她放下了劍，拎起箭筒裡的箭，拉起弓，將箭頭瞄向箭靶。

腦海裡卻浮現與李慎初遇時，他認真的對自己說今夕何夕，見此良人的模樣。這一箭，射偏了。箭停在了箭靶的外緣。

她閉上眼，深吸了口氣，再拿起一隻箭重新對準靶心，這次眼前出現了李慎一臉心疼地，緊攬著醉酒後哭泣的自己。上官澈身子不禁顫了一下，這第二箭，箭連箭靶都沒碰著，就直直插在了地上。

上官澈很是氣惱，不甘心地又抓起了第三箭，才剛舉起了弓，卻又馬上放下了弓，連手上的箭都扔回了原處。逕自回了屋，而餘光望向了木桌上的簪子與書信。

那是李慎留下的，信中還畫著那天賞星地的去向，畫的一旁更有與他氣質不搭的俊秀字跡，寫著阿澈妳若願意來，賞星地永遠為妳開。還有，我忘了將這簪子交於妳，希望妳能收下，亦明瞭我的心意。那日見妳如此傷心，沒敢再繼續叨擾妳。阿澈，我希望無論妳遇見了什麼傷心事，別一個人擔著，從今往後，妳還有我在。我願陪著妳聽妳說。

上官澈的性子雖是因為母親之事而變得冷淡，不過也不表示她就是冷冰冰的人，至少她還是個俠士，心還沒完全寒。當上官澈遇上了李慎，就如同冰砣子遇上了爐火，再堅固都將融為水。

自打到了長安這麼多年以來，她未再遇見能夠讓她打從心底笑的人，連同媚然也是，那些笑都是為了不讓人擔憂而帶上的偽裝。她穿起了戰袍，拾起了武器，裝作自己是個男子，成了俠義之人。只為了隱藏最真的自己，她不喜與人知曉她的軟肋，更不願與外人有多餘的觸碰。

可時至今日，她不懂這是怎麼了，怎麼遇上李慎，她便像發狂似的什麼也不想顧了。他就這麼擾了她的一切，鑿穿了她的銅牆鐵壁，面對他，她無法是那個理智的上官澈。

面著泛黃的銅鏡，上官澈拿下了母親予她的玉簪，戴上了李慎予她的金葉簪，少見的上了些脂粉，褪去銀白的衣袍，換上了鵝黃的裙裝。

拿上了信，帶著疾風尋路而去。

身分

上官澈按照畫來到了那日的賞星地，這白日裡看與那日黑夜中看實在是相差甚遠，本以為厚重的門，卻只是一扇破門罷了。還有這門鎖……不是說隨時恭迎她來嗎？這還上著鎖呢！這是叫人不從正門進啊……

「哎，姑娘啊，別進啊！」一個略帶沙啞聲音的突從背後響起。

上官澈一轉身，就看見一個年近七旬的白鬍老頭，正低著頭喃喃唸著話。

「據說啊，那裡有妖呢！城裡的人都會躲遠，無人會靠近的。」老頭始終沒有抬頭，講這串話的時候就像在誦經似的，整個人好不詭異。

上官澈打個激靈，連連退了好幾步。

只見那老頭卻是看向其他的方向，走了。

上官澈趁老頭不注意，一抬腳，施展了輕功躍進了院子裡。

院子裡沒什麼草木，僅有幾個練武用的草人和木樁，眼前一落看似有些年頭的坊院。上官澈正要跨上門前的石階，想一探究竟。與方才同樣沙啞的聲音卻從上方屋簷響起，語氣間還帶著肅殺之氣。

「姑娘，不是讓妳別進了嗎？」

「你是何人？」這一刻上官澈驚了，練武多時，她居然無法感受到他的氣息，以至於沒察覺他的靠近。上官澈看向上方這個高深莫測的人，心中卻有了些懼怕。

「應是我問妳是何人。」話落，老頭就躍下了屋簷，來到了上官澈旁。

來者不善，上官澈早已握緊了腰側的劍，準備伺機而動。

老頭大手一揮，一股真氣隨之而來，上官澈見苗頭不對，便趕緊使出劍法自保。

上官澈劍法俐落，巧妙地接過這一擊，破了老頭送來的真氣，卻還是受了些皮肉傷，面上留下了一道輕不可見的血痕。

「妳是何人，為何有我祖傳的無心劍法？」老頭看著上官澈面露詫異之色。這普天下只有他們張家有這劍法能破真氣，為何這姑娘居然會使無心劍法？

這無心劍法，是義成公主尋著強褓中她時，就伴在她側的劍法密笈，所以長大後她自然而然，就修習了這套劍法，如今眼前這人為何如此執著這件事呢？

老頭收起了殺氣，不再出招，而是緩緩道出了令上官澈驚嚇的事。

「姑娘，妳的左腰是不是有海棠花的刺紋？」老頭震驚的問。

「你是從何知曉的？」上官澈只覺自己，似乎要知道什麼會令她害怕的事，深深的恐懼感襲上心頭。

「孫兒啊，我是爺爺啊，妳這些年去哪裡了？爺爺尋妳尋的很苦啊！」老頭激動地要去拉住上官澈的手。

上官澈驚的無法開口說話。眼前這詭異的老頭怎就成了她爺爺了，而他居然知道她左腰上的刺紋，這實在令上官澈有些不知所措。

真相

李慎藉單獨祕密查案的理由，支開了他那滿腦子只記得要博取父皇讚賞的三哥－李恪。他原想著回一趟看他的坊院，想看看上官澈有沒有來，沒想到一進門就看見這個弔詭的現狀。

先是看見了上官澈著了女裝，頭上還戴著他送的簪子，他心裡一喜正要過去找她。卻看見怪老頭也在一旁，而且他說上官澈是他的孫女？

李慎再走近了些，就看到了上官澈面上的傷，一個箭步就衝到了二人之前用身子護住了上官澈，大叫師父不要傷害她。

怪老頭卻是再忍不住潰堤的心情，上前抱住他們倆痛哭一頓。

惹的李慎一陣嗔怪。心想這老頭是不是怪毛命又犯了。

這三人的緣分或許從很久以前就遷在一塊兒了。

原來這怪老頭就是隋朝的名將－張須陀，他在世人間的傳聞是戰死在瓦岡軍手下，但事實上他根本沒死，而是僥倖活了下來，被救到了外族的聚落中養傷。而後他再回到了長安，卻已經改朝換代，他們一家人全走散，所有人都以為他死了。

為了尋回他的親人，便在長安城中開了個餐館，就盼著有天能再與親人相見。

家國早已不再，逝者已逝，生者早已換了面孔，只有他孤伶一人活在這偌大的長安城中，做一個性格古怪的老頭。

而他原以為他這一生就要這麼了結，沒想到在因緣際會下，他救了一個昏倒在雨夜中的少年，他就是李慎。他因此教了他武功，還把他當親孩子看。

只是當他知道李慎的身分後，一度想把仇恨加在他身上，卻仍是於心不忍。他想這一代盛世的殞落並不是沒有原因，隋朝也罷、唐朝也好，他只想安靜的過日子，不想再為國賣命了，為了家國他幾乎獻上了這一生。軍隊最後軍心渙散，他也無力再去面對那些爭禍了。他只求下半生能過上安穩生活。

張須陀有個很疼愛的女兒，她叫張敏，正是上官澈的生母，她在他最後一次出兵時，生了個女兒，名叫海棠，也就是上官澈。為了紀念海棠的出生，他親手為她刺上了海棠花的紋路。

可後來不知怎麼的，上官澈就這麼一路輾轉到了突厥，而隋朝也被唐朝滅了。到了現在，上官澈和他都不知道，他們一家人去哪了。

怨憎

若說恨是什麼，那就是讓人斷了理智失去自我的東西。有人能放下，亦有人一聲糾結其中。

吐谷渾邪無法卸下他的恨，他恨他這一生沒有盡他的職責，為可汗除去災星。他一直記著，當時在突厥中有個長老能預言，而他的預言當中就提及了突厥將降中原災星，會對家國帶來大禍。後來他才知道那個災星就是上官澈。

貞觀三年，他的家國澈底被唐軍殲滅。長老的預言成真，原本所有人都不相信，直到災禍的那刻，親眼見證了慘況才不得不相信。

吐谷渾邪亦是。後來義成公主死於同一場大禍，他便認定了上官澈就是那個災星。直到近日，他終於確認了上官澈就是當初義成公主的養女，可大汗卻早已無法親眼見到他復仇了。

這個災星，他定要殺了她以洩心頭之恨。而然他不僅要殺了她，他還要將她變成長安的災星，讓全長安都為頡利可汗陪葬。

偌大暗道下，一群黑衣附離伺機而動。當不成功便成仁的時候，誰都會拚盡全力。為生，亦為死。為家國，也為了仇恨而放手拚搏。

生為突厥人，死也做突厥的鬼。

阿史那子熠折了個枝條，在約好的巷角中，找到了前人留下的暗號，他畫上了新的記號，召集長安城中所有埋伏的附離們，不出幾日，長安城就會淪為當年的突厥了。

至今，他仍忘不了那天，他的族人是如何在血泊中為他浴血殺敵，父親是如何身中數箭，還用身子將他護住。

那些曾經的傷痛，在要復仇的那刻，全都歷歷在目。他怨憎這世道的不公，而他也不甘作為俘虜，客死他鄉。

誤會

在知曉上官澈身分那日後，李慎也同時知曉上官澈的過去，便發覺她非常的恨他們李氏。本想告訴她自己不叫黎慎的，可面對上官澈，他發現自己亦無法開口。甚至有些懷疑，那造反的人當中，上官澈是不是也是同夥了。

李慎拿不住主意，便去尋媚然，卻發現媚然消失了。

聽老鴇說是一個青年帶走媚然，還留下一封信，說是給他的。

李慎很是疑惑，他拿了信，便出了怡香閣。

他沒想到的是，那封信上寫著，媚然的命在他們手上，若不想她死，就一個人過來。

李慎依著信中的指標來到了一處破廟。

破廟陰陰暗暗的，到處遍佈了蜘蛛絲，看似長年無人看管。

李慎拉開了破廟門環，本以為裡頭會有埋伏，早已做好了準備要大打出手，卻看見媚然被捆綁著捲著身子在旮旯的一處。

他趕緊過去將她扶起來。

「媚然姐！醒醒，是我。」李慎晃醒媚然。

「李慎！你來幹嘛！你快走！是突厥人，吐谷渾邪……他沒死，他將我作為誘餌，要離間你和阿澈！他要利用阿澈對你父皇的恨，幫他毀了大唐。快走啊！」媚然一睜眼就發狂似的對李慎大吼。

「媚然姐？」李慎從來沒想到會是這種情況。

「不，媚然姐，要走一起走，我不能拋下妳。」李慎堅決地回絕媚然。

「你快走，我求你了……我求你了……替我照顧好阿澈好嗎？李慎……」媚然已然是用盡了全力在掙脫李慎。

「別說了，我們走！」李慎背起媚然，腳一輕提就要走。

可惜遂不如他們願，為時已晚了。

上官澈駕著疾風一路狂奔到破廟時，才剛推開門就見到了媚然氣絕倒的模樣，馬上就相信了信上的內容。

上官澈接到了封密信，是吐谷渾邪親筆，寫的全是突厥的暗號，內容寫著黎慎就是唐太宗的十子，而他接近她的目的就是要查案，為了消除剩下有關突厥的一切，因為李氏一族都是殘忍無情、趕盡殺絕的人。他還脅持了媚然，而下一個被他除去的就是她。

她原是相信李慎的，卻帶著半信半疑的心情去了信中提到的破廟。卻見到了李慎一臉恍惚，手中還握著染血的匕首，旁邊就躺著已然氣絕的媚然，咽喉上還染著艷紅的鮮血。

「黎慎……不！應該叫你李慎，你為什麼要這麼做？」上官澈嘶吼，拔出了劍，就要向李慎刺去，但李慎卻沒有躲開。

上官澈在刺下去的前一刻卻停了手。

她想起了她曾經帶上他送的簪子，換上裙裝開心的模樣

她只覺得自己太傻了，終歸不該相信他，是自己害死了媚然。

這一刻上官澈的心澈底死了。破廟外颳起了風雪，淒冷又寂靜，就如同上官澈的心一樣，平靜如水、毫無波瀾。

刺殺

太極宮，在晨曦照射下，更顯得巍峨壯麗、風光明媚。

隆冬已過，春日裡百花齊盛、鳥鳴蜂叫，是鳥語花香的好景。

大殿上，眾大臣正在歡快的暢飲著朝貢的西域美酒，宴席間觥籌交錯、言語歡暢。席中央還有朝貢的異族女子罩著輕紗，赤著腳、隨著歌舞跳著曼妙舞姿。這正是唐宮中，春日的百花宴。

「今日朕心情正好，再賜你們西域美酒，今日眾臣們都喝盡興啊！」唐太宗李世民因為李恪和李慎，解決

了突厥餘黨之患，吐谷渾邪被李慎一劍刺死，太宗心裡高興，便喝的有點醺，面上盡是酒後的潮紅。

「來，恪兒、慎兒，為父敬你們！」李世民在一旁妃嬪和太監的攙扶下，搖搖晃晃地從龍椅上爬起來。

李恪與李慎也從座位起身舉杯致意。

可李慎的目光卻是離不開眼前的一名異族舞者，雖然面上罩著薄紗，看不清臉龐，但是舞服微微露出舞者的細腰。

不知道是不是喝的有些茫，他似乎看見離父皇最近的那名舞者，腰間有著海棠花的刺紋。

舞者隨著曲調激昂時，跳出了許多旋轉的步伐，而那名舞者越跳越接近唐太宗的龍位。

「阿澈……」李慎茫然地望著前方，失了魂般地道，他緩緩起身，想更靠近前方。

腦海裡的上官澈和面前的舞者重疊。

師父曾說，阿澈的腰上有個海棠花的刺紋。

「十弟，你為何要擅自離席？」座位旁的太子李承乾不明白地問道。

李慎就像沒聽見似地逕自走向前方。

李祐見狀竊喜，他這弟弟是酒喝多了要當眾出糗了嗎？看來有好戲可瞧了。

古箏與琵琶齊齊和樂，一連串拔尖的音後就要曲終。

在曲終的那一剎那，眾人還來不及反應，大殿中央突然有個清洌的女聲響遍了整個太極大殿。

「狗皇帝，我要你納命來！」話還未落，袖中的暗器就向著龍椅上的唐太宗射去。

太宗一個驚恐下，連滾帶爬的躲到了柱子後。

暗器射中了後方的畫屏。

殿中眾人驚呼。吵雜中，有太監向外頭的士衛大喊護駕。奈何殿中已是一片混亂，士兵們一時間也趕不來。

一下間暗器又不斷地襲來，眾人驚叫亦抱頭逃竄。全都離太宗遠遠的。

最後暗器逼的太宗閃出了柱子。見沒了防衛，暗器這下筆直的朝唐太宗的左心射去。

就要射中時，一道青色的身影躍過來護著太宗，是李慎。

李慎的後背中了舞者的暗器。

「慎兒！」太宗面色如土，撕心裂肺的喚著李慎。

與此同時，扮成舞者的上官澈，手中的暗器匡噹一聲落地。渾身都在顫慄，眼裡盈滿了淚水。

「李慎！為什麼？」她的聲響迴盪整個大殿，她絕望的嘶喊著，跌坐在地。整個大殿中都充滿著哀淒之感。

李慎沒回答，只是緩緩轉身看著舞者，眼神溫柔地淺淺一笑，便吐了鮮血，倒了下去。然而直到倒下去的那刻，他臉上還掛著對上官澈的憐惜之色，眼裡還噙著淚。

「快！宣太醫！」韋貴妃見到兒子倒下，著魔似地急著大叫。

上官澈起身想向前去看李慎，一群士兵卻拿著刀全部指向她。將她壓了下去。

「拖下去，給我送進大牢，朕要親自審她！」太宗盛怒道。

悔

直到被送進大牢，上官澈的眼睛都離不開李慎的方向。

上官澈被扔進大牢，鐵閘門重重關上。

上官澈再也止不住淚，只是任由模糊遮住了眼睛，任鼻尖的嗆痛折磨著自己，腦中縈繞著混亂複雜的事，她已經分不清這是因為刺殺失敗的淚，還是擔心李慎的淚水。

她就這麼哭著，直到暈了過去。

不知道過了多久，她一直夢魘著，她夢到了李慎被她殺了，那個擁有孩子般清澈笑容的青年、那個拿著糖葫蘆開心雀躍的他、那個說永遠為她在的他，因為她的仇恨，把他的一生給毀了。

不知夢了多久，她忽然聽到有人在喚她。

「阿澈……阿澈……」

她睜眼一看，竟是李慎。

他引開了士兵，換了鑰匙，進了大牢。

李慎臉色有些發白，看起來很疲憊。

她懷疑自己是不是看錯了，揉了揉眼。定睛再看，確實是李慎。

她立即坐了起來，只是眼睛不敢再看向他。

「你……」上官澈不知道該說什麼，畢竟她是要殺他的父親，也是傷了他的人，她只能夠無聲地掉著淚。

「阿澈，若是有人要出來擔這個罪，那也應該是我。沒關係的……都沒關係的……」李慎用指腹輕輕抹去上官澈眼角的淚，緊緊地抱住了她。

「李慎……你為什麼要對我這麼好？我……我無臉再見你……」

上官澈拍打著李慎的背，想要他放開自己。

李慎因為傷口疼倒抽了一口氣，放開了上官澈。

「你怎麼樣！」上官澈伸出了手想看看他的傷勢。

卻是被李慎抓住了手，貼向了他的左胸口。

「這裡才疼。」李慎皺眉，定定地望著上官澈。

阿澈，我痛的是心。我痛的是妳最終還是沒放下仇恨，我痛的是妳對我不信任的樣子，我痛的是妳因為難受時落下的淚，我不願再看妳受到傷害了。

「李慎，我真不值得你如此……我是罪人……犯下滔天之罪的是我。你忘了我，離開吧！我……」上官澈掙扎的想抽開手。

李慎卻是死死的攥著她的手。他眉頭緊鎖，眸光堅定，像是下了決心似的，將她往自己身前一帶，低頭吻住了她。

上官澈因為一時吃驚，只能傻愣著，任由他的氣息填滿自己。

一股暖流湧上了她冷如冰窖的心。

是甜的亦是苦澀的感受。

李慎，你知道嗎？我原諒你了，你能否原諒我呢？

或許我們這一世就只能互相虧欠，上一代的恩仇如果可以，能不能就此泯滅？

你從來都沒錯，錯的是我……是我心魔作祟，才害的你如此……

就此忘了我吧，李慎。這世，我應是你的仇人啊，李慎……

頂著殺君之罪死去，才該是我最後的歸宿。

這世，就該終於分離，終於無悲、亦無喜，無風、亦無晴。

李慎，若有來生，願你我二人再無仇恨，再無傷痛。

願我是你命裡的過客，而你能尋到你的歸人。

上官澈閉上了眼，一行清淚隨之而下。

心中布滿了酸楚之感，可終究只能是無奈。

今夕何夕，見此良人。

那良人，如你亦如妳。

你我因恨相識，卻因情而相別。

別時易，而相見難。

又見上元

貞觀十三年，俠士澈公子，成了弒君王的千古罪人。刺殺雖為失敗，可容不得羞辱的唐太宗李世民，為洗屈辱，下令賜死上官澈。

城中人歡呼和罵聲齊出，更有人為此痛哭。

可這些無論是悲或喜終究都只是外人所道。

轉眼間，七載已過。

長安城中再也沒有像澈公子般的俠士出現，到是外族近日傳出了，有位名為海棠的奇女子騰空出現在了江湖上，所有江湖上的人凡是與她交手過的，全都要敬她三分。

年年歲歲，又復一朝。

今朝卻不復往日，唐朝與外族交好，各族的文化禮俗皆相互融合。

流年似水，又是繁華佳節。

今日是上元節，大漠上的人們也開始過起了中原的習俗。

大街上人潮熙來攘往、絡繹不絕。張燈結綵，好不熱鬧。

自打阿史那子熠在行刑那日，替上官澈李代桃僵後，上官澈便帶著張家怪老頭，一同到了大漠生活。

上官澈改回了她的名，拾回了她原來該有的生活。

她名為海棠，再不是義成公主的養女－埃媞納，更不是長安城中的澈公子，而是武藝高強的女俠－海棠。

她不再執迷於過往，卻也不是從未想起。

逝者已去，她也無心再去追憶。種種過往，如今也該煙消雲散了。

幾日前，她聽坊間的小道消息談到唐太宗的兒子李慎，因為反新帝一案，受了牽連被逐出皇家，流放至邊疆，卻因水土不服，還未到流放之地便死在了半路。

初聽到消息時，她只是呆愣半晌後，便又像個沒事人一樣，恢復了自在瀟灑的模樣。

可情不知因何所起，豈又能是輕言放下之物？

「客倌～客倌～來猜謎啦！猜中謎底就可得花燈，姑娘要試試嗎？」花燈小販在海棠經過時，向她吆喝道。

她正要推遲。卻想起了那年的上元，曾有個像孩童般笑著青年，拉著她的手到了燈謎攤子旁，要與她一同猜謎。

她停住了步伐，來到了小攤前。

小攤見她佇足，想是生意要來了，就殷勤的與她介紹花燈。

不知道是不是鮮少見貌美如花的姑娘，當海棠一停佇攤販，身旁就少不了有男子跟隨。

這做生意講究的是人潮，要是人煙稀少，門可羅雀，不出幾日定要關門大吉。

小販見人如此多，心中一喜，便出了個主意。

「姑娘，這蓮花燈啊，是本舖僅有的，送心儀男子定會如意。看您生的如此貌美，不如這樣吧，您要是猜中了，本舖就給您免了銀兩如何呢？」

海棠淺笑，微微頷首，算是答應了。

這一笑，身旁的男子們更是看的如痴如醉。

「好勒，姑娘請仔細聽題啊！」小販清了清嗓子，正腔正調的唸起了燈謎。

「光陰一去不復返，對一句詩。請姑娘對題。」

同樣的上元，同樣的燈謎，人事卻已非往昔。

今朝，再也沒有那個眉目俊秀的青年陪在身旁，問她「阿澈，妳想不想要這個花燈？」

沒人與她說，他不喜這個答案。說不希望他們的結尾是「別時容易見時難」。

沒人一臉認真的對著她說謎底是「今夕何夕，見此良人。」

這些過往的記憶在這一刻，躍過了人群喧囂，毫無妨衛地湧入了她的腦海中。

來的如此措手不及，海棠片刻的恍惚，失了神。

眼前突然朦朧起來，所有的華燈在她的眼裡就像是一面光影一般，五光十色逐漸融成了一片模糊。

眾人見狀，不禁疑惑了起來。不就是聽了個題，這姑娘至於泛上淚嗎？

見她遲遲不答，眾人議論紛紛。

突有清朗的男子聲，從議論紛紛中道「我來吧，謎底是『今夕何夕，見此良人』」

海棠一眨眼，晶瑩的淚滴落了下來，眼前人的模樣清晰可見。

他依舊是紈褲的闊少裝扮，看似經了些風霜，有了滄桑之感，可他仍是帶著孩童般純真的笑，用溫柔如水的眼眸凝視著自己。

「李慎……」海棠喚著夢裡不知尋了千百度的那人，展顏歡笑，笑靨如花。

今夕何夕，見此良人，對他們二人來說，良人是妳、亦是你。

終章

李白故事說到了尾聲，才從思緒中拉回來，一轉頭只見孩子早已禁不住睏意俯在木桌上酣睡了，雖是睡著了，但手中還是緊抓著木劍不放。

見狀，李白莞爾。

金風送暖，是令人有些煩躁之氣，可乘著亭子的涼意，望著荷葉隨風搖曳，心靜了，自然也就自得其樂了。

李白起身拿起他的劍，愛惜的撫著劍上歲月殘留的痕跡。

雖已屆不惑，可至今他仍未忘記要做一名俠客，而他的江湖夢仍持續著。

星星　張婕琳

楔子

從前從前，有一顆星星，一直陪著月亮，不論陰晴圓缺。後來他發現月亮只為地球轉動，只為太陽發光，而自己，還不如地上的星星。

是的，地上也有星星。

如果牆上的鐘是準的，現在已經十點了，我看著桌上熱騰騰的食物，加了蛋和青菜的泡麵，一盤炸雞，一臉感動地看著從廚房走出來的朋友。

「哇，太感動……」

「閉嘴，快吃！」

「閉嘴怎麼吃？」

「我看妳是想跟我聊聊蕭子昳了。」

「……」聽到蕭子昳三個字，我愣了一下，然後露出一個應該不難看的微笑，「不想欸。」

「那就快吃，」她拉開我旁邊的椅子坐下，嘴裡還碎唸著：「為了個王八蛋把自己弄成這樣……」

「這跟他沒有關係。」

「好，妳給自己找了一堆事做，忙到不吃不睡，累到昏倒被送進急診室，嗯，只是單純活膩了，跟他一點關係都沒有。Ｏｋ，我知道。」

為了什麼呢？」

「……」

是啊，沒有關係。我吸了一大口泡麵到嘴巴裡，低著頭，嚼了好久。

「好好吃喔！好吃到我都快哭了！」

「妳……唉！」芊語嘆了口氣，抽了兩張面紙給我，「把自己累出病來也沒能忘記他，這麼整自己，又是為了什麼呢？」

為了什麼呢？誰知道。

忽然發現，生活中到處都是他的影子。我又吞了一大口，卻差點噎死自己。

泡麵

總會有某個瞬間，妳很想記錄下來卻又不想讓正在被記錄的他知道。於是，妳故意和他拉開距離，假裝滑手機，打開的鏡頭對著他。向唯飛快地按下快門，然後點開相簿，看著照片裡的男孩穿著長版大衣，邁著修長的腿，拖著簡易購物車走在兩排貨架間，不自覺地笑了出來。

「妳傻笑什麼？」

「啊？」聽到蕭子昳的聲音，向唯趕緊收起手機，小跑回他身邊，「沒什麼啊。」

「妳還有要買什麼嗎？」

「嗯……應該沒有了。」向唯邊想著，兩人經過泡麵區，她突然拉住蕭子昳，「欸，你看！」

「什麼？」

「香菜口味的！」

「噢……」蕭子昳露出了極其厭惡的表情。

「買一包回去，我煮給你吃。」

「掰。」

香菜恐懼症患者，這是他們的許多共通點之一。討厭香菜和茄子、喜歡巧克力和咖啡；貓派，但養狗；厭世，但活得很認真。許多的共通點，使得他們容易了解彼此，讓他們變得親近，也讓人產生錯覺。向唯想著，原來真的有個人能和自己如此相似，原來詩人筆下的soulmate真的存在。

「妳選一種吧。」

「啊？」

「不是想吃泡麵？等等讀書的時候可以當宵夜。」

「我沒說想吃啊。」

「那走了啊。」

「欸欸，等一下！」

「怎樣？」

「嘻嘻，我想吃啦。」

「剛剛誰說不吃的？」

「我也沒說不吃啊。」向唯笑得調皮，又問：「你怎麼知道我想吃？」

「都寫在臉上了，我又不瞎。」

蕭子昳從架上抓一包抓餅扔進購物車，「走了。」

「欸，說好的我選呢？」

「喔，妳選啊，要哪種？」

「嗯……」向唯想了想，拿起另一包，「這個！」

「嗯好，來，放回去，」蕭子昳把向唯剛拿出來的東西又放了回去，指著購物車裡，「反正我們買這個。」

「你……」

「好，走！」笑得有點欠揍，他抓著向唯的肩膀，把她轉向結帳櫃檯的方向，然後自己拖著購物車率先走去。

「蕭……唉！」向唯無奈跟上他，心想我不和這個幼稚詭計較。

離開大賣場，兩人到了蕭子昳家，向唯一進門就看到了新擺設，忍不住腹誹著這個敗家子真懂生活，租的房子裝潢得已經買房了一樣，老娘宿舍的寢室放盆小植物就美輪美奐了，唉。向唯心裡不平衡，蕭子昳才不管她，直接使喚人去煮泡麵。

「好了，請開始妳的表演。」

「表演個頭啦，為什麼是我弄啊？」

「妳說要煮給我吃的。」蕭子昳一臉無辜。

「我說的是香菜口味的那個。」

「……」

「沒關係，這個口味我也勉強接受。」

「嗯，那我去客廳泡茶等妳，妳趕快。」

「……」

於是，向唯認命地開始準備宵夜，等到她完成了兩份抓餅，走出廚房，就看到正在泡茶的蕭子昳。煮開了的熱水冒著水氣，混著茶香裊裊上升，蕭子昳表情淡然而專注，動作慢而從容，不得不說，還挺好看的。

「看表演？」

「啊？」一直到蕭子昳端起茶，淺嚐了一口，向唯才回過神來，「喔，我在廚房忙碌，你倒是很悠閒，如此待客之道，可算合理？」

蕭子昳瞥了她一眼，「待客之道，也要來者是客。」

「什麼意思？」

「妳是來讀書的，不是作客。」

「……」

「喝喝看，我昨天買的。」蕭子昳放了杯茶到她面前。

「嘖，奢侈！」

「哪有，這可是我平平無奇的生活中為數不多的樂趣。」

「你怕不是對『平平無奇』有什麼誤解。」

「沒有，」蕭子昳又倒了杯茶，然後拿出書本和紙筆，「該上課就上課，該讀書就讀書，作業還是要做，報告還是要交，偶爾泡泡茶、練練琴、寫寫詩，再種幾盆小植物，其他的……也就那樣吧。」

也就那樣吧。蕭子昳右手握筆，左手翻書，不時在紙上寫下幾個好看的字，游刃有餘的樣子，很好看，好看得向唯沉默。向唯知道他口裡的『也就那樣』其實多麼不容易，那是多少人羨慕的才能，又是多少人不能理解的辛苦。

牆上的鐘很安靜，時針默默走向十一，向唯枕著書，已經睡著了。蕭子昳放下筆，側頭看著她，然後俯身，在她耳邊說了一句話。

巧克力

週中的校園，學生們走出了星期一的藍色，恢復了日常的忙碌。午餐時間的學生餐廳人滿為患，人聲鼎沸，所以向唯沒有聽到朋友們說的話也許是正常的。

「向唯，向唯！」

「啊？」向唯停下幾乎無意識的咀嚼，看著同桌的三人，有些茫然。

「啊什麼啊，妳神遊太虛喔？」

「在想男朋友啦！」

「哦～」

「沒有啦，趕快吃！要上課了。」

「唉，沒事沒事，我們懂。」

向唯吞下一口湯麵，語氣有些無奈，「妳又懂了什麼？」

「沒什麼啊，就是不知道誰說要出去讀書，半夜兩點才回來。」

「真假？」

向唯舀湯的手一頓，看了在場唯一的室友一眼，「就是讀得比較晚。」

「是喔？可是……」

刻意拉長的語調成功引起好奇寶寶的注意，鄭玲欣立刻發問：「可是什麼？」

「雅帆，」向唯站了起來，「老師要我們上課前先去找她拿東西。」

張雅帆看了她一眼，點點頭，「嗯，那差不多要走了。」

「欸？可是……」

「玲欣，」一旁的王呈薇看了看向唯，又看了看張雅帆，對鄭玲欣說：「她們要先去找老師，我們可以再吃一下，不急。」

「喔，那好吧。」

走出餐廳，向唯轉向張雅帆，問：「為什麼？」

「什麼為什麼？」

「我晚歸的事，妳答應過不告訴別人。」

張雅帆聳肩，「呈薇和玲欣怎麼是別人？」

「即使是朋友也會有不想說的事，如果不是我們住同一個寢室，我也不會跟妳解釋。」

「呵，所以，」張雅帆冷笑，「到底是大半夜在外面做了什麼，才會這麼不想讓人知道？」

「妳到底想說什麼？」

「也沒什麼，就是，」張雅帆背對著向唯，邊走邊說：「若要人不知，除非已莫為。」

向唯還站在原地，看著走開的張雅帆皺起了眉，總覺得，有些不好的預感呢……

有個名詞叫莫非定律，向唯一直不知道該不該相信，然而當不好的預感成為事實，她常會想到這個詞。

從那天在餐廳門口分開後，張雅帆就沒再跟她說過一句話，鄭玲欣和她的相處有些尷尬，倒是王呈薇和平常一樣，也是王呈薇告訴她，那之後究竟發生了什麼。

「雅帆……真的這麼說？」

「嗯，已經在班上傳開了，那個，玲欣其實不太相信，可是……」

「沒事，不怪她。」

「唉，總之妳最近自己小心一點。」

「好，我知道，謝謝妳。」

「向唯。」

「嗯？」

「妳……」王呈薇看著向唯，欲言又止。

「怎麼了？」

「唉，」王呈薇最後還是沒說出她的擔憂，只是嘆了口氣，說：「如果有事，一定要說，不管是跟我還是其他人，總之要說。」

「嗯，」向唯笑了，「我會的。」

謠言越傳越偶像劇，饒是秉持清者自清的向唯也漸漸忍無可忍，三五天的發酵時間終於在長長的導火線上點了火，偏偏無事不登三寶殿的爸媽在這個時候來了電話。

「小唯啊，最近在學校還好嗎？」

「還好。」向唯躺在床上，因為難得的午覺被打斷而不悅。

「妳感冒了？為什麼聲音怪怪的？」

「我在睡覺！」

「這個時間……」

「媽！說重點。」

「……」

「喂？」

「啊，那個……」

「哪個？」

「……沒事，可以的話，放假就回家吧。」

「好好好，我再看看。」

掛了電話，向唯看了一下時間，決定再多睡一分鐘是一分鐘，然而，又響起的手機顯然不想讓她如願。

「小唯啊……」

「爸！」向唯把自己包進被子裡，實在很想把手機丟到棉被外面，「如果你要說跟媽一樣的事，可不可以先讓我睡覺？」

「妳在睡覺？這個時間……」

「對！今天提早下課我是不是可以睡一下？」

「喔，那妳媽說了什麼？」

「你怎麼不問她？」向唯覺得厭世，「她就叫我放假回家啊。」

「那妳什麼時候回來？」

「你怎麼不……唉，我再看看！」

再次掛了電話，再次看看時間，向唯還是決定維持原姿勢，抱著被子就要再次入睡。然而……

「啊啊啊！」當手機第三次響起，向唯立即決定，如果這個人沒什麼急事，她要把他種進土裡。

「喂……」

「妳在睡覺？」

聽到電話那頭傳來的聲音，向唯瞬間坐了起來，「蕭子昳！」

「妳這時間沒課嗎？」

「我們提早下課了，不過你怎麼知道我在睡覺？」

蕭子昳輕笑，「聽聲音就知道了。」

「唉，你真的很會挑時間，」向唯打了個呵欠，「怎麼了？」

「妳晚上有空嗎？」

「幹嘛？」

「出來讀書。」

「唔……我能不出門嗎？很累欸……」

「不能，累就先睡一下，妳不是在睡了？」

「可是……」

「嗯，妳現在睡，剛好晚上出來，我們約……嗯，七點好了。」

「哪裡剛好？我……」

「乖，趕快去睡覺，」蕭子昳像哄小孩一樣，「午安啊。」

向唯呆坐在床上，看著手機好一會兒，最後重重嘆了一口氣，「蕭子昳，你真的是……災難！」

默默爬下床，向唯拿起書桌上的巧克力，「也好，剛好把這個給你。」

旁邊的桌曆，圈著的今天是十四號。

拉麵

夜晚的咖啡廳，不是很明亮的燈光和令人放鬆的音樂，向唯其實有點懷疑這裡適不適合讀書。走上二樓，她一眼就看見坐在窗邊的蕭子昳。

「終於來了，公車又誤點了？」

「嗯，」向唯在蕭子昳幫她預留的位子坐下，拿出幾天前就準備好的巧克力，「拿去，歐趴糖。」

「哇，這麼好？這不好買吧？」蕭子昳想起自己曾無意間跟向唯提起過這種巧克力，心中閃過一絲異樣，「今天什麼日子，對我這麼好？還是無事獻殷勤……」

「今天是你準備期中考的日子，你才非奸即盜！」

向唯翻開書，一秒投入，不理他。蕭子昳挑眉看著她，然後也再次拿起筆，沒說話。兩人就這麼安靜且專注地沉浸在知識的海洋，至少看起來是如此。

「欸，」約莫半小時，向唯有些沉浸不下去了，「你不覺得這裡的音樂太歡樂，一點也不符合我們期中考悲傷的心境嗎？」

「嗯，」蕭子昳居然認真地點點頭，分了一邊耳機給她，「所以我都自己準備音樂，要聽嗎？」

向唯戴上耳機，裡面是很符合蕭子昳的古典純音樂，平靜了她的煩躁，卻也帶來些許睡意，向唯索性放下筆，托著頭，閉上了眼睛。

「累嗎？」

「嗯，」向唯睜開眼，發現蕭子昳正看著她，過近的距離讓她下意識避開目光的接觸，「還、還好。」

「看起來不是還好的樣子，學校發生什麼事了嗎？」

「能有什麼事，期中考啊。」向唯又開始翻書，心裡突然委屈，我被傳得那麼難聽、被排擠得那麼慘，還不是因為你。

「是嗎？」

「是啊，不然呢？」

「妳今天特別憔悴。」

「啊？」手上的筆一個重心不穩，向唯在筆記本上畫了個多餘的不規則線段。

「據我所知妳是個學霸，期中考應該不至於讓妳變成這樣。」

「變成怎樣？」

「妳今天的妝特別重。」

「我……」

「可是臉色還是很差。」

「……」

「這幾天講電話的時候也是……」

「蕭子昳。」

「嗯？」

「你是我肚子裡的蛔蟲嗎？」如果是，請待在原地，別往心裡爬，很可怕。

「不是，」蕭子昳笑了，「我只是比較聰明而已。」

「呵，人還是不要太聰明比較好。」

「嗯，」蕭子昳看著她，「但更不要自作聰明，不要總覺得自己就能應付。」

「……」

耳機裡的音樂突然變得有點悲傷，向唯看著玻璃窗上倒映著的他們，她不是不想說，只是不想讓蕭子昳知道，她之所以難過，是因為他。

又一個曲目結束，蕭子昳關掉了音樂，拿下自己和向唯的耳機，說：「妳還沒吃晚餐吧？」

「我不餓啊。」

「但是我餓了，走，先去吃飯。」

蕭子昳不由分說地拉著向唯下樓，把安全帽遞給她，然後發動機車，速度之快，向唯都有點相信他是真的很餓了。

「想吃什麼？」

「這該問你吧？不是你說很餓的嗎？」

「我是……」

蕭子昳騎車挺快的，雖然載向唯的時候通常會慢一點，但可能是這天的風比較大，蓋過了他的聲音。向唯沒有問他到底說了什麼，只是隔著剛好的距離，默默地看著他的背影。
「嘖，這個時間人有點多。」蕭子昳在一間日式復古風的麵店前停下。
「看著不是有點，是很多，應該沒位子了吧？」
「同學，已經沒位子了，大概要等十五分鐘喔。」忙碌的老闆娘抽空過來回應了向唯的疑問。
「沒關係，謝謝。」
「什麼沒關係！」向唯有些著急，「我們真的要等？」
「Why not?」
「不是，我報告還沒做完，明天……」
「放心，」蕭子昳把手放在她頭上，「不會拖到明天。」
「你又知道了，我卡好幾天了欸。」
「我剛剛瞄了一下，那題目不難，會卡住是因為妳狀態不好。」
「那吃完飯就會好了？」
「不會，」蕭子昳一邊揉亂她的頭髮，一邊笑說：「要吃麵才會好。」
「欸，我的頭髮！」
「哈哈！妳的腦筋現在應該跟頭髮一樣亂，呃……」
「怎麼了？」
「啊，那個，剛剛那支筆好像漏水，我的手有點黑……」
「蕭子昳！」
十五分鐘的等待，真的一點都不無聊，雖然在人家店門口玩你追我跑實在是……唉，向唯也不知道怎麼說了，總之，可能因為有運動的關係，最近食慾不佳的她意外地吃完了一整碗拉麵，當然過程還是有點曲折的。

「蕭子昳，你很像小孩子欸！」

「有嗎？」

向唯認真地點了點頭。

蕭子昳也點頭，「那你應該照顧小孩啊，餵我吃？」

「呵呵好啊。」向唯冷笑，手伸向一旁的辣椒醬。

「呃，不用了。」蕭子昳眼疾手快，先搶過那罐辣椒醬。

「哼！」

向唯繼續低頭吃麵，但蕭子昳好像真的沒辦法安分太久。第二次搶辣椒醬失敗，向唯乾脆拿起旁邊的胡椒粉。

「欸，妳想清楚喔，妳那是胡椒而已，我這是辣椒喔！」

「你……」

「好啦，乖，放下，趕快吃。」

總之，一翻波折後，向唯算是怒吃完了一碗拉麵。兩人回到咖啡廳後，也總算是認真了起來。

炸雞配水果酒

終於熬過了期中考，學生們可不管成績出來了沒，反正逝者已矣，出去玩的出去玩，回家的回家，只想睡覺的直接睡到隔天。向唯拖著行李箱，拎著大包小包，在人潮洶湧的車站殺出一條血路。

「我回來了！」走進家門，喊出這句話的向唯覺得，真是好不容易。

「回來啦，」聞聲走出的媽媽接過她手上的大包小包，「快去洗手，先吃飯。」

「喔，爸跟向晴呢？」

「妳妹說今天在同學家吃晚餐，妳爸……應該晚點回來。」

「什麼啊，我第一次回家，就我們兩個吃飯啊？」
「兩個人吃飯不好？」
「呃，不是啊……」不知道該怎麼回答，向唯突然覺得有些奇怪。
「我回來了。」
「爸！」
「喔，結果妳比我早到啊。」
「對啊。」
「好了，先去吃飯。」
久違的豐盛晚餐，向唯很感動地多吃了不少，然而，就在她放下筷子的那一刻……
「小唯。」
「嗯？」
「我們決定要離婚了。」
「……」
「妳……」
「所以向晴今天才不回家吃飯嗎？」向唯突然發現自己的聲音冷得可怕。
「小唯……」
「我吃飽了。」
澈底無視周遭所有聲音，向唯回到房間，給妹妹打了通電話，電話接通了，但誰也沒有說話。
「姐……」良久，向唯聽見一個濃濃的鼻音。
「嗯，是我。」

「對不起……」

「妳對不起什麼？」

「我、我沒有……阻止他、他們……」電話那頭，向晴已經泣不成聲。

「小晴，這跟妳沒關係。」

「如果……如果是、是姐，說不定……」

「沒有如果，也沒有說不定，向晴，」向唯異常冷靜，她努力讓自己的聲音不那麼冷酷，「照妳這麼說，其實應該是這麼長時間沒回家的我的錯了。」

「不是，姐……」

「所以，不是妳，也不是我的錯，可它就是發生了，」向唯深吸了一口氣，「我們必須處理它，對嗎？」

「嗯……」

「妳幫我嗎？」

「嗯！」

「好，現在妳想做什麼就去做，只要沒有危險，然後好好睡一覺，爸媽那邊，電話不想接就不要接，我會跟他們說，只有一個要求，」向唯看著回程的車票，「我回去之前，要看到好好的妳。」

秋天的風有點太涼，看來今年的冬天會特別冷，向唯坐在河邊這麼想著。

「喂？」

「……」聽到蕭子昳的聲音，向唯突然發現她是想哭的。

「向唯？」

「蕭子昳……」

「……」蕭子昳停下所有動作，「怎麼了？」

「你喜歡爸爸還是媽媽？」

「……」

「我都不喜歡怎麼辦？」

「那就不喜歡，妳不需要強迫自己喜歡任何人。」不知道向唯發生了什麼，蕭子昳只是靜靜地聽，輕輕地答。

「可是我必須選一個！我妹也是！他們一起生活了二十年，我才到臺東幾個月，他們、他們為什麼就分開了？為什麼啊？」

「是我的錯，我那天接到電話就應該發現的，我這幾個月和我妹講電話居然都沒發現她不對勁，我怎麼那麼蠢啊！」

那天，向唯在河邊坐到深夜，一直到手機沒電，才沒聽見蕭子昳的聲音。那天，他們到底說了什麼，她也記不清楚了，只記得電話掛斷前蕭子昳說了一件事，她笑了出來，然後蕭子昳說：

「笑了就好。」

「那天，他是這麼說的，」向唯吃了一大口炸雞，對林芊語說：「他還說等我回臺東，要帶我去看星星、吃炸雞。」

「……」

「我說，要炸雞配啤酒，他說，不行，濃度太高，我只能喝水果酒，嗯，水果酒……」向唯說著，拿起旁邊的水果酒又要喝。

「唉！妳別……」林芊語看著向唯一連喝了好幾罐，忽然一陣鼻酸，打開了最後一罐，仰頭喝了一大口。

星星

「我還跟他說，我很喜歡、星星！」向唯被林芊語攙回房間時還在喋喋不休，「他說……看星星……」

「我說、我還要在房間……天花板，貼、星星，夜光、貼紙……」

「……妳能不能閉嘴？」

終於把人弄進房間，林芊語靠在門板上沒有離開。而房間裡的向唯只覺得頭暈目眩，胸口悶得難受，艱難地睜開眼……

「星星……」向唯睜大眼盯著，貼滿夜光貼紙的天花板美得像星空。

「蕭子昳……我看到了……是、是星星……我把天花板貼滿星星了！」

終於再也忍不住，向唯放聲大哭。門外的林芊語嘆了口氣，拿起手機，發了一條訊息：

「她看到了。」

「謝謝。」對方幾乎同時已讀並回覆。

林芊語放下手機，聽著房間裡的哭聲，又拿起手機。

「你真的是王八蛋，蕭子昳。」

退出聊天室，看著「前男友」三個字，林芊語重重地按了封鎖。

看著對方發自內心的評價，蕭子昳的表情沒有變化。

「她說了什麼？」

「她說我是王八蛋。」

「嗯，」王呈薇點點頭，「確實是呢。」

「早點回去吧，我先走了。」

「蕭子昳。」

「嗯？」

「你當初真的不應該答應跟我在一起，就算我再怎麼死纏爛打也不應該。」

「嗯，」蕭子昳看著窗外，「所以我沒有跟向唯在一起。」窗外下起了雨。

「你……你們沒有在一起？」

「我跟她說了，」蕭子昳知道，那天在他家枕著書的向唯其實沒有睡著，「我們只能是朋友。」

從前從前，有一顆星星，一直陪著月亮，不論陰晴圓缺。後來她發現月亮只為地球轉動，只為太陽發光，而自己，還不如地上的星星。於是，她忍著灼傷的痛，把自己點燃成一盞油燈，她和月亮變近了，然後，在煤油燒完的那一刻，她聽見月亮說：

「我們只能是朋友。」

月朗星稀，是亙古不變的道理，我們在同一片夜空，看似相近，實則，相去多少光年？

相同，卻又不同　李宜玲

一

「過去，我們無法改變，來生，我想成為妳。」

「這輩子，我們無法交換，下輩子，我想變成妳。」

我們是雙胞胎，天差地別的雙胞胎，一樣的外貌，相反的性格，連人生也大相逕庭，但是，我們彼此都想變成對方。

二

「我是姐姐慕凌，我不想當姐姐，我更不想當我自己。」

在父母的眼中，我是一位聽話乖巧的女兒，在學校我是一位成績優秀，時常拿第一名的資優生，我就是人人口中那個『別人家的小孩』，但是，我不快樂。如果人生有所選擇，我想跟我的妹妹交換，像她一樣，自由自在地做自己，直到有一天，我們遇見了他……。

三

「我是妹妹慕熙，我不想當妹妹，我更不想當我自己。」

在父母眼中，我是一位叛逆不聽話的女兒，在學校我是一位成績倒數，整天與朋友一起厮混不顧學業的學生，我放蕩不羈，不願意被人約束，但是我不快樂，如果人生可以重來，我想變成我姐姐，像她一樣，能被父母疼愛，做任何事都不會被責罵，直到有一天，我們遇見了他……。

四

這一天，我們跟著父母一起到溪邊玩水。

「媽媽，我和慕熙要去那邊玩，我們等等回來。」慕凌拉著妹妹去到一旁玩水。

這時慕熙對著慕凌說：「慕凌，我們來打賭。」

「賭什麼？」

「賭看看誰能把地上的石頭丟的最遠，丟最遠的人就贏了，輸的人就要無條件的答應對方一個要求，如何？妳敢不敢跟我賭？」

「賭就賭，誰怕誰啊」這時慕凌隨意拿起地上的一顆石頭，將手臂揮到最大角度，然後將石頭丟了出去，只見空中劃過一道黑影，便聽到噗通的水聲。

「不錯嗎？看不出來妳這個乖乖女力量挺大的啊！但對我而言這不算什麼。」

隨後慕熙也拿起了一塊石頭，輕鬆地拉開手臂，將石頭投擲出去。

「結果很明顯了，慕凌，妳欠我一個願望」，慕熙得意地對慕凌說

「願賭服輸，說吧，妳要我做什麼？」

就在此刻，兩人聽見了不遠處有呼叫聲。

「慕熙，妳有沒有聽到有人在喊救命」

「好像是在那邊，我們過去看看」

兩人循著呼救聲來到了一片小樹林，在他們眼前，出現了一位老人，倒在大樹下，全身衣服破爛不堪，身旁散落一地的家當。兩姊妹看到此景便立刻衝上前詢問老人發生了何事。

「老伯，發生什麼事了？妳怎麼倒在這裡？」

「水……我要喝水……」老人用著微弱的氣息說。

「慕熙，妳把剛剛帶著的水壺打開，給老伯喝水。」

隨後，慕熙便卸下背包急忙將水壺遞給老伯。

「老伯，水在這，你慢點喝，不要嗆到了。」

「老伯，你說說剛剛發生了何事，你怎麼會倒在這裡，還喊救命。」慕凌一臉疑惑的看著老人。

「謝謝妳們啊，我是一個長年在這附近遊蕩的乞丐，我只是想說來這裡摘幾個果子充飢止渴，沒想到剛剛卻遇到另一個乞丐，把我手中的果子都給搶走了。拉扯之下，我被他推倒在地，身上的家當都散落一地，又因為我體力不支，所以倒在這裡，無力爬起，只能試著呼救，賭一賭有沒有人聽到。沒想到是妳們兩位小姑娘救

了我這個老頭子，不然我就要死在這荒郊野地了。」老人握著慕凌和慕熙的手激動的說。

「這樣吧！老伯，你要不要跟我們一起回去，我們的父母就在另一邊的露營區，你跟我們過去，我們給你一點吃的，你休息休息。」慕凌擔心的看著老人說。

「不用了，這樣太麻煩妳們了，妳們給我一口水喝，我就很感激了。」老人搖搖頭，拒絕了慕凌。

慕熙知道老人堅持不跟他們回去，但心裡又擔心老人一個人在這又會遇到危險，便對老人說：「老伯，不然這樣，我回去拿點吃的，你先在這裡好好休息。」

「那好吧，真的很謝謝妳們，妳們真是善良的孩子。」老人感動地看著她們。

五

當慕熙回去拿食物時，這裡只剩下了慕凌跟老人，老人對於兩姊妹無微不至的照顧感到非常溫暖，這時，老人對慕凌說：

「姑娘，妳叫什麼名字啊？」

「老伯，我叫慕凌，另一個女孩叫慕熙，她是我妹妹。」

「妳們是雙胞胎嗎？長的真像。」

「是啊，我跟慕熙是雙胞胎。」

「妳們兩人是我遇過最善良的姑娘了，不僅人美心也美，妳們是來這裡玩的嗎？」

「對啊！因為放假，所以我父母帶我們來這裡玩，我和慕熙剛剛在附近的溪邊玩，然後就聽見老伯你在喊救命，我們就趕過來了。」

「我真是對不起妳們，破壞妳們愉快的假期。」老人愧疚地低下頭。

「沒事的老伯，你不用自責，救人比較重要。」慕凌拍拍老伯的背安慰他。

「謝謝妳們，真是好孩子。」

這時慕熙拿著一袋麵包和一杯果汁來。

「老伯，這些給你，你快吃吧！」慕熙氣喘吁吁地將東西遞給老人。

「這也太多了，謝謝妳啊！慕熙，妳坐下休息一下，看妳跑得氣喘吁吁的。」老人一臉慈祥的對慕熙說。

一會兒後，老人吃飽了，體力也恢復的差不多，便對兩姊妹說：

「今天真的很謝謝妳們，也麻煩妳們給我送吃的照顧我這個老人家，對了，為了感謝妳們，這個給妳們」老人從他的行李中拿出了一本筆記本給兩姊妹。

「不用了老伯，我們有很多筆記本了，看到你健健康康的就是對我們最大的感謝。」兩人露出微笑委婉地拒絕。

「妳們不要小看這本筆記本，它可以實現妳們一個願望，只要妳們一起寫下一個願望，並且雙方簽名畫押，妳們所寫的願望就會實現。」

慕凌和慕熙互看了對方一眼，心中並不以為意。

「老伯，你在跟我們開玩笑嗎？一本筆記本就可以實現我們的願望，這也太荒唐了。」慕熙覺得老伯是在說胡話便不以為然的說。

「我知道妳們不相信，以後妳們就知道了，這個就當作我給妳們的回報吧！記住，只能寫一個願望，而且一定要雙方同意，當願望成真後，是沒有反悔的機會，所以許願前一定要想清楚喔！我先走了，今天謝謝妳們，以後有緣，必定會再相見的。再見了，兩位善良的孩子。」說完後，老人揹起自己的家當離開了。

「老伯，好好照顧自己喔！」慕凌和慕熙拿著老人給的筆記本與老人道別了。

「慕凌，妳相信老伯說的話嗎？」慕熙拿著筆記本問慕凌。

「我不相信，妳也別太當真了，老伯只是在開玩笑，想感謝我們，卻不知道拿什麼東西送我們，就拿了家當中有的東西給我們罷了。」

「可是我覺得老伯不像在開玩笑，或許真的有這麼神奇的事會發生呢！」慕熙看著手中的筆記本，對於老伯所說的一切半信半疑。

六

有些事情我們無法預測，我們永遠不知道下一秒會發生什麼事，唯有一件事我們能掌握，那就是此時此刻。多年後的慕凌和慕熙也是如此。

「這陣子大家回去仔細思考自己的未來要怎麼安排，過幾天就要填寫志願，請各位同學跟家人好好討論」老師在課堂上嚴肅的告誡大家。

「慕凌，我問妳，妳的夢想是什麼？」下課時，慕凌的好朋友羽晴來到她身邊將手搭在慕凌的肩好奇地問。

「我……不知道。」慕凌思考了許久，卻想不出答案。

「怎麼會不知道啊？妳看，像我的夢想就是以後成為一個廚師，開一間屬於我自己的餐廳，然後和我的愛人一同白頭偕老，過著平凡幸福的人生。」羽晴興奮地描繪自己未來的藍圖。

此時，看著羽晴在述說自己的夢想時，慕凌心理有種說不出的難受，她心想：「我從未想過自己真正想做的事情是什麼，我只知道爸爸媽媽希望我之後去考醫學院，成為一位醫生，拿著穩定的薪水，安穩的過下半生。但是看到羽晴說著自己的夢想時，眼裡投射出的光芒，讓我的內心動搖了。難道擁有自己的夢想是一件這麼令人開心的事情嗎？」回到家後，慕凌去找慕熙。

「慕熙，妳想好志願要填什麼了嗎？」

「我不打算填志願了，反正依我的成績也去不了什麼好學校，倒不如直接去工作，減輕家裡負擔。妳呢？要照爸媽的意思去讀醫學院嗎？」慕熙反問慕凌。

「我……還沒想好。」慕凌苦惱地低下頭說。

「幹嘛還要想，反正妳想再多，最後一定也會聽爸媽的話，不是嗎？」，慕熙嘲弄的說。

「妳……算了，我不跟妳說了。」慕凌對於慕熙所說的話感到生氣，卻不知道如何去反駁。

七

這天晚上，當全家聚在餐桌時，慕凌和慕熙知道他們終究是逃不過的。

「最近不是要填志願了嗎？妳們填好了嗎？」父親嚴厲的眼神看著慕凌和慕熙。

兩人低下頭，不敢直視父親的眼神。

「慕凌，妳先說，妳打算填什麼？」

「我……我還沒想好。」慕凌緊張的回答父親的問題。

「妳還需要想嗎？我之前不是跟妳說過，將所有頂尖學校的醫學系都填上去，依妳的成績肯定可以上，為什麼要猶豫？」父親的語氣略帶氣憤。

「但是……我不確定自己想不想當醫生，所以我才會猶豫」，慕凌謹慎地說出自己心中的想法。

「慕凌，那妳說妳想讀什麼？」，父親嚴肅的問。

「我還不知道。」慕凌低下頭用著極微小的聲音說。

「我不管妳有什麼想法，妳只能填醫學系，這是對妳未來最好的選擇，慕凌，妳聽到了嗎？」父親鄭重的警告慕凌。

「我知道了，父親。」慕凌不敢違抗父親的命令，即使她心中不想當醫生，但此刻的她知道，即使有別的選擇，她也無法選。

「慕熙，妳呢？」父親將問題拋向了慕熙。

「我不打算讀大學，所以就不填了。」慕熙堅定且直接的回答父親的問題。

「那妳要做什麼？」父親不以為然地問。

「隨便找份工作做吧！」

「我幫妳安排一份工作，先去我的公司當櫃台，之後等妳熟悉了公司運作，再看要安排妳到哪個部門吧！」

「不用，我自己會去找」慕熙直截了當地回絕父親。

「自己去找，妳以為依妳的學歷能找到什麼好工作嗎？」父親不屑的說。

「即使當一位乞丐我也不想照你安排的去做，所以還是不勞您費心了」慕熙激動地反駁。

父親聽到慕熙的話心中燃起一股憤怒，放下筷子便大力的拍了桌子，發出一聲巨響，全家人嚇了一跳，立刻放下手中的碗筷，連呼吸都不敢發出一點聲音。

「我怎麼會生下妳這樣的孩子，明明妳們是雙胞胎卻差得這麼多」父親生氣地站立指著慕熙破口大罵。

「如果可以，我也不想有你這樣的父親。」此時慕熙也抑制不住心中的委曲，直接反抗父親，丟下一句話後便直接轉頭回房。

「孽子，慕凌，妳可不能跟妳這個妹妹一樣。」父親怒氣沖沖的說。

此的慕凌心想：「每次都這樣，慕熙一直以來都不怕父母，每次吵架時，她總是能夠說出自己的想法，不怕父母的責罵。而我呢？真是可笑，明明是姐姐，卻比妹妹還要懦弱。」

八

不久後，慕凌來到慕熙的房間。

「慕熙，妳還好嗎？」慕凌關心的問。

「妳來幹嘛？不需要妳假好心，我不想跟妳說話。」慕熙依舊帶著憤怒的情緒說。

「我只是想看看妳有沒有事，不要太在意父親的話，他只是心情不好，他是無心的。」

「無心的，妳騙誰啊！從小到大妳又沒被罵過，怎麼可能體會我的感受。」慕熙嘲諷地說。

「我是沒被罵過，但妳又怎麼會知道我所承受的一切，我還寧願被罵，這樣或許我就有權力選擇自己想過的人生。」慕凌委屈地說出自己的心聲。

「慕凌，難道妳就不想做自己嗎？為什麼要接受別人對妳的安排。」慕熙平復自己的心情，看著慕熙疑惑的問。

「我只是想要讓他們開心，難道這樣錯了嗎？」慕凌委屈地流下眼淚激動的問慕熙。

「那妳開心嗎？」慕熙看著慕凌的雙眼，犀利的問。

此時，一切像是按下靜止鍵，空氣中所有的一切凝結，兩人相視，沉默不語。

九

隔天早晨，慕熙準備出門時，在門口遇見了父親，由於昨晚兩人激烈的爭執下不歡而散，導致兩人現在依舊不願正眼看對方。

「妳看看妳這什麼態度，見到父母一聲招呼都不打，有種妳就不要回這個家，反正妳不屑我對妳的安排，既然這樣我也不管妳了，妳想怎樣就怎樣，後果自己承擔。」父親冷眼嘲諷著慕熙。

「好啊，反正你們也從未把我當自己的女兒對待，如果待在這裡就要像慕凌一樣受你們安排，那我寧願離開。」慕熙不干示弱的說。

兩人吵完後，慕熙便甩門離開。而在家中的慕凌也聽到父親與慕熙的爭吵，接著她偷偷躲在房間打電話。

「喂，慕熙，妳現在在哪裡？我去找妳。」慕凌小心翼翼的說，生怕在客廳的父親聽到會生氣。

「幹嘛？有事啊？」

「我想跟妳聊聊。」

「我在學校後門的奇蹟咖啡廳。」

「好，我現在過去找妳。」

慕凌趁父親出去買東西時，偷偷摸摸地出門找慕熙。到達奇蹟咖啡廳後，慕凌看見在吧台有一個熟悉的身影，便走過去。

「慕熙？」慕凌帶著不確定的語氣輕聲叫喚。

「來了啊！妳先找個位置坐吧！要喝什麼嗎？」

「妳什麼時候在這裡當服務生的？」慕凌驚訝的問。

「我再過幾分鐘就休息了，等等再跟妳說，妳要喝什麼？」

「好，那給我一杯拿鐵吧！」說完後，慕凌便走去靠近窗邊的位置坐下等待慕熙。

慕凌看著慕熙在店內到處奔走，從點餐、製作餐點、服務客人，這一套流暢且熟悉的動作，就知道慕熙一定在這裡工作一段時間了。一向態度強硬不服輸的慕熙，慕凌沒想到，自己的雙胞胎妹妹竟然會在這當一位服務生，彎腰鞠躬的招呼客人。此刻的慕熙對慕凌來說，非常的陌生。慕凌心想：「原本我以為我是最了解妳的人，可是現在，我發現，我一點都不知道妳在想什麼。」

「說吧，找我做什麼？」慕熙看著慕凌，表情冷漠地說。

「慕熙，妳怎麼會在這裡當服務生啊？妳缺錢嗎？」慕凌好奇的問。

「我不缺錢，我只是不想拿父母給的錢，更何況我在這裡做得很開心。」

「那妳為什麼不跟我說妳在這打工啊？」

「如果跟妳說妳肯定會跟父親一樣，叫我好好讀書勸我不要做，所以我希望妳不要跟別人說我在這裡的事情。」

「我知道了，我不會跟別人說，對了，我來找妳是要跟妳說，早上我聽到妳和父親又在吵架了。」

「所以妳是來勸我的嗎？如果是，那妳走吧！」

「不是，我是擔心妳真的賭氣就不回去了，所以才來找妳，慕熙，妳之後真的不讀大學要直接工作嗎？」

「對，我決定的事從不反悔。」慕熙堅定地說。

「真羨慕妳」慕凌弱弱的說了一句。

「羨慕我什麼，妳擁有這麼多還羨慕我這個一無所有的人，真搞笑。」

「我擁有什麼？」慕凌疑惑的問。

「妳成績好，在學校老師喜歡妳，在家裡父母把妳當成寶，即使我們長的一樣，可是所有人看到妳都是誇獎，彷彿世間所有最優秀的形容詞你才配得上，只要跟在妳身邊，所有人只當我不存在，關注的都只有妳，所以妳說妳擁有的不夠多嗎？」慕熙雙眼緊盯慕凌，說出自己積累多年的心聲，即使心裡難受，但慕熙克制自己的情緒，淡然的說出這些話。

「原來，我對你而言是這樣的存在。」聽到慕熙的真心話後，慕凌的胸口彷彿被重擊，她驚訝且自責。直至今日，她才知道眼前這位跟他擁有相同長相的親妹妹是這樣想她的。

十

無法掌握的未來造就了此時此刻的決定，今日，並非我們一時的衝動，或許，從出生開始，種子已被種下，如今，不過是發芽了。

「妳想交換嗎？慕熙。」

聽到這話的慕熙，眼神露出些許的動搖，她訝異上一秒自己所聽到的話便再次確認慕凌所說的意思是否如她心中所想。

「妳剛剛說要交換什麼？」

「人生。」慕凌看著慕熙堅決地說。

「慕凌，妳知道自己在說什麼嗎？」慕熙略帶責備的語氣說。

「妳還記得那本筆記本嗎？多年前我們意外救了一位老伯，他給我們的禮物。」

「我記得，但是，妳不是不信嗎？」

「我是不相信會有這麼離奇的事情發生，但是，為了妳，也為了我自己，我想相信一次。即使是假的，妳會想交換嗎？」

慕熙聽到慕凌所說的這些，她的內心彷彿有股被壓抑許久的慾望就在此刻即將衝出黑暗。

「那妳呢？妳想交換嗎？」慕熙反問慕凌。

「我想。」慕凌豪不猶疑地直接回答。

「我又沒什麼值得妳要的，為什麼想跟我換？」慕熙不解地問。

「自由，我希望我有選擇的自由，過自己想要的人生，慕熙，妳想從我這得到什麼？」

「愛，我希望我能得到所有人對我的關心。」

十一

交換後的人生，真會如彼此所願得到心中所渴求的嗎？或許會，或許不會，畢竟，我們誰也不了解誰。

兩人各自懷抱著不同的心情，回到家後，一起走進了慕熙的房間，坐在書桌前，慕熙拿出放在床底塵封已久的木盒，打開後，多年前那本筆記本依舊完好如初的躺在盒中，而打開的這一瞬間，也意味著不同人生的開啟。

「不管是真是假，我們就交換一天，妳是慕凌，我是慕熙，在這一天中，我們就去享受彼此渴望得到的東西吧！」慕凌翻開筆記本對慕熙說。

「好，就一天，妳是擁有自由的慕熙，我是擁有愛的慕凌。」慕熙拿起筆說。

兩人共同在筆記本寫下『慕凌和慕熙，從今日起，交換人生一天，慕凌得到自由，慕熙得到愛。』兩人寫下心中所願的話後便簽下自己的姓名，隨後蓋上筆記本，將它放回木盒中。

「慕熙，妳覺得願望真的會實現嗎？」慕凌心中有所懷疑的問。

「不知道，反正都寫了，會不會改變，明天就知道了。」慕熙雲淡風輕地說。

十二

有些事並不如我們表面所看到的，哪怕只是一句話、一個舉動，都能將我們曾經深信不疑的事實給擊碎。

「慕熙，起床了嗎？早餐已經做好了喔！趕快出來吃。」母親輕聲叫喚著仍坐在床上睡眼惺忪的慕熙。

「剛剛……是……在叫我嗎？」依舊坐在床上的慕熙從上一秒如夢如醉的模樣，到下一秒聽到母親的叫喚聲瞬間清醒，對於聽到的聲音既熟悉卻又感到困惑。

慕熙撓著頭心想：「我有聽錯嗎？母親何時叫我吃過早餐啊？難道……」

此刻，慕熙立即從床上跳起，迅速收拾自己的儀容，匆忙地打開房門，看向餐桌上所擺的佳餚，又立即轉動視線往廚房方向看去。只見母親一人圍著圍裙在灶台前從容的顛勺。

「慕熙，妳還楞著幹嘛？趕緊坐下來吃啊！等等我要載妳和媽媽去百貨公司啊！還不趕緊的。」父親用著溫和的語氣說。

「百貨公司？」慕熙疑惑的問。

「妳忘了我們昨天說好要去逛街買衣服的嗎？妳還說要幫我爸爸挑個領帶呢！不記得了啊？」母親端著最

後一道菜餚，面帶微笑從廚房走到餐桌。

眼前的一切以及所聽到的話，都讓慕熙心裡驚慌。但也因為這突如其來的景況，讓慕熙明白，原來，當初老伯所說的是真的。

十三

「慕凌，妳還要睡多久？整天就只知道睡，還會做什麼正經事。」母親站在慕凌房門口敲打著，憤怒且無奈的叫罵。

此刻，聽到母親的責罵，瞬間將熟睡的慕凌從夢境中拉回現實，她立即從床上彈起，她感到害怕，因為自己從未接收過母親這樣嚴厲的責罵，她慌忙的起身整理。一會兒後，她打開房門，卻發現整間房子空無一人，只見餐桌上放著一張一百元紙鈔，她站在原地望著紙鈔感到疑惑。接著，她拿起手機打給慕熙。

「喂……慕熙，你們去哪了？怎麼家裡都沒人？」

「慕凌，我和母親現在在父親車上要去百貨公司逛街，桌上母親有留錢，妳自己去買吃的吧！」

聽到慕熙的話後，頓時，慕凌待在原地，她沒反應過來所發生的事情。這時慕熙又說：「慕凌，我們的願望實現了，去做妳想做的吧！」

掛斷電話後，慕凌拿著背包衝出家門，隨即又撥打了另一通電話。

「羽晴，妳現在有空嗎？我們去看電影。」慕凌掩蓋不住心中的雀躍，她夢想已久的時刻終於到來，她終於可以拋下一切桎梏去做自己想做的事情。

到達電影院後，慕凌拿著爆米花拉著羽晴的手走向放映廳。

「學霸，妳今天怎麼突然找我看電影啊？」

「沒什麼，只是一直以來都不能跟妳一起看場電影，今天終於有機會了。」

他人眼中的學霸，不過是慕凌犧牲一切換來的。別人拿著手機打遊戲時，慕凌拿著書，別人在電影院和朋友看電影時，慕凌被父母關在房間補習。學霸的頭銜不過是犧牲一切的代號。

十四

「慕熙，妳覺得這件好看嗎？」

「還不錯！顏色的搭配很有層次，很適合您呢！」

「果然是我的寶貝女兒，真有眼光。」

聽到母親的稱讚，淚水在慕熙的眼眶打轉，她揉著眼睛不讓眼淚滑落，心中卻早已洶湧翻騰，好久……好久……都沒聽到『女兒』這兩個字，此刻，卻聽到了母親溫柔的喊著『寶貝女兒』這正是慕熙所渴望的愛。

「對了，慕熙，妳這次考試成績如何？」

「我……還行吧！」

「怎麼可以還行！看來妳還不夠努力，記住，我的寶貝女兒只能拿最好，知道嗎？對了，志願表我已經幫妳填醫學院了，我還幫妳報了先修班，明天就去吧！」

看著母親眼神中對我的期待，我終於知道，慕凌不是懦弱，只是想守護這份愛。

十五

電影結束後，慕凌和羽晴走出電影院。

「慕凌，我先回家了，今天真開心可以跟妳一起看電影，希望下次還有機會，掰掰。」

羽晴走後，慕凌也往家裡的方向走，走著走著，她看到一台熟悉的車子停在家門口，那是父親的車，率先從車上下來的是母親和慕熙，之後父親也下車打開後車廂，母親興高采烈地與父親和慕熙談論手中的戰利品。

這一幕，頓時讓慕凌心中產生了失落感。

慕凌心想：「過去，慕熙也是這樣看著我吧！我都不知道，原來，表面自由自在的她，心裡卻承受了這樣的孤獨。」

十六

「慕熙，我錯了，今天的交換，我才知道，在自由的背後，妳承受了極深的孤獨，站在角落的妳，原來，一直都這樣注視著我，對不起。」

「慕凌，我也錯了，我確實在今天感受到了渴望已久的愛，但是，我沒想到，在得到愛的同時，妳失去了自己，過去，我一直覺得妳懦弱，但是今日，我才知道，妳付出了多少來守護你所得到的。」

『交換』讓我們明白，原來每個人的人生都不是完美的，羨慕，不過是只看到了表面。

祖龍墜　蘇子傑

楔子

平王東遷，逐戎建畤[1]。周室衰微，邦國騰湧。

1 《史記・秦本紀》：「七年春……立褒姒子為適，數欺諸侯，諸侯叛之。……秦襄公將兵救周，戰甚力，有功。周避犬戎難，東徙雒邑，襄公以兵送周平王。平王封襄公為諸侯，賜之岐以西之地。曰：『戎無道，侵奪我岐、豐之地，秦能攻逐戎，即有其地。』與誓，封爵之。襄公於是始國，與諸侯通使聘享之禮。」

六世明君，六彗殞地[2]。庚申孛引，嬴政承天。[3]

六王畢四海一，
秦掃六合諸侯盡西。

咸陽阿房象天極閣道絕漢，
東西五百步、南北五十丈，
馳道交通經緯，秦篆量衡法度，
臨洮遼東，巨龍伏臥北拒匈奴。

你身前，六國歸一，不世之功。
你身後，楚漢相爭，蒼生再嘆。

然長遠道，
末亂之後，
中土萬民有數百載休養生息之機；

---

2 筆者按，六世為秦獻公、秦孝公、秦惠文王、秦武王、秦昭襄王、秦莊襄王，在位期間為西元前384-247年，為嬴政掃滅六合奠定基礎。《荀子・議兵》：「秦人其生民郟阨……阨而用之，得而後功之，功賞相長也……四世有勝，非幸也，數也。」。梁歡：《六世而勝：論君主因素對秦統一六國的影響》，內蒙古大學中國史碩士論文，2019年。

3 《左傳・昭公十七年》：「申須曰，彗所以除舊布新也，」

長城法度尺規量衡沿用百代不輟。

然長遠道，
千百年後諸多罵名。
然……世間安得雙全法……

十二載巡遊天下所為哪般？平原津遺詔沙丘璽書政變何來？
……關中、三秦……滎陽、成皋……
《史記・秦始皇本紀》：「秦始皇帝者，秦莊襄王子也。莊襄王為秦質子於趙，見呂不韋姬，悅而取之，生始皇。以秦昭王四十八年正月生於邯鄲。」
《史記・秦本紀》：「四十七年，秦攻韓上黨，上黨降趙，秦因攻趙，趙發兵擊秦，相距。秦使武安君白起擊，大破趙於長平，四十餘萬盡殺之。」
《漢書・五行志》：「秦孝文王五（元）年，斿朐衍，有獻五足牛者。……足者止也，戒秦建止奢泰，將致危亡。」

邯鄲城外已頗有秋意，沁渚兩河的水亦漸冰寒。城區西南的趙王城中，還有些許翠綠的夏日氣息，城中居民的衣裳則早已捨去單薄、暖裘隨身。
「娘親，我們還能再出宮嗎？」
「噤聲，以後在外不能隨意說話。」
年初，秦、趙長平鏖戰，趙國大軍一路潰敗，秦軍直逼趙國境內。兵盡糧絕的趙國，巷陌間總有殺秦之質子以平眾忿的憤恨之言，趙姬有感於此已不曾再帶著小嬴政於市井中出沒。即便身邊總是跟著護衛死士也不敢冒險。

兩年後，大北城的趙王離宮中，惱羞成怒的趙王怒不可遏的吼著：

「把秦異人一家殺了祭旗，讓城外的王翦瞧瞧孤的厲害，看圍著邯鄲的那廝怎麼回去覆命。」趙王失態憤怒地吼著。

「娘親，我們要去哪裡？」

危急時刻，趙姬與小嬴政在娘家人的庇護下逃過一劫，秦異人逃回秦國後，嬴政依然被軟禁在趙國，繼續其質子的漫漫歲月。

「娘親，今夜月光皎潔，但彷彿有點說不出妖異的藍色……」

「別胡說，月光怎會是藍色的。」

「可真的……」小嬴政抬著頭，月光匹練似欲言又止。

「……藍月者，不望而盈也。至人者，不王而臨也……。」

「什麼意思……？你是誰？為什麼跟我說話……？」

六年後，嬴政七十四歲的曾祖父昭襄王去世，祖父孝文王即位，秦異人（子楚）受封太子，趙國為緩和兩國之間的關係遂將趙姬與嬴政送回秦國。生死無常，孝文王僅即位三天就殯天而去。民間有人自田中挖出了五足金牛，竊以為是吉祥之兆，而進獻給了秦王。或曰：近牛，禍也，妖牛生五足。

秦孝文王崩，秦異人即位，世稱莊襄王，在位三年而亡。嬴政十三歲繼位。

《史記・秦本紀》：「（秦襄公）七年春，周幽王用褒姒廢太子，立褒姒子為適，數欺諸侯，諸侯叛之。……襄公將兵救周……平王封襄公為諸侯，賜之岐以西之地。曰：『戎無道，侵奪我岐、豐之地，秦能攻逐戎，即有其地。』與誓，封爵之。」

《史記・封禪書》：「秦襄公既侯，居西垂。」

《史記・十二諸侯年表》：「（秦襄公）八年，初立西畤，祠白帝。」

《史記・秦始皇本紀》：「年十三歲，莊襄王死，政代立為秦王。……呂不韋為相，封十萬戶，號曰文信侯……蒙驁、王齮、麃公等為將軍。王年少，初即位，委國事大臣。……七年，彗星先出東方，見北方，五月見西方。將軍驁死。……彗星復見西方十六日……夏太后死。九年，彗星見，或竟天。……四（是）月寒凍……彗星見西方，又見北方，從斗以南八十日。」

庚申年春，孤即位第七年。彗星長帚經天，由東而北，蒙驁死於對趙戰役的亂軍陣中，其子蒙武接任其職，五月於西畤祭少昊時，孛星又見於天穹。孤很想相信藍月，但孤十三歲登位之初即受母族世家掣肘，仲父文信侯廣招游士賓客，擅權專斷亦殊不可信，更有長信侯恣橫於山陽河西太原。孤雖有天下之志，窒礙難行也。年末，司天巫於西畤錄載孛星蹤影，經十六日乃止。

壬戌年，孤即位第九年。夏。某夜彗星竟天，仰望蒼穹復見藍月。季月早秋寒凍，彗星由西至北盤桓近三月，藍月又現。

藍月曾言，是時周平王東遷，我大秦襄公將兵護送，平王諾逐戎則有其地。襄公既侯，居西垂，建西畤。又言，凡六甲子，遂承天機，明君六世，一朝殞地，庚申孛引，天下歸焉。

丙寅年正月，咸陽城外雲蒸霞蔚，孤駕河南。某夜，藍月、彗星並出於東方，竟如其前言。

《漢書・溝洫志》：「始臣為間，然渠成亦秦之利也。臣為韓延數歲之命，而為秦建萬世之功。」

《史記・河渠書》：「鑿涇水自中山西邸瓠口為渠，並北山東注洛三百餘里，欲以溉田。……渠就，用注填閼之水，溉澤鹵之地四萬餘頃，收皆畝一鍾。於是關中為沃野，無凶年，秦以富強，卒並諸侯。」

《漢書・賈鄒枚路傳》：「（秦）為馳道於天下，東窮燕齊，南極吳楚，江湖之上，瀕海之觀畢至。道廣五十步，三丈而樹，厚築其外，隱以金椎，樹以青松。

《史記・秦始皇本紀》：「（秦王政）十三年……王之河南。正月，彗星見東方。

……十四年……韓非使秦，秦用李斯謀，留非，非死雲陽。……十五年，大興兵……取狼孟。地動。十七年，……得韓王安，盡納其地，以其地為郡，命曰穎川。地動。……

急景殘歲，月光清冷下的枯柳搖風，已有幾分新年氣象，但我無心佳節，一夜無眠。今晨，是我韓非面見秦王之時。

秦王在我與李斯、姚賈之間只得選擇他們。秦王初登王位時的架空勢力還未澈底翦除，對士大夫只得暫且隱忍妥協。但，還是有些不合常理處……秦王似乎早想一舉拔除嫪毒、呂氏之患，卻直至年前攻趙戰役前夕才發動，並在戰役方興未艾之際巡遊河南。是時藍月、孛星並出……

「王用李斯、姚賈之策而謀誅滅六國之戰，非自知難攖其鋒，今日之會亦以存韓為明為虛，說秦王為暗為實。非自度今日之後，斯、賈二人再難容臣有方寸安穩之地，必將臣視為眼中釘肉中刺，欲除而後快。即是如此，非也得斗膽一見陛下，以身明志。」韓非慷慨陳述。

「斯、賈二人之策，以錢帛為經、刀兵作緯，舉秦之彊以為弱韓，進而圖趙、魏。此策儘可遂行，惟成事在人，穩邦需法，術為之用，順勢而為。」

「王，非自知不久人世，亦知王與臣下是一類人。臣今日非是為存韓而至，而為天下長遠計來。天下苦戰久矣而民心思恆，人生而自利也。恆者有序豐食矣。自古不謀全局者，不足謀一域；不謀萬世者，不足謀一時。」[4]

「北連秦、燕、趙長城以制匈奴，南鑿通渠溝通湘、灕二水以交通南北[5]，馳道既成四方輻輳，鄭國渠就以溉沃野。王已有橫掃天下一統六合之機，亦應有天下之謗加身依舊前行之斷。沉戈滄桑，血刃未乾。太阿威道，秋水兵戎。王興許已自藍月處知曉大限將屆，非願以所學為前驅，窮畢生之力逆乾坤……」

戊辰、庚午年春夏之交，我以法天象地、以地偽天之法，於狼孟、穎川，借壽於地動祕法，順利延秦王壽二十載，也親眼見證了韓國的滅亡。二十年，是我能力的極限了，秦王能為我不能為之事，為千萬黎民，為中土生靈，韓之一國成敗亦是渺渺。

《史記・秦始皇本紀》：「二十年，燕太子丹患秦兵至國，恐，使荊軻刺秦王……二十九年，始皇東游。至陽武博浪沙中，為盜所驚。求弗得，乃令天下大索十日。」

《史記・韓非列傳》：「秦王見孤憤、五蠹之書，曰：『嗟乎，寡人得見此人與之游，死不恨矣！』李斯曰：『此韓非之所著書也。』……秦王悅之……李斯、姚賈害之。」

《漢書・天文志》：「（漢）三年秋……太白出西方……辰星出四孟。是時，項羽為楚王，而漢已定三秦，與相距滎陽。太白出西方，有光幾中，是秦地戰將勝，而漢國將興也。辰星出四孟，易主之表也。後二

4 此借陳澹然言。陳澹然，《寤言二遷都建藩議》：「自古不謀萬世者，不足謀一時；不謀全局者，不足謀一域。」

5 即靈渠。秦始皇三十三年時建成，初名秦鑿渠，後因灕江上游為零水，故又稱零渠、澪渠。唐代以後方改名為靈渠。

年，漢滅楚……十二年春，熒惑守心……地動，陰有餘；天裂，陽不足：皆下盛彊將害上之變也。其後有呂氏之亂。」

《晉書・帝紀第六》：「及永嘉中，歲、鎮、熒惑、太白聚斗、牛之間……晉氏不虞，自中流外，五胡扛鼎，七廟隳尊。」

丁卯年，李斯的師兄韓非為韓國使，孤以惜才之由與其徹夜長談，順利混亂局勢。後遣心腹假替其身，以其公子身分及應對失禮，不甚信任之並假意疏遠，韓非假身卻被李斯藉故暗害，最終命喪雲陽。細細想來，李斯當時一定察覺到了什麼。

韓非能以身相殉，以一國為質，孤又曾何懼謗滿天下。

「謗滿天下，何如？謗滿天下，何如？」韓非之慨嘆言猶在耳。

孤有天下之志，能以戈矛平裂土之禍。然則甲兵無以治世，術勢難能常持。需法為綱，順時而為。雖有秦一代不能萬世，順民循時者方得長昌矣。

張良、蕭何，孤的苦心孤詣不知能否借博浪之風遞於卿處。

藍月云：「太白、辰星將出，楚漢相爭，熒惑守心地動天裂，呂氏將亂……熒惑、太白聚斗、牛之間，諸胡入關、南北分治……」

……那亦是千百年後的事了。易水霧……博浪風……孤明瞭，但孤還不能死

《史記・李斯列傳》：「斯聞得時無怠，今萬乘方爭時，游者主事。」

《國語・越語下》：「范蠡曰：『得時無怠，時不再來，天予不取，反為之災。』」

《韓非子・八經》：「揆之以地，謀之以天，驗之以物，參之以人。」

《周易・繫辭上》：「大衍之數五十，其用四十有九。」

《史記・秦始皇本紀》：「二十八年，始皇東行郡縣……與魯諸儒生議乃遂上泰山，立石，封，祠祀。下，風雨暴至，休於樹下……三十三年……明星出西方。三十四年，適治獄吏不直者，筑長城及南越地。」

華陽太后臨終之際，摒開左右留下一截綢緞，上書「順時無殆」……昔范蠡、李斯亦言：「得時無怠」

秦王嬴政第二次巡遊，到了齊魯舊地。五大夫樹下驟雨不息，一道雷光讓天地一瞬幽暗耀光並陳，落雷之處，敗土中露出了一塊鉛灰色石碑，隱約還能看出滿是裝飾筆劃的齊式鐘鼎文。粗略辨識下僅能看出部分內容：

……田恆另立……修公行賞……齊又百年而絕嗣……代齊……漸衰……神師五彩土畜……亡於秦……秦師自北入臨淄……

田成子取齊？田氏代齊後百年漸衰？田單復國？

這棵樹、這塊碑到底是何時存在的？

邊尋思邊再往下看，石碑最末已破損不堪，僅能辨識幾字。

……齊……小白……藍月異徵……

這是齊桓留下的？他也見過藍月？所以早三百年就知道田氏代齊？早四百年就知道秦最終會兼有天下，王師經燕南入臨淄？

韓非前時雖逃死厄，但年前已亡，臨去之際交給朕一物，其物泛黑隱有流轉之光，幽玄黝黑之色欲滴，名之曰：「遁一」。

「大道五十，其衍四九，遁去其一……」

丙戌、丁亥年孛星接連出現……朕的時間不多了。

《史記・秦始皇本紀》：「丞相李斯曰：『……百姓當家則力農工，士則學習法令辟禁。……入則心非，出則巷議，夸主以為名，異取以為高……臣請史官非秦記皆燒之。非博士官所職，天下敢有藏詩、書、百家語者，悉詣守、尉雜燒之。有敢偶語詩書者棄市。以古非今者族。吏見知不舉者與同罪。……所不去者醫藥卜筮種樹之書若欲有學法令以吏為師。』制曰：『可。』」

《史記・秦始皇本紀》：「三十六年，熒惑守心。有墜星下東郡……盡取石旁居人誅之……因言曰：『今年祖龍死。』使者問其故，因忽不見，置其璧去。使者奉璧具以聞。始皇默然良久，曰：『山鬼固不過知一歲事也』退言曰：『祖龍者，人之先也。』」

李斯是在談條件嗎，他知朕壽元將盡……焚書坑儒嗎？百代後任人說罷……

你們注定要成為朕的棄子，如同朕也成為自己的棄子一般。

棄封建，權集於朕一人，只有如此，時間才夠。

長城靈渠馳道，文字法度量衡，只有如此，方來得及

己丑年夏，熒惑守心，墜星下東郡，二十年之期已至。

朕隨時會倒下吧。趙高、李斯……他們的盤算如此瞭然，太子扶蘇最終怕還是會慘遭毒手。或許始終來不及，亂世將起，誰繼位業已無關緊要了……。

朕……尚有最後幾事要做……子嬰……彭城……烏江……中土生靈數百年安定……

知死不可讓，願勿愛兮。[6]

後記

「我李通古，師承荀卿，與韓非並學帝王之術、治世之道。某亦習天文讖緯之說，頗知太白、熒惑之徵……但於藍月始終不明其究竟……某文武之才不及韓非、蒙恬，唯恐失勢只得尋機暗害之。後某得以助秦一統，治世理民，言出法隨而經緯天下……誰想英名一世卻敗亡於閹人之手……」

「吾乃趙高，身出罪愆卑賤之地而有凌雲志。一朝以刀筆刑名而任府令，遂有侍從二世之機。平原津上、沙丘臺前，以符璽令而助二世登基乃勢所必為，自古上崩於外而無儲則天下不得安矣，不如此無以報君恩。為報君恩，只得使聖上疏遠骨肉、離間前朝重臣，使聖上帝位穩固再無礙難，可惜吾始終非有李斯、韓非、衛鞅、管夷吾之才，不能佐二世成萬世之業。先王，臣難道真的錯了嗎……」

「知道朕為何找你嗎？」斗室昏黃，青燈照人，窗外寒池宿柳，今夜無月。

「臣下不知，請陛下明示。」

「朕將不久人世，令弟曾得罪趙府令，朕以為他日後必將暗害你們兄弟。」

「陛下何出此言。大秦一統，陛下龍行虎步創曠世之功，豈有不壽之事？」

「蒙將軍……北拒胡有長城、直道之固，兼有卿之戍守，朕心安也。只是李斯、趙高等權謀之輩，弄機謀變之徒非堂堂之陣能防，太子扶蘇怕也難逃殺機，朕需要你做一事，你能答應朕嗎……」話到此，嬴政已是面容縞素。

---

6 屈原，《九章・懷沙》

「臣自知絕地脈、輕民力而有邊防之固，起兵戎而去舊國，不得善終也……」

「為今臣只欲報陛下大恩，圖全民兮，免水火也。」

兩個挺拔身影自數丈外走近。荒蔓之上耳畔風生，不多時，兩人已在蔭下。

「兄長，這就是陛下說的鉛色石碑。」五大夫樹下，蒙毅對蒙恬說道。

「果真是齊氏鐘鼎文。」

語畢，蒙恬自護心鏡內取出一物。此物不過鐵膽大小，通體泛黑而隱有光輪流轉之象，幽玄黝黑之色欲滴。蒙恬持此物走近石碑，碰觸剎那，只見其如泥牛入海般消逝，倏忽之間，再不可見……

數日後子時，夜色深沉。鉛灰色石碑上異字竟發出奇特光芒，斷章之後再現筆勢，龍蛇鳳舞，似有不盡之意。

……藍月異徵……秦二世而亡……楚漢相爭……天漢四百載盛世……

黃色鬃毛　顧筱筠

「媽媽，我要出門和獅子先生玩。」

我站在玄關，頭輕輕一歪，對著正在廚房忙碌的媽媽喊到。甜膩的奶油味兒從廚房擴散開來，將空氣染的黃油油的。我用力深吸一大口，試圖猜出待會兒的午茶點心，盤算著如何邀請獅子先生來參加今天的茶會。嘩啦嘩啦的水聲響起，過一會兒嘎然停止。媽媽從廚房裡走出來，她將手上的水滴擦抹在純白的蕾絲圍裙上，彎下腰給我一個溫暖的擁抱和行前的出發吻。

「你看起來很冷呢。」

媽媽邊說邊從一旁的衣帽架上拿下紅白相間的羊毛製圍巾，蹲下來一圈圈溫柔地將圍巾纏繞我的脖子，柔軟且厚實的質感暖烘烘地將我的口鼻遮的嚴嚴實實，毫不通風。圍巾上細小絨毛纖維像是朵蒲公英在鼻尖晃來晃去，鼻子搔癢感讓我忍不住「噗啾」打了個噴嚏。

媽媽聽到了噴嚏聲輕輕皺起眉，陸續從衣帽架上抽起毛帽、針織外套一一掛在我身上，厚重的衣著像木乃伊的繃帶緊緊勒緊我，走起路來搖搖晃晃，像極了一隻企鵝。媽媽這才滿意地點點頭，叮嚀我要多邀一些朋友們來下午茶會。我吃力地點點頭表示同意，推開了厚重的木板門，伴隨著媽媽的告別聲踏出家門，搖搖擺擺地走向眼前那條彎曲的鄉間小路。

路間長滿了一叢叢的繡球花。像明燈般為崎嶇的道路帶來一片光明。紫色、淡藍色、粉色在綠葉的襯托下綻放。小巧的花瓣像聞到花蜜香的蜜蜂爭先恐後聚集起來，形成一團團的小球狀，像極了一顆顆做工細緻的花皮球。

我沿著小路慢慢走向樹林，葉子與葉子碰撞的聲音沙沙作響，我豎耳傾聽，不只是樹葉的聲音，我也聽見了風的聲音，呼咻呼咻的，我站在廣大的樹林中閉上眼睛，感受各個聲響。因為媽媽說若是用心感受、仔細聆聽森林的聲音，就可以遇到山神爺爺。慢慢地，不只是聲響，我逐漸聞到了青草的氣味，這是一股帶點水氣、卻不潮溼，也沒有黏膩感，反而是有點——

「咖搭。」

我猛然睜開雙眼，環繞了一圈，什麼都沒有。這時空蕩蕩、寧靜的樹林又傳來了「咖搭」聲。這時我終於看清是什麼聲響了。一顆顆橡樹果實從松樹上滾落下來，褐色的果實在腳邊轉呀轉，爾後像是沒有轉動齒輪的木製玩具，逐漸停留在腳邊。

「你要去哪裡呀？」尖銳的聲音伴隨著吱吱吱的叫聲響起，我抬頭一看，原來是松鼠太太。松鼠太太站在松樹最粗的枝幹上，樹幹上有個小洞，檔在小洞前方的木板剛被拆下，裡面滾出了幾個橡樹果實。她撿起滾落的儲存糧食看向我，她圓滾滾的雙眼轉呀轉，從上到下打量著我。

「我要去找獅子先生玩。」我抬頭提高音量對樹幹上方喊道。溫暖的陽光照射著松樹，微風吹過，松樹的嫩葉也隨風晃動，樹蔭在泥土地上一晃一晃的，松鼠太太蓬鬆的棕色毛髮也輕輕搖曳。若是平時早就爬上樹和松鼠太太聊天了，但厚重的衣物讓我整個人僵直在原地，動彈不得。鵝黃的陽光很舒適，但我的背脊還是覆上一層薄薄的汗水。

「你看起來很餓呢。」

松鼠太太邊說邊吱吱地從松樹上爬下來，她揹著一個鼓鼓的束口花布袋，她輕盈的身姿踏在鬆軟的泥土地，將束口花布袋塞到我手中，「孩子，裡面是橡樹果實和乾燥的昆蟲，你拿去吃吧，怎麼一個冬天沒見你就變得這麼纖瘦，不好好吃飯怎麼會長大呢。」松鼠太太嘰嘰喳喳說個不停，我蹲下來與松鼠太太平視，小心翼翼地接過對於松鼠來說很有份量的布袋。粉色的花布束口袋內容物太多所以無法束緊，上頭的乾燥昆蟲露了出來，風乾的昆蟲屍體呈現油亮的焦黑色澤令我忍不住打了個冷顫，但我還是慎重道了謝，將臉頰靠近松鼠太太讓她輕啄我的臉龐，松鼠太太在我的臉頰布上許多細小的吻，短小的前腳拍拍我的肩頭，吱吱吱地向我告別後便爬回樹上整理冬天遺留下來的物資了。

我穿越樹林，走在狹窄的小路上，隨著籬笆向上攀爬的牽牛花布滿了整條小徑，牽牛花看起來很有精神生長著，連帶鮮綠嫩芽也用力舒展著，絲毫不輸給一旁的牽牛花。我忍不住停下來觀賞紫色小花，正當我蹲下來觀賞著低處的牽牛花時一道巨大的陰影突如其來籠罩著我。

「你要去哪裡呀？」一道粗厚的聲響從我頭頂上方傳來。我隔著籬笆抬頭向上，原來是河馬叔叔。河馬叔叔戴著一頂迷你草帽，但一點兒都沒有為他抵擋一絲絲陽光，不過幸好今天的太陽並不刺人，而是暖洋洋地灑在身上。就算如此我的身體早已因為厚重的衣著整個都溼答答的，感覺可以擰出一水桶的汗水。我拭去了額頭的汗珠，回答道：

「我要去找獅子先生玩。」

河馬叔叔用巨大的鼻孔噴了一口氣，用他細小的眼睛上下打量了一番後瞇起了雙眼，原本就不大的眼睛變得更小了。我不自在的捏了捏松鼠太太送我的小花束口袋，似乎可以描繪出乾燥蟲蛹的形狀，聽到蟲蛹輕脆的斷裂聲後我瞬間毛骨悚然，但河馬叔叔只是動了動他小巧的耳朵，沒有什麼反應。

「你看起來很無聊呢。」

河馬叔叔邊說邊拿起放在一旁的鮮紅色小水桶往草地的泥坑挖了一大桶，河馬叔叔的動作很大，泥巴噴濺上來，在我紅白相間的圍巾染上一塊咖啡色汙漬。河馬叔叔將持續滴著泥水的水桶越過籬笆遞給我，「孩子，這桶泥巴給你玩吧，怎麼過了一個冬天你就變得這麼文靜，孩子就是要狂野點。」我握住水桶的提把，在河馬叔叔手中看起來很迷你的水桶在我手中變得碩大無比。我吃力地提著水桶認真地道謝，河馬叔叔只是揮揮手便一頭栽進大泥坑中，噴出更大攤的泥巴。

我走在長滿雜草的路上，汗水浸濕了我的毛帽、圍巾、外套，一滴滴滴落在泥地上，彷彿在一鍋滾燙的熱水中載浮載沉，呼吸不到新鮮的空氣。我口袋放有滿滿的橡樹果實和昆蟲乾，彷彿乾燥的昆蟲在我身上緩慢爬行，布滿全身，搔癢感擴散至全身上下。我雙手吃力地提著裝有大量泥巴的鮮紅色水桶，皮膚被磨個通紅，彷彿徒手摸了一把辣椒，手上刺刺痛痛的。我的腳步逐漸緩慢下來，腳底拖著泥地的聲響在一片寧靜中更加突出。

我疲憊地拐入轉角來到一片廣大的空地前。雖然早已累得走不動路但還是被眼前的景象驚奇地瞪大了眼。前些日子還是光禿禿的空地如今已長出滿地的鮮嫩綠草，大片綠油油的草原布滿了一朵朵五彩繽紛的小花，微風吹過，細草和小花都歪了歪頭，在草地中央有一抹橘，他蓬鬆的毛髮也隨風飄動，景象融合像幅風景畫。我找到獅子先生了。

我疲累不堪走到獅子先生旁，獅子先生似乎剛睡醒，像隻大貓般翻了翻身懶洋洋地望著我。他深邃的雙眼似清澈的湖水，在太陽的照射下閃閃發光。我湊上去摸摸他鬆軟的毛髮，毛髮在陽光的照射下閃閃發亮、暖烘烘的有太陽的味道。他親暱的蹭蹭我的雙手，我露出會心一笑，在他身旁坐了下來。

「獅子先生你知道嗎，」我輕輕摘起手邊的花朵，將它們串在一起，變成一個小花圈，「我好喜歡媽媽，但我不喜歡厚重的衣服。我好喜歡松鼠太太，但我不喜歡昆蟲乾。我好喜歡河馬叔叔，但我不喜歡泥土。」獅子先生只是靜靜的聽著，沒有發表任何言論。

「但是他們都對我好好。」我將編好的花圈戴在獅子先生鬆軟的毛髮上，「媽媽擔心我著涼所以給我加厚衣裳，松鼠太太擔心我挨餓所以給我自己的糧食，河馬叔叔擔心我太無聊所以給我一桶泥巴。」我垂下頭，看著身邊的小花小聲地說。

「傻孩子，現在你想做什麼才是最重要的。」獅子先生終於開口。他深邃的琥珀色雙瞳看著我，「厚重的衣裳可以覺得冷的時候再穿上、可以邀請松鼠太太去下午茶會作為昆蟲乾的謝禮、河馬叔叔送的泥巴待會我們可以來捏泥娃娃啊。」他舔舔自己的毛髮，不疾不徐地等待我的答覆。

我看著柔軟的草皮、舒適的天氣，默默將媽媽套在我身上的衣帽脫掉，整齊地摺好放在一旁的草地上，接著將松鼠太太的小花束口袋放在衣服上方，最後將河馬叔叔送的泥巴放在一旁的平地上。

「我現在想和獅子先生一起睡午覺。」我窩進獅子先生的毛髮中，獅子先生將我包圍起來，讓我不因吹風而著涼。溫順的毛髮像棉被般舒適，我看著獅子先生頭上漂亮的花圈，感受著陽光合宜的溫度、鮮綠卻不刺人的青草味兒、時不時傳來的花香，頭一點一點地進入夢鄉。

春天到了呢，在闔眼之前，我這麼想著。

機器人與小蝴蝶　謝佳庭、楊惠子、李玠融、楊潤曆、陳宇豪

初始

灰白色廠房，門口方向面對北方。

廠房內，一桌桌的銀製平台整齊有序的排列，如奶油般的液體，躺在銀製平台上一根根排列整齊的密封試管中。

廣播器響起尖銳的聲響，我和穿著白色隔離服的塑形者井然有序的列隊進入其中，並各自停留在寫著自己編號的平台前。

「工作開始！」廣播器隨後傳來監工命令，我和塑形者拿起隔離服上分配的注射器開始了工作，全神貫注，不敢有任何的怠慢。

我將手中的注射器插入了被密封的試管中，在手指施力下，筒內藥劑透過細針用試管中的奶油液體混合在了一起，一名完美的成員完成。

一個卵子，形成一個胚胎，一個成人，這是常識。但傳統的生育卻因過多的不穩定因素，而被社會唾棄，無法掌控的成員是社會治安的隱患，在基因工程的不斷進步下，父母開始可以決定孩子的個性和長相，也是在這制度的基礎下，人們的生活品質飛躍性地提升。

這個社會，一切都已經編寫完畢，那些生活習慣和作息都已經深深的烙印在自己的ＤＮＡ之中，人們唯一能做的就是遵照執行命令，因為這一切都是完美的，而「特殊」只會是待排除的目標。

今天，是一個悶熱的下午，看著推車將一批塑形完成的成員推送出去，那些成員即將回到母體，等待他們降臨這世界的時機，而廣播器再次傳來監工的聲音，等來的卻是結束工作的命令，我放下手中的注射器，轉過身，跟著前方的成員一同走出這灰白色的廠房。

成員們井然有序的走在街上，有規則的前進並返家，沒有任何特殊的想法，因為時間規則上是那麼制定的，無需多想，過多的想法只會造成不必要的多餘，甚至一生的行程脫誤，我必須遵照規則……

突然間，我的耳朵聽到了一道奇怪的旋律，那旋律是陌生且新奇的，是……優美的？

正當我想找尋聲音出處時，卻被後面的成員推了一把。回過神來，我繼續的按照規劃好的時間向前，結束了完整的一天。

相遇

又是那樣悶熱的下午，我一如往常拿起針筒走向那讓人安定的冰冷銀製手術臺，對著每一顆受精卵注入不一樣的個性，這顆要活潑外向，那顆安靜木訥，每一顆受精卵都是父母期待下的作品，這樣規律、井然有序的生活讓我感到安心。

「喂！老闆叫你到櫃檯一趟。」另外一個塑型者朝我這邊吆喝，這樣的喊聲在這裡並不尋常，這裡和外頭其他工廠不一樣，沒有鏘鏘作響的機器運作，平時成員間也不怎麼交流，我很享受如此安靜、舒適的工作環境。

這樣脫序的情形讓我很不自在，似乎全身每一顆細胞都在翻騰，即使那樣怪異，我也只能快步走向櫃檯，祈禱能盡快回到工作崗位。

上次走到櫃檯已經要回溯到第一次進公司那天，聽說上頭為了保護個人資料和公司機密，所有的塑型者會在這裡得到一個編碼，從此在廠房失去自己的姓名。

「編號920，不好意思打斷您工作，有個事需要你幫忙。」，老闆是一位溫文儒雅的年輕人，看上去年紀和我差不多，他從櫃子裡拿了一台破舊的玻璃板子，印象裡曾祖父跟我說過那叫手機，是人類還沒植入通訊晶片前的發明。

「這是在圍牆邊撿到的東西，最近有不少成員聽到牆邊傳來怪異的聲響，我們公司掌管了全世界百分之八十百分點的新生生命，為了廠房的安全需要您每天早晚到邊境巡視兩遍。」

「每天？」

「是的，早上六點和下午三點，當然公司會給您相應的酬勞。」老闆微笑地說。

其實我並不排斥這項工作，只需要確定這是每天進行的作業就好，我向老闆點頭示意後便快步離開櫃台，在人體晶片裡記下「邊境，6 AM，3 PM」，聽說祖先們都是用一種叫筆記本的東西紀錄代辦工作，從我出生那天起就被打入人體晶片，人體晶片是能監控我們心律、體脂以及一切生理狀態的人工智慧體，個人可以透過身分編碼到公司櫃檯為自己的人體晶片擴增功能（除了我方才提過的通訊晶片，還有語言、購物甚至股票買賣等功能），雖然說擴增功能方便，但我也只裝載了通訊和紀錄晶片，能協助我完成塑造工作足矣。

回到手術台前，我小心翼翼地將裝有新生命的試管放回架上，暗自對他們許下祝福，企盼他們在母體裡平安長大。

下午兩點五十分，人體晶片提醒我該去邊境工作了，快速收拾工具，走出廠房。高層口中的「邊境」，指的是在圍牆邊的區域，大約在一百多年前，塑造的技術還不怎麼成熟，有些受精卵在塑造的過程中受到某些外在因素干擾，發生變異，導致有一些新生兒不符合社會的期待，發展成行為偏差的人類，他們醜陋、狡猾、心狠手辣，引發許多社會事件，因此國家在國境邊緣築起一道圍牆，將這些不標準的人類和我們區隔開來，避免他們影響社會安全。

我也不是什麼特別的塑造者，高層指派這項任務給我或許只是因為我家就住在邊境附近，上班會沿著圍牆走到公司。父母兩人都是塑造者，我也因此克紹箕裘，興趣不多，散步可說是唯一的興趣吧？在別人的眼裡，邊境是那樣的死沉、毫無生氣，但對我而言這面灰白高聳的圍牆是最能讓我感到安心的地方，牆上沒有汙點、裂縫，就是那麼安靜、沉穩的矗立在邊境，守護著我們。公司離家裡不遠，這條路已經走了無數遍，一樣的乾淨無暇，一樣的平整舒適。

但就在今天悲劇發生了。

有一朵金黃色的小花開在我家正對面的牆邊，我急忙趕回家拿鏟子，將這破壞一切安寧的兇手連根拔除，那樣的金黃不該出現在我的世界，它是如此的不和諧，令人感到焦躁不安。這花的根很長，或許是因為成年後咸少運動，鐵鏟挖不開土壤，我捲起袖子準備出力，沒想到一個不小心鏟子從手上滑開，直接對牆面撞出一條裂縫。

「破壞邊境，唯一死刑」，比起上班被打斷的煩躁，這種空白、虛無的感受似乎更接近死亡。記得家裡還有一些補屋頂破洞的水泥，正當我轉身的剎那，一個微弱的聲音從裂縫中傳了進來。

「救命……」那是一個小女孩的喊聲，即使心慌，但做為人的良知還是讓我轉回牆邊。

「有人……在嗎？」我沒有回應，或者說我不敢回應。

這個時間點我應該待在閣樓看書，繼續研究基因改造，而不是在這裡面對牆外駭人的未知。

我鼓起勇氣，大口深呼吸後緩緩靠近那道裂縫，第一次看到牆外的世界，沒有長者們說的荒草叢生、更不見什麼洪水猛獸，只有一個黑色長髮、衣衫襤褸的女孩蹲坐在青草地上，女孩臉蛋小巧精緻，強忍著眼淚在眼眶打轉。

「我能怎麼幫妳？」

「先生，我需要水。」女孩說。

女孩一把手穿過裂縫把我包裡的水壺搶了過去，我驚魂未定，她向我點了點頭便轉身跑走，果然和長者們說的一樣，牆外的人奸詐又狡猾。但總覺得心裡某個地方怪怪的，不是因為水壺被偷走，而是那女孩的眼神看起來是那樣的無助，只能告訴自己別多想，早點把裂縫補起來，明天去公司和上層自首。

一夜輾轉難眠，腦中想著，還是那雙楚楚可憐的雙眼。

凌晨四點，趁著太陽還沒升起，我背著補牆的工具來到裂縫前，我發現在牆邊有張用石頭壓著的小卡片，上面歪曲筆跡寫著「謝謝」。

這是我和小蝴蝶的第一次相遇。

相處

厚重的雲彩為天空蒙上了一層灰濛濛的幕布，面前的高牆依舊安靜地矗立，一切都很尋常，而不尋常的是，牆的對面傳來的令人焦躁、逐漸逼近的腳步聲。我強行壓抑住內心的不安，將頭貼近裂縫向外看去。下一秒，一隻眼睛突兀地出現在那裡。尖叫從我的喉嚨裡溢出，修補高牆用的水泥在慌亂中被打翻，牆的另一邊，女孩咯咯的歡笑聲響徹天空。

「我從沒有想過你會害怕一個十歲的可愛女孩，先生。」

可愛女孩？是的，一個未經基因調整、充滿變數、行為脫序、狡猾古怪的「可愛」女孩。簡直就是一場災難。

我試圖從地上爬起來，卻不慎將水泥弄得滿身都是，黏稠的水泥混合著地上清晨的露水，沾得滿頭滿臉。

「一日之計在於晨。」但這絕對是最糟的開始，沒有之一。

「你在做人體藝術嗎，先生？」那女孩聒噪的笑聲再次響起，就像出門前的老媽一樣煩人。

「我知道喔，我曾經在繪本上看到過，藝術家會在身體上塗滿顏料，一動不動，假裝自己是尊雕像。當有人丟錢幣給他時，他才會開始動，還會跑過來和你拍照。」

「你需要錢幣嗎，先生？」

「不，我需要妳閉嘴。」

我憤恨地盯著她，狼狽地起身，拎起背包，將女孩的呼喊聲遠遠地拋在身後。

我費了好大一番功夫才將自己的身體清理乾淨，等一切塵埃落定，已是接近上班時間。原本拿來補牆的水泥也被打翻，看來今天修好裂縫是沒指望了。如果現在去自首，迎接我的將會是死神。

不，我會去自首的，是的，但是要等到我修補好縫隙之後。只有這樣將功補過，我才能保住自己的小命。

第二天，我背著工具包，拿著新買的水泥沙來到邊境。那個可怕的小女孩不在這裡，這很好。我打開拉鍊，掏出工具，將精神集中在眼前的裂縫上。倒出少量水泥沙，兌水，攪拌。一切井然有序，就和塑形者的工作一樣令人安心。

正當我專心致志地攪拌水泥的時候，似乎有什麼聲音從遙遠的地方傳來。起初我以為只是我的錯覺，然而那聲音愈來愈明顯，從風輕輕一颳就能吹走的微弱聲響，變成了清晰的歌唱聲。

「叮叮噹，叮叮噹，鈴兒響叮噹。」

「我們滑雪多快樂，我們坐在雪橇上。」

——雪橇是什麼？

我還在疑惑時，一隻熟悉的眼睛出現在裂縫對面。

「聖誕快樂，先生。」

這次我可不會再被嚇到了。我打定主意，不管她說什麼我都不會再去回應她。

「你在做什麼？」女孩好奇地看著我手中攪拌均勻的水泥，露出一副恍然大悟的樣子，「我知道了，你又在進行人體藝術。」

我強忍住直接將水泥糊過去的衝動，忍不住開口反詰：「不，我在補牆。」

「補牆？你是說這道裂縫？」女孩纖細的手指撫摸著牆壁，「可是這樣你就再也看不到我了。」

「那可真是萬幸。」

「別這樣，先生，你知道的，聖誕節快到了。我們可以通過這條裂縫來交換禮物。」

「沒有節日。」

「什麼？」

「牆內沒有節日，那是你們這些放逐者才會過的東西。」

「那不是很無聊嗎？」

「一點都不。」

「明明就很無聊。看看你，說話做事，一板一眼，活像一個沒有自我的機器人。」我開口說話就是個錯誤。我默默地開始修補裂縫，面對我的沉默，她卻自顧自地說著自己的日常生活。現在臨近聖誕節，他們會慶祝、交換禮物和滑雪。

老實說我不知道那有什麼意義，並且我也不會好奇，好奇心會害死貓——儘管我從未見過那種據說很狡猾的生物。

女孩喋喋不休地說了很久，從早餐吃了麥片牛奶到朋友在滑雪時滾下了山坡。接著她又開始唱聖誕歌，那是我從未聽過的、牆內世界絕不會有的歡快旋律。

裂縫離完工還差一點點，我猶豫了一下，放緩了手上的動作。

「妳叫什麼？」對面遲遲沒有回應。

就在我內心糾結對方究竟有沒有聽到我說話時，一個亮黃色的東西從僅存一點的縫隙之中鑽了出來。我手忙腳亂地想要接住，然而那東西意外地輕巧，風一吹便飛走了。這時我才看清，那是一只小小的，薄紙畫成的蝴蝶。小蝴蝶穿過高牆，遙遙地飛上了天空，成為了牆內世界灰暗天空中唯一一抹亮色。

我看著小蝴蝶越飛越高、越飛越高，直到變成一個黃色的小點，然後漸漸消失在天空中不見蹤影，而天空依然是死寂的灰色，就跟我所認知道的天空一樣。

「嘿，你看起來好像很喜歡我的小蝴蝶啊？」她突然開口道。

「什麼！我、我才沒有，不……不要亂講好嗎！」我變得面紅耳赤，氣急敗壞地想掩飾我的情感，不過任誰都可以看得出我的表情出賣了我的內心。

「拜託，你看了那麼久，我好像還看到你在偷笑。」女孩露出嘲弄的表情，彷彿就像在看一個陷入窘境不知該如何是好的傻子一樣。

「我說沒有就是沒有！」我低吼著道。

「好啦，是我錯了，別那麼生氣啦。」女孩說完之後，攤了手、吐了吐舌還翻了一個白眼，我完全不覺得她在說這句話的時候是真的感到抱歉。

「唉，你們住在牆裡的人還真是奇怪，完全一點都不有趣。」見我沒有回答，她又自顧自地繼續說了下去。

「還真是抱歉喔。」我沒好氣地說。

「算了，哎呀，時間有點晚了，我得回去了。」自討沒趣的她，轉身準備走入牆外的荒野之中，她走了幾步之後，突然轉身對我微笑著說：「對了，我們明天再一起聊聊吧。」她說完之後，向我眨眨眼，然後隨即轉身進入了牆外那一望無際的荒野之中，不見蹤影。

「我才不要。」我喃喃說道，然後也離開此地，轉身回了家。

由於時間確實已經晚了，我必須得在日落的管制時間前回家，否則就會被維安單位叫去盤問，還會被記錄在自己的資料中，我可不想就這樣惹上麻煩。

當天晚上，我躺在床上時，心理回想起了白天與小蝴蝶的相遇，這是怎麼了？我這才發現，不管我怎麼努力想要把它給忘掉，但她卻會一直不停的出現在我的心中，我越是想要忘掉這段經歷，就越是容易回想起這一切。

喔，該死，這可不行！從我懂事以來，我身邊的每一個人就不停的告訴我，這些「異類」是有多麼的危險，而我們這些沒有瑕疵的正常人，花了很長一段時間，才把他們給驅逐了出去，並建立了一道高聳的圍牆，這才有了今天我們能有一個安居樂業、井然有序的社會。如今的我，似乎被她影響了，我可不能讓她趁虛而入，影響我們好不容易建立的秩序。

那麼，到底是什麼一直在困擾著我呢？輾轉難眠的我，突然想起了那隻黃色的紙蝴蝶，在我的記憶中，蝴蝶這種生物是只活在書籍中的生物，從在官方有限的資料中顯示，唯一確定的只有這種生物已經絕種很多年了，我敢保證，牆內沒有任何一隻還活著的蝴蝶，想到此處，我居然心裡有一種難以言喻的好奇感油然而生，我突然好想好想知道那隻紙折的蝴蝶的一切，至於修補牆的破洞的事情、有著被人發現的風險，那些事情就暫時不要去想好了，反正不要被別人看到的話，我就是安全的

……應該吧？

第三天，在又完成了一天繁忙且固定的工作後，再度拿著工具前往我與小蝴蝶第一次的見面地點，我拿出了工具，一邊假裝在補牆的樣子，一邊等著她出現。

「唉呀，我就知道你會出現，我果然沒說錯吧。」她的眼睛突然出現在了裂縫中的另一頭，把我嚇了一跳，那個模樣看上去顯得很狼狽。

只見她強忍著笑意地看著我，一雙明亮有神的眼睛把焦點對在我身上。

「說吧，今天有什麼想說的？」

「妳不要搞錯了，我覺得妳終究只是一個住在牆外的異類而已，而我只是在執行我應該要做的事而已，我

還是可以去通報相關單位來抓你。」

「那你還來找我？」她茫然的問道。

「我會這麼做的原因，是因為那隻紙做的蝴蝶的關係，不過，我可完全沒有一點喜歡那玩意兒的意思。」

我在很久以後才發現我最後一句話是謊言。

「你知道蝴蝶這種生物的話，就代表牆外有這種生物囉？」

「你也想要一隻紙蝴蝶嗎？」

「請不要用問題來回答問題，妳的爸媽都教你用疑問句來做為回答的嗎？」

「我的爸媽在我出生以前就死了，他們當然沒有教過我。」糟糕，這可戳到了人家的痛處了。

「對不起，我不是故意的。」我連忙的道歉。

「沒關係，我已經習慣了，雖然我對我的父母沒什麼印象，但我跟姐姐還有弟弟生活在一起，而村子裡的大家都很照顧我們。」她聳了聳肩說道。

「至於紙蝴蝶嗎？那是以前我姐姐送給我的，我最近也學會了怎麼做，怎麼，要我做一隻送妳嗎？」

「不用了，我不需要那種有的沒的東西。」要是被抓到持有這些不被允許的物品，這可是會被抓去做思想矯正，嚴重的話還有可能被判絞刑。我的內心突然有一種以前從未有的困惑，那就是這些所謂的「違禁品」、「有害物」是真的那麼危險嗎？如果，我是說如果，這些東西真的無害的話，那持有它們的人應該沒有錯吧？思考著這個問題的我，不禁陷入了沉思。

「哈囉？先生，你有在聽嗎？」看著正在思考中的我，她不禁問道。

「喔，抱歉，妳可不可以告訴我一下妳們在牆外人的生活？」我也不知道，我為什麼要這麼問她。但我的心裡有什麼東西被觸動了，那是一種塵封多時、壓抑了很久的感覺開始出現了。

「喔，當然可以。」接著，女孩開始興致勃勃地說起了她所生活的地方，那是一個我從未知道，也從未體驗過的生活，更顛覆了我一直以來所了解到的一切有關於這些「放逐者」的事情。

原來，在一開始被放逐的人之中，有一小部分的人在荒野中努力求生、四處遷徙，最終找到了一塊隱密但卻適合居住與適合耕種的土地，他們在那裡住了下來，並且繁衍生息，人數也在逐年增加，怪不得這麼多年以來，牆內的偵測單位都找不到他們。而這些人雖然一開始生活的很辛苦，但他們修建房屋、種植農作物、捕魚狩獵、製造生活用品，甚至還會將我們丟在牆外的廢棄物回收使用，隨著生活的好轉，有越來越多的「放逐者」加入了他們，而他們有時也會冒著被射殺的風險，靠近牆邊救助一批批被放逐出去的人。

小女孩又說道，在那個地方，沒有維安單位會打擾他們，他們可以自由自在的生活。更重要的是，生活在那裡的人，不用像機器一般，照著時間工作，他們日出而作日落而息，也有更多的時間來做別的事情。

除此之外，在她口中，我還知道了更多對我而言很陌生的事物，諸如：音樂、詩歌、藝術繪畫、戲劇、節日……等這些我根本從未見過、聽過的事物，而這些東西都是在牆內被禁止的。

若不是我提醒她時間已經晚了，她搞不好會一直持續地說個不停。

「那就明天見囉。」她說完之後，滿心歡喜的離開了。

我望著她離去的背影，陷入了沉思，一直到我回家以後，我才真正的明白，我這三天的行為足以害死我和她，不，我或許還能經過思想矯正而撿回一命，而她則很有在這幾天被維安隊發現，然後被處死，然後被丟到某一個隱蔽的深坑中去。我知道，我們的處境現在有如虎尾春冰，但是，我拒絕，也許我知道自己行為是自找苦吃，也跟我一直以來所接受到的訊息與觀念截然不同，但我也不知道自己是哪裡不對勁，總之，我不能看著她就這麼死掉。

翻糖　謝佳庭、楊惠子、李玠融、楊潤曆、陳宇豪

狂風不斷的在我耳旁呼嘯，雨水宛如冰雹一般的擊打著我的身軀，環顧四周，一切盡被黑暗所吞噬，只有偶爾一閃而過的探照燈為我照亮一瞬的光明，我的雙手手指緊緊的攀附在這垂直面的裂縫處，而雙眼則直盯盯的看著頂端，因為我了解，此刻的我已經沒有了退路，若我在此時鬆開雙手或是放棄，在後面等待的我的將是那吞噬不少攀越者的無底深淵；因此儘管筋疲力盡，我也依然要完成我的目標，為了自己……也為了在背後支持我的大家，我將翻越這阻隔我們的高牆。

肩上沉甸甸的，那是我存下來的糖果餅乾。之前媽媽都會跟我說，甜甜的糖果會帶來幸福的感覺，可以讓大家開心一整天，所以在出門玩的時候，媽媽都會在我的口袋裡塞滿一大把糖果，讓我出去分給大家一起吃，每個人臉上都會有笑容，大家都很開心。我也問隔壁的大姊姊，為什麼大人都喜歡打來打去，姊姊說，因為他們不滿足，不幸福，他們沒有像我一樣吃到好吃的糖果，所以都不開心。那如果我把糖果拿去給他們，是不是大家就不會打架了？一陣強風吹來，我被吹得差點兒站不穩，急忙抓住在上面一層的縫隙，努力讓自己維持平衡。

呼，好險。面前的高牆垂直聳立，難以攀附，唯有磚塊之間的縫隙可以抓握立足。我深吸一口氣，手指抓得更緊，嘴唇緊緊地抿成一條縫。在這堵高牆的對面，人們過著既艱辛又枯燥的生活。聽說，他們沒有圖畫書可以看，沒有玩具可以玩，當然，也沒有糖果餅乾。所以他們才會那樣做吧，將垃圾丟到我們這裡來，為了發泄他們的壓力和不滿。在這高牆的周圍，每天都有人打架、流血、受傷。大人們都說，我們要站起來反抗。可是我不想這樣，不想看到大家身上的傷口、臉上的怒火。那麼只要我能翻過這道牆，把背包裏的零食分給大家，讓牆外的人也能吃到甜甜的糖果，就能迎來和平了吧。我甩甩頭，將模糊了視線的雨水抖掉，一步一步地向上爬著，動作緩慢而堅定。

雨終於停了，又是一陣強風，背包裡幾顆糖果掉落，轉頭一看，熟悉的家鄉被雲層蓋住，原來我已經爬到從未抵達的高度，我得趕緊加快腳步，趁天亮前讓住在牆裡的人知道什麼是幸福……

在我指尖即將碰到牆頂的瞬間，一道刺眼的白光直面而來。完蛋了，還是被他們發現了嗎？我用力將身體撐起，站在牆的頂端，眼前的世界和身後的家園天壤之別，那是我前所未見景象，一時半刻也不知道怎麼形容，破曉時分，沒有鮮花撲鼻、沒有悠揚樂音，只是一片無聲寂靜。

隨著太陽升起，我的身體漸漸暖和起來，是時候行動了。

此時的我，在晨曦的照耀下，終於看清楚了這個我從未踏足過的領域，只見在高牆內，只見得到一排排整齊但顏色單調的建築物，我知道自己的時間緊迫，在過不久，新一班的巡邏隊可能就要開始他們在新一天的任務，而如果我被捕的話，等待我的一定是嚴厲的懲罰。此刻的我，心裡雖還有一絲膽怯，但是，我知道這次任務是有多麼的重要，我一路上的一切經歷，都是為了這一刻，現在放棄的話，一切就結束了。也許我所做的一切無法帶來任何改變，但我會堅持到底哪怕成功的機會有多麼的渺茫。

天色越來越亮了，而牆內的街道上也有人開始出現，而我則儘量壓低身體，不要引起太大的動靜，環顧四周，很好！現在的我還很安全，這一刻終於來了，我打開了袋子，還好裡面的美味糖果都還安然無恙。我立刻抓起一把糖果，已我最大力氣，丟向了我腳下的一位看起來像是趕著上班的路人，奈何事與願違，他急匆匆地走了過去，以至於沒有看見我丟下去的糖果，而糖果掉落的聲響太小了，完全沒有引起他的注意，他就這樣走了過去。

我並沒有氣餒，而是接二連三的抓起了更多的糖果往下丟，但仍就沒有引發任何人的注意，而這時的太陽已經離地平線有一段距離了，我索性將剩餘的所有糖果直接用盡全身的力氣撒了出去，所有的糖果就這樣離開了袋子，然後它們在半空中停留了一段時間之後，隨即往下掉落。在日光的照耀下，這些五顏六色的糖果閃耀著五彩斑斕的光芒，從遠處看的話，就像是下起了一場寶石雨。終於，有一個人被糖果砸到了之後開始察覺這一切，而隨後越來越多的人開始察覺到了這件事，人群逐漸聚集了起來，他們疑惑的看著地上這些他們從未見過的糖果，他們之中有些人看起來顯得有點排斥這些從牆外來的東西。最後，終於有一個膽子比較大的年輕人將糖果的包裝紙打開，然後緩緩的將糖果放進自己的嘴裡，然後只見他的表情從懷疑到驚訝，最後在到露出微笑，而有些人也跟著效法，看到他的表情，我知道，我的任務完成了，我終於讓他們知道了什麼叫美味，這一趟沒有白走。隨後趕來的警備隊抓走了我，但我已經不在乎了，我露出了欣慰的笑容，被押走的前一刻，我抬頭仰望天空，感受微風吹拂過臉頰的感覺，這時的天空的是藍的，而太陽也依舊在升起。

「憶」業　謝佳庭、楊惠子、李玠融、楊潤曆、陳宇豪

給你

嗨，好久不見，你過得如何？無論如何你都是我們班的一份子，還是想寫封郵件給你。休學過後還真的一點消息都不給，真夠狠的。和你說件事，我們班畢業了，就在今年的六月。因為疫情太嚴重了，所以只有身為班代表的我能到禮堂。其他同學都是看螢幕畢業的，有夠難過。

噢，對了，你應該還記得我弟吧，之前那個會到處跑跳的。他剛剛還拿了飛機餅乾問我要不要吃，可惜我太飽了只好拿一塊放手裡，然後他又問你什麼時候會來找他玩。我跟他說，你搭著飛機去環遊世界了，這小子居然問我能不能帶他去找你，也不看看我的存款，真是的。

扯遠了，再拉回來。

跟你說，學校的禮堂我們不是之前抱怨過很小嗎？我昨天一個人去參加的時候，欸，真的很空，沒開燈根本就是鬼片場景，只有窗簾縫縫透進來的光，還有舞台上面的小黃燈。完全沒有人，我還以為至少會看到校長或班導之類的，結果一個都沒有，虧我還帶了長老給我的符咒——你知道的，雖然不信，但已經養成習慣了啦。

現在新聞都在報說我們村是全世界唯一一個沒有污染的地方，我想也是，啥店家都不愛往那裡進，結果現在變成淨土，也算是幸運吧。然後啊，就有一堆記者想進去採訪，結果都被叔叔他們擋下來，我還看到村長他兒子在罵記者的樣子，那個記者有夠尷尬的哈哈哈哈哈。

又遠了，想到要寫信給你，總是想說些日常的東西。

和你說說畢業典禮的樣子吧。

還記得典禮那一天，我獨自一人坐在那昏暗的禮堂之中，靜靜等待著典禮的開始，隨著時間一分一秒的過去，坐在昏暗禮堂椅子上的我也開始感到了無聊，開始找尋身上是否有什麼東西可以打發時間。想起出門前，弟弟將他那珍藏已久的巧克力球送給了我，並以此祝賀我邁向了人生的新方向。

我掏出那袋巧克力球，打算打發典禮前這漫長的等待，就在打開巧克力球的當下，禮堂大燈突然亮了起來，使我嚇了一大跳，手中的巧克力球也因為驚嚇，順著開口飛散到四周，配合著響起的鐘聲，如音符一般跳躍，掉落碎裂。

落在地上的巧克力球很快灑了滿地，因為碎裂，純白的內餡布滿了整個禮堂，而沒有碎裂的則散發著琉璃珠一般的光芒，宛如沙地上的珍寶一般。

我看著這突然的情景，無法思考，因為很快地，一聲口哨吸引了我的注意力，舞台上的投影機一一射出了光束，配合著音樂宛如舞者般舞動起來。隨著音樂逐漸的小聲了下來，光束朝中心匯聚，投影成熟悉的同學的模樣，同學們在上面分享著四年的美好，並一一地向大家道出了祝福的話語。

白色的光芒從四面八方湧出，最終變幻成了一架大大的紙飛機。它徑直朝我飛來，輕巧地繞著圈，如蝴蝶般縈繞。一圈又一圈，紙飛機也變得愈來愈小。我伸出左手，讓它落在我的手心。說來神奇，它應該只是投影，但手心傳來的觸感卻在告訴我，它有著真實的質量。

我低著頭看著降落在我手裡的紙飛機，感受著它停在我手心中的感覺，我的內心有某種東西被觸動了，這個看似普通的紙飛機，似乎有著神奇的吸引力，讓我無法將視線從他身上移開。就在我目不轉睛地盯著紙飛機的同時，突然，在我不經意之間，我舉起了它，我正才發現，原來是我想將這架紙飛機丟出去，看它能夠飛多遠，以及會飛向何處。

我將右手的拇指以及抵著其餘手指的食指夾著紙飛機的底部，然後手一揮將它飛向了遠方，只見它穩穩地隨著我揮去的拋物線向前飛行，在飛行了一段距離之後，它突然筆直轉向上方飛行，接著向上飛行，越飛越高，最後變成了一道白色光。

看著眼前這驚奇的景象，我茫然的看著這依然還在上升的白光，在它爬升了一段很高的距離之後，突然它停了下來，我看著它一會兒，發現白光起了變化，我定眼一瞧，這才發現原來它正開始在閃爍，隨著閃爍的同時，光芒的顏色也開始發生了變化，它從原本的白色變成了其他五顏六色的光芒，然後呢，在我還沒反應過來的時候，它就立刻分化成光粒四散在我的頭頂的上空。我隻身在這群光閃耀之中，抬頭仰望，說時遲那時快，這一片璀璨的光暮爆開了，在一片片的爆裂聲中，它化成五彩繽紛、各式各樣的煙火，在我的記憶中，沒有任何一次觀看過的煙火施放比這一次來的更為精彩。這些煙火，就像朵朵綻放的鮮花，也像成堆的寶石在天空閃爍著，無數的彩色光火爆發在我的上方，令我目不暇給，這是一場結合視覺與聽覺的盛宴，在所有光茫燃燒帶勁之後，四周才恢復了寂靜與朦朧。

我知道聽起來很扯，原本以為我們這屆不會有畢業典禮了呢！誰知道學校在這方面挺用心的。我猜你讀到這兒又把眼睛翻去後腦勺了吧？

時間真的走的好快，一轉眼就換我們畢業了，你還記得大一時我們回宿舍前會特別繞去圖書館櫃檯偷看那個長髮的學姊嗎？聽說前陣子被理工科的學長追走，還有一次我們為了抽直屬想抽到學妹，你叫我教你禱告，一起求主耶穌給我們一個可愛又有身材的學妹，現在回想起來超差勁的欸，說也奇怪，為什麼跟你的回憶都那麼下流啦，肯定是被你帶壞的，哈哈！

我們兩個明明就不怎麼會喝，還是在你離校前一天買了一手啤酒回家猛灌，聊那些無關緊要的垃圾話，你真的很機車欸，跟我說只是轉系，結果給我修學，說好的一起看妹看到畢業呢？好啦又扯太遠了，你走了之後疫情突然變嚴重了，就跟前面寫的一樣，一夕之間我們村從被世人遺忘的角落，變成每天都有幾百人前來研究的觀光聖地，我想等疫情結束這裡也會變回原來那個安靜、沒什麼人的小地方吧！等到那時候你在回來我家的咖啡廳喝兩杯吧？我請你！好啦，我還要去開店呢！隔壁村訂了五十包手作餅乾，包裹裡的那盒是我弟弟做的餅乾喔！他說一定要給你吃吃看，吃完再回信給我耶！

To一起做蠢事的兄弟

阿勃勒的詛咒　陳欣妍，簡彩珮，江妍泠，游苡彣，林郁豪，田林祈典

在此之前我從未對黑吸管和阿柏勒產生過恐懼的情緒。至少，在收到被泡泡紙裹住的阿柏勒種子前，沒有。我的朋友前幾天傳了這則連結給我，但相信我，千萬不要點進去，你不會想體驗這一切的。裡面的內容很簡單，就是一篇很常見的詛咒文而已——一個關於阿勃勒的詛咒。

所以說，事情到底是怎麼變成這樣的呢？

——黑色粗吸管、阿勃勒的種子，奇奇怪怪包著種子的泡泡紙。哈、什麼鬼。

大概是幾天前吧，我記得也不是很清楚了，我家門口莫名其妙掉了一根未開封的黑色粗吸管，不過，我家是自帶小庭園的屋子啊！不存在誰路過掉落這種可能——除非是小偷。算了，怎樣都好，累了一天我實在不想再繼續折騰我剩餘的腦細胞去思考這些毫無意義的事了。

總之我是先撿起來了，依照我經常看的恐怖故事套路，如果我現在不撿的話，它也會出現在我的家裡吧？就算不是詛咒，拿來喝椰果奶茶或是布丁奶茶也是可以的，現在小七都不附吸管了，我很困擾的啊——扯遠了。

在我印象中，那篇文章說的解除詛咒的方法是用這根吸管去喝那什麼名叫，ＱＱㄋㄟㄋㄟ好喝到咩噗茶……有著神奇名字的飲料。好像是吧。

隨意的把吸管放在桌上後，我的手機突然震動一下，隨後一則訊息跳了出來。

「啊，果然是經典的恐怖小說套路呢。」

訊息的內容大意是，如果我把吸管隨便扔掉，明天就會有阿勃勒的種子被放在我的桌上。然後我如果還是沒有拿吸管喝什麼ＱＱㄋㄟㄋㄟ好喝到咩噗茶，我就會變成阿勃勒的種子？什麼鬼？

我沒太過在意這些訊息，只當是朋友的惡作劇，直接回去寢室睡覺了。第二天，當我已經忘記那則訊息的時候，一根阿勃勒種子，裹著泡泡紙，出現在我的桌上……

「……這玩意是什麼時候又是打哪來的？唔，扔了吧。」

起初我不以為意，正打算隨手拿去扔掉時，那根包裹著泡泡紙的阿勃勒種子彷彿有生命般蠕動了一下，嚇得我不小心把它扔到了地上，泡泡紙也散落開來。

當我鼓起勇氣想上前確認剛才是不是幻覺時，我看到了這輩子完全不想再看到第二次的畫面，一張扭曲的人臉附著在阿勃勒的種子上，它的身軀已和種子融為一體，更讓我震驚的是那張人臉正是我那傳完訊息後失聯的友人。

「該死……」這是當時我腦中僅存的話語。

詭異又莫名其妙，說實在我完全不想像被操縱著一樣就這麼照著做，但是一切的前提都是在我有選擇的餘地之下。

好吧人還是得學會低頭的，我要去找奶茶了。如果我找得到的話。希望第一階段的解毒法有用吧哈哈哈……

至於友人？我已經不敢想，也不想去想什麼了。

祝我好運吧。

我放棄了尋找朋友的想法，打開了我的手機，試圖從裡頭找到一絲線索。

——但我找不到那篇文章。

瀏覽紀錄、關鍵字搜尋，甚至跟朋友的聊天室……完全、完全找不到這個網址。

找到了也是404。

開什麼玩笑。

我搔著腦袋煩躁的尋找著腦海裡的記憶，似乎是這樣的解法沒錯。沒錯？不管怎樣我也只能試了。

我才不想、變成那種鬼樣子——

友人仍持續失聯。

死馬當活馬醫，我依靠我那薄弱的記憶前往全台最有名飲料店－50嵐，看著店員青春洋溢熱情的笑容，我羞恥的實在開不了口。

「請問要什麼呢？」啊好閃，比太陽還耀眼，拜託，不用那麼大聲啦。

「我要……QQ茶……。」我聲音小的跟蚊子一樣。

「不好意思我沒有聽清楚，能麻煩您再說一次嗎？」就說了不要那麼大聲啦。

「我要……」我伸了一口氣決定豁出去，「我要一杯QQㄋㄟㄋㄟ好喝到咩噗茶！」我用了畢生勇氣做了史上最丟臉的事，不只面前的店員傻住，原本排在我後頭嘰嘰喳喳聊天的女孩子們都安靜了下來，我不用回頭都能知道她們現在是用什麼眼神看我。

「好的，一杯珍珠奶茶，請問糖度跟冰塊……」不愧是受過訓練的店員，儘管遇上意料之外的事也能駕輕就熟的應變。之後等的過程以及買回家路上這些都不重要，反正我要趕快把「QQㄋㄟㄋㄟ好喝到咩噗茶」喝掉好早點解除詛咒！

喂喂喂！這是在哪裡，我記得我有用那個吸管喝啊?!應該沒事了吧？怎麼會就這樣倒在地上？這樣不行啦！家具怎麼都這麼大，不會吧？沒那麼扯吧?!我都有照訊息的指示做啊！

啊啊啊啊啊！我的手呢？腳也不見了！太誇張了吧?!喂喂喂、我都已經全部都做了啊！到底是誰?!我不過是好好地待在家裡，就因為這來路不明的訊息，讓我現在成這副模樣，到底是想怎樣啦？

如果不是變成這副鬼樣子了，現在的發出的一定是淒厲的慘叫。

這時門口有些動靜，似乎是有人來了。

「——請問董先生在家嗎？這裡是環保署，因有接到民眾檢舉您使用塑膠吸管，這已經違反一次用塑膠吸管限制使用對象及實施方式，於發文字號：環署廢字第1080031442號公告，故來府上稽查通報是否屬實，請問有人在家嗎？請問有人在家嗎？請問有人在家嗎？」

「學長，好像沒有人在家！學長、學長，好像沒有人在家耶，學長，你有聽……」

學弟：「學長我們先回去吧，反正也不會有人發現吧？趁還沒有人看到先走吧。」

「閉嘴安靜點，行嗎？又不是聾啞人，我也知道沒人回，一句話不要一直重複、一直重複啊！不是跟你說過很多遍嗎？一句話不要一直重複、一直重複。」

「想也知道應該也是那樣了吧！自作自受，哈哈哈！」

學長：「白癡！這種沒腦的廢物就是要剷除啊！看到又怎樣，就是要讓世人知道環保的重要，軟的不行就來硬的吧！哈哈哈！」

主角：怎麼會?!就因為我用了塑膠吸管？可是我都是照著指示做啊！全部都照著訊息裡寫的去做啊！為什麼？為什麼?!我才不要變成阿勃勒……

不行、不行、不行、不行！再給我一次機會，我一定會做好環保的，真的，拜託你相信我——神啊！我知道錯了，赦免我的罪過吧！我會將一生奉獻於祢！

一個熟悉的聲音突然在不遠處響起。

「兄弟別懊悔了，接下來我們就將自己餘生獻給自然吧！不只有你，你的家人也都在那等你啊！難道你都沒有想過你的家人到底去哪了嗎?!」

「看開點，之後就要長高高囉！也是另類彌補你為人的缺失啦！哈哈哈。」……咦？什麼啊，原來只是夢而已。

看著健全的雙手，剛剛被嚇醒的我這樣想著。書房內，電腦螢幕跳出了一堆訊息，都是趕著要我校稿的通知。

「啊啊好麻煩啊——明明成品都出來了還弄這個幹嘛啦～」

光線昏暗的書房裡，傳來了一陣陣的打字聲。

「嗯？這怎麼好像在哪裡看過？」

窗外的草地上，一根黑色吸管正靜靜地待在草地上。

香蕉色的陽光　簡彩珮

一早，統一裝置的喇叭響著一成不變的起床鈴，一如既往的起床、清潔、換衣服，踩著發出「趴搭趴搭」的藍白色拖鞋，伴隨「釘釘框框」的鈴鐺聲走向毫無變化的日程。

這天非常特別，我的家人要　看我。明明他們就在我眼前，伸手卻不可及，是的，我們中間隔著一道玻璃牆。

母親帶了一串家裡自種的香蕉，及一盒我從小就愛吃的牛奶餅乾給我當點心。「你爸爸他今天要忙田裡的事所以不能來啊……」、「你哥哥的小孩過不久就要上幼稚園啦……」一邊吃著點心，一邊安靜的聽母親說話。每次她來都會跟我說家裡發生的一切，能讓我像家中一份子了解家裡的狀況，即便我不在家許久。

時間很快就到了，原本還在明亮的會客室的我又回到那陰暗、壓抑的空間。打呼聲、呢喃聲、還有一些零碎細小的聲音，這是我的日常，我躺在地板上，抿著點心的餘味，閉上眼，腦海便浮現剛剛的事，「我下次再來看你啊，你要好好保重。」雖然帶著笑容但我沒漏看母親眼眶裡泛出的淚水。我換了姿勢想入眠卻久久無法睡著，母親的臉龐就像針深深插在我心裡。

這裡每過一段時間就會請外面的老師來給我們授課，之前是上書法課，上次是陶藝，這次是烹飪。「今天要教大家做蜂蜜蛋糕喔！」老師很熱情的在台上教導示範，台下有些人毫無興趣一副慵懶想睡，有些人則興致勃勃，像個認真的好學生看著老師。我的話，想到小時候放學回到家都能聞到一股香噴噴的味道，母親會親自做麵包、蛋糕給我們當點心吃。我雖然對烹飪沒有興趣，但是不知道為何，我有想努力做的衝動，可以的話，有機會的話，我想做給母親吃。

「蠻好吃的嘛！」、「不錯喔！」、「看不出來你那麼會做蛋糕啊！」稱讚聲此起彼落，不習慣被誇獎的我都有點害羞不知道該說什麼了，只能一昧說「沒有啦沒有啦。」看著大家一口接一口的吃，內心莫名有著成就感。

「你，有天分喔。」老師這麼說。「『出去』後，可以試試這個喔。」又說。

老師的話在我腦海裡揮之不去。

我站在陌生、荒涼的草原上左看右瞧，「這裡是哪裡？」我內心想著。突然聽到有著「啞啞」的聲響，回頭，是一隻烏鴉。牠從高處飛下撞倒在一旁的麻雀，嘴裡還不停發出聲音像是在叫囂著。我跑過去想看麻雀的狀況，還沒到達便聽到烏鴉以外的叫聲，有隻巨大的老鷹在空中盤旋自如，銳利的眼神盯上烏鴉，我還沒反應過來牠便一衝而下，用那鋒利的腳爪及下勾的嘴巴攻擊烏鴉，沒多久，原本還朝氣蓬勃叫囂的烏鴉染了一身血，老鷹見烏鴉沒有幾乎反應便展開翅膀飛向別處，我走過去看烏鴉，牠殘喘一口氣像是在掙扎想活著，但我知道牠活不久了。我望著牠的眼瞳從倒影中看到自己，彷彿現在倒在這裡身負重傷的是我。突然內心不由得感到一股寒意，萬一我死掉了，該怎麼辦？

張開眼，是熟悉的水泥天花板，旁邊的人呼聲如雷讓我意識到我人現在在哪裡。回憶剛剛的夢，不知道那隻烏鴉最後怎麼樣了，但我想應該不是很好的結局。

想到那天，我在家睡午覺時突然有警察帶著搜索票進來家中，我其實沒有感到很意外，因為，我不久前才在外闖禍。家人哭喊的說「這是誤會啦」想前來攔住被帶走的我卻被警察阻止，我完全沒有反抗像個失魂的人上了警車，從窗戶不禁一瞥，看到母親跪坐在地方泣不成人，父親雖沒像母親那樣大反應，但我感覺他在這短短幾分鐘蒼老許多。

我不後悔我做的那些事讓我入獄，但是，家人難過的模樣令我心痛。年輕時不學好其實很常有進出派出所的經驗，但因為只要請鎮上的代表講幾句就沒事所以我一直抱存僥倖心態，直到那天踩到鐵板。

我不想在看到家人為我哭泣了。

這天終於到來，我的假釋出獄。

收拾好我的行李，緩慢走出一道又一道程序，最後，巨大的鐵門在眼前，那是最後一道，也是最初隔著與外面世界的界線。

有位獄警站在那裡。

「別讓我又在這裡看到你嘿。」

我看著他的雙眼點頭。

陽光灑落在我身，刺眼的我有點張不開眼，前方，看到我家人在那邊等我，我止不住內心的興奮，走向我未來的道路。

回到家已過幾個月，想找附近工作投了履歷卻都沒有下落，也是啦，很少有人願意用更生人當員工嘛。好險家裡對於要多養一個人也不是問題，因此家計方面不是問題，我當然也沒有閒著在家沒事做，偶爾跟父親一起跑田去，幫母親一起做做家事，下午去接哥哥的小孩放學。對於這樣的生活我不討厭，但我知道我不能一輩子依賴家人。

「叔叔，我想吃蛋糕！」

每次接姪子放學，他都會要求我帶他去附近的麵包店買點心。

到了店門口卻發現沒有營業，鐵門上貼著張紙，上面大大寫著「停業」及一些致歉的話語。

「哇，他們沒有要營業了。」我低頭跟姪子說。幸虧哥哥與大嫂教育的好，他本身也是個乖孩子，沒有任性的大吵大鬧，而是選擇吃路邊其他食物，但我從他眼神看到失望與落寞。

這時腦海浮現一個聲音，「『出去』後，可以試試這個喔。」是還在那裏面的時候老師給我的鼓勵，我瞥了一眼姪子，他無精打采的在旁吃著他的食物。

想嘗試看看。內心湧上強烈的念頭。

「老闆，我想買五個！」

「好的！來！」

「我家孩子超喜歡吃你們的香蕉蛋糕，每天都吵著要吃！」

「哈哈謝謝你們，來我多送一個，以後多多支持啊！」

我現在在經營一台小餐車，賣的是香蕉蛋糕。那天接姪子放學後的隔天，我便開始練習做蛋糕，由於家裡自種香蕉，我想說研發個香蕉口味試試，沒想到深受家人喜愛，尤其是姪子，讚不絕口，甚至說出可以拿出去賣的話。我當然認為自己能力還沒到那樣的地步，但家人一併支持的態度，給予我許多信心，所以就有了這台餐車。

雖然出獄了，但我還是要定期回地檢署的觀護所報到，跟我的觀護人報告我最近的狀況。「聽起來不錯耶，你要好好做下去喔！」觀護人一邊講一邊津津有味吃著我帶去香蕉蛋糕。「這個，真的很好吃喔。」說完，又大口地咬了一半。

我現在在鎮上算是小有名氣的店家，每天一早起床做蛋糕，拿去市場賣，中午休息，下午到學校附近賣，順便接姪子放學，晚上回家吃飯，每天幾乎都是這樣的行程，或許有人會覺得很膩沒有新鮮感，但對我來說，能這樣腳踏實地工作實在不容易。

這天也是依照往常，把東西一樣一樣放上車子，發動引擎準備出發時母親從大門走出，我搖下車窗問母親怎麼了，「你忘記拿便當啦！」邊說邊遞餐盒給我。我道謝同時也收下餐盒，打算關上車窗時發現母親一語不發看著我，我又再次問怎麼了，母親搖搖頭笑著說「這樣感覺不錯吧！」沒頭沒尾突然這麼說，但我卻馬上懂她的意思，「嗯，我很喜歡！」我大大露出笑容。

四不像　蘇宥維、譚淇、柯至真、蘇歆娟

瓶子能裝水，書套能保護書本不受傷害，雨滴能滋潤大地，海洋能孕育千千萬萬個生命……那它呢？它能做什麼？喔，它連自己是什麼東西都不知道。

「你是誰？」

「我？消波塊啊。」

「你能幹嘛？」

「嘿，我身上背負著阻止海浪侵蝕海岸線的責任，我可是很了不起的！」

看，連個水泥塊都知道自己在幹什麼……它只不過是沱水泥啊！憑什麼就有自己的理想和責任？那它呢？喔，可能連上帝都不曉得它是怎麼回事。

「發生什麼事？你看起來悶悶不樂的。」

發生什麼事？嘿，這個問題它剛剛才詢問過上帝，它也想明白怎麼回事。

看看它的身體，潔白、堅硬，喔，這也沒什麼。但是誰能來解答，為什麼它渾身上下長滿了像是腫瘤一般的凸起？這些玩意兒能幹什麼？讓它想想……嘿，連上帝都不曉得的事它怎麼可能會知曉呢！

既然它無法知曉，那它就自己想吧！

它再次仔細地觀察著自己：它是潔白的，就像冬天的雪；它堅硬，就跟消波塊一樣；它身上多處凸起，就像天上的白雲……

但，等等，為什麼它身上有兩個小洞，又有兩道金漆刷過的痕跡？

想到這些問題，它又陷入了沈思。

「你在幹什麼？」沈思間，它聽到了說話聲。

它往聲音的來處看過去，一個白色且細長的物體向他問道。

「我在思考自己是什麼。」它回答。

「別思考了！你不也和我一樣，是一支粉筆嗎？」

「啊？」它愣愣的看著粉筆，「我身上這麼多凸起，怎麼會是粉筆？」

「沒有人規定粉筆不能有突起吧！」粉筆又說道，「快走吧！你要趕不上上課時間了！」

說得也是，它怎麼沒想到它可能是支粉筆？

「喔、喔……」它顯然被說服了，就這樣乖乖地跟著粉筆走進教室。

教室課堂上，同學們安靜且認真地聽老師上課。

「嗨，黑板叔叔！我們來工作啦！」粉筆歡快地說道。

「你好，小傢伙。不過，你的這位朋友——似乎有點兒特別？」說著黑板用審視的目光仔細地瞅著它，瞅得它有些心虛。「算了，不管了，開始工作吧。」黑板收回了視線。

老師拿起粉筆，對著黑板開始寫起了板書，忽如疾風驟雨又如潺潺流水，黑板上轉眼間出現無數的工整字跡，它和底下的學生一樣看得如癡如醉……

「啊！你就快要不見啦！」突然，它發現粉筆的身形越發得矮小單薄。

「沒關係，紀錄文字與符號，傳遞知識的薪火，本來就是我存在的意義，這是我的使命，也很高興……認識……你！」說完，粉筆就化為粉末，隨風散去了。

它愣愣的望著粉筆生前的足跡，不發一語。

「為了信念而亡，沒什麼好傷心。」黑板對它說。

「但是終究邁向了死亡，」它不同意的說：「我認同他的信念，但我不是他，這不是我想要的未來。」，說完，它邁著堅定的步伐向教室外走去。

「我好像……終於對自己多了一點了解。」它自語道。

它默默地離去，離去之前，它回頭又看了一眼粉筆的殘末，回到了最初它所在的地方。

它沒有那所謂的信念，它就是四不像。

沒有信念的活著，不也是一種活著嗎？

現代詩

李玠融〈烤布雷〉

妳看見了嗎
光滑的表面像極了嬰孩的臉龐
你聽見了嗎
那是想說卻不敢說的滋滋作響
妳聞到了嗎
那是火花在白糖上舞蹈的焦香
妳明白嗎
我喜歡妳就像香草綻放

曾竹綺〈你說〉

你說你就像一株帶刺的玫瑰花
雙唇豔紅　雙頰紅潤　雙眼水光粼粼　惹人憐愛
你說你又像小王子中的狐狸
不爭不搶　體貼大局　對自己是最慈悲的殘忍
你說你還像徐志摩的詩句
揮揮衣袖不帶走一絲雲彩
卻給人缺氧般的空虛
但你有所不知
你就像一顆沙漠中的仙人掌
花開結果不比現實容易
你又像小王子中的玫瑰
渾身利刺　傷人不深卻也是層層疊疊
你還像張愛玲的詩句
華美之中卻爬滿蝨子
愣是連窺探都毫無興趣

說到底　只是你的自作多情

〈過期童話〉

最後　王子與公主過著幸福快樂的日子
都是騙人的

白雪公主　難道是真的天真無邪嗎
蓊鬱的森林中　隱含著甚麼含義
奇蹟　難道不是一開始皆安排好的劇情嗎
在疼痛中舞動　在炙熱衷懺悔　紅舞鞋是我滿懷感恩
的饋贈

小美人魚那靈動的泳姿　因為愛戀而不復再現
那沁人心脾的優美歌聲　因偉大願望成過往雲煙
無聲控訴著　眼淚潸然落下
撕裂的不僅是肉體　更是精神上的折磨
曾痴心妄想能夠了解　卻不知　無法訴說即是無緣
在燦燦金光下化作泡沫幻影

長髮公主的頭髮在光下閃著熠熠的光彩
垂墜著為著誰而等待著
一人的錯誤　誤入桃花源
垂直而上
望　塔上之人　深得他心
體會的卻是自由落體

灰姑娘明明該是千金小姐
命運的手網　卻陰差陽錯的將兩人牽緊
王子阿王子　在城堡的那端等待
鮮紅的玻璃鞋　那痛哭的姊妹　疼痛的腳跟　多餘的
腳趾　是人生路上的絆腳石

童話　是給小孩的謊言　是給大人的殘酷

〈電影〉

你是獨自出演的無聲電影
膠捲的格格畫面播放出你獨特身姿
我是觀眾　獨自欣賞著　欣賞你所給人一種名為有聲
的幻覺

你是單人演繹的黑白電影
全片無色卻帶來致命幻覺
我是觀眾　獨自觀賞著　觀賞你所帶來如同罌粟般迷
幻人的毒素

你是單人活絡的有聲電影
舞台燈光彷彿是你專屬的聚光燈
我是觀眾　獨自鑑賞著　鑑賞你沐浴於讚頌聲中的
嬌態

你是獨自閃耀的彩色電影
有聲有色即是你最佳的保護色
我是觀眾　獨自賞玩著　賞玩你歷經風霜後的成熟

我獨自捧著爆米花　細細品味著

陳聖儒　〈獨木舟〉

妳在海的盡頭嗎？
天邊雲朵是妳的髮絲
在夕陽下如裊裊火光嫣紅
只為一睹妳的面容
我願意成為獨木舟
在飄蕩的浪潮中追尋妳影蹤
忍受
雨如針氈刺骨　浪如尖刃劃膚
刺痛血肉，也
在所不惜

〈度日如年〉

還記得妳最後一次回我簡訊是多久以前
文字可以是楓糖
幾句話也可以是刀那般傷人
狠狠地不留情地刺入心裡面
六六本應似過年
人人放聲齊歌大順
揮起手腳留著汗
讓陽光滋潤一張張笑臉
可六月下著寂寞的雪

封閉了真誠來往
斷絕了知音相惜
一句句話不知是真是假
岔開道路後
總回歸各自生活
偶爾深夜　一天工作後疲憊望向窗外
雨輕輕為世道鋪滿了馬賽克
讓人猜不透
窗外邊閃爍光線究竟是什麼
霓虹燈閃著　度日如年

〈葛拉拉〉

葛拉拉啊葛拉拉
你是救命恩人
也是
讓兄妹　在蚯蚓造的小土丘
彼此填補
慾求的隆起　開鎖的縫隙
隆地耕植求豐收　築屋不需門鎖
創造
瞎眼　殘疾是一代人
存活　富足是下一代人
你是冬天的楓糖
甜膩　使人發胖

〈明月〉

明月飽滿亮眼
終究亦老
黎明依舊昇起
尋常輪轉
海面看來平靜
卻要使漁人在面似和善的陷阱中
受盡浪濤捶打
掙扎求生
而你
柔柔吹拂　使樹木搖曳葉片為我阻擋烈豔
並把它逐到世上
啟蒙萬人的智慧

照亮海人的航程
開啟山民的探索
一切存在是如此的看似理所當然
但你遲早要使人刺骨
刺骨得令人發抖
或許
世間不變的只有
一條正直的道路
永久存在的至善

〈不歸的渡客〉

在夏月暗潮洶湧的殘碎海岸
起重機仍不斷升降　郵輪冒著黑煙進出碼頭
不曾停歇
離散的海景備感摧折
碎浪與礁石交織似在為我挽留
海港幾近暮落
黑潮一去即逝
我是不歸的渡客

在夏月暗潮洶湧的殘碎海岸
穿越碎礫與海風
讓陣陣鹹氣啪打靈魂
踏遍艱苦與煩悶
使愁緒消散隨風而去
港岸邊的人兒啊！
後山比山更高聳
後海比海更寬廣
千古移民的前來，為求生存
而我一人的遠去，為求試煉
在夏月暗潮洶湧的殘碎海岸
在黎明與無邊浪濤的交會點
佇立月夜之下
屹立山巔之上
面朝萬點眼眸，竭力長嘯
一紙狂傲
更勝萬水相隔的迷茫

〈海知彼端〉

草木挺起腰桿，向太陽靠近
海鳥遊蕩四方，展現豐實羽翼
想起，這些日子風起雨大，淅瀝了誰的平靜
我心，如雨後濕泥，
飽滿、吸取、汰除
厚積養分，薄發萬物
世間只待一睹
那自後山而來的
野鳴呦呦荒外鹿
而今，扶疏飄蕩，草動蟬鳴
你疑惑地問說，究竟巔峰在哪
我只能說
在那未知海之彼端

顏子瑜　〈囚禁〉

誰把誰囚禁於此
四面灰暗的水泥牆
僅透過一扇窗
看晝夜輪替

房門外的世界
你苦心經營

房門內的世界
你無地自容

誰把誰囚禁於此
憤世忌俗的眼光
僅透過香煙的濾嘴
吞吐著對世界的不滿

香菸的世界
你貪婪迷戀著

氧氣的世界
你厭惡憎恨著

誰把誰囚禁於此
是心裡的那個　你

〈玫瑰〉

初戀如同一朵玫瑰花
鮮豔的花瓣是對愛情的寄望
芬芳的花香是對愛情的迷戀
尖銳的葉刺是對愛情的膽怯
風吹過，花兒迎風倒
窗外的玫瑰在爭艷
窗內的人兒在爭鬥
看著你看著她看著你和她
2人的世界3人的參與
1人的背叛
初
戀
如
同
窗
外
的
玫
瑰
殘敗的
花
瓣
風吹過
凋

落
。

〈原頁〉

一本書的起點及終點
是否就只能從前至後？

大學生的起點及終點
是否就只能從一而終？

一本書最美的時刻，
唯獨停留在當下的幻境

人生最美的時刻，
卻是多采多姿的經歷

當你驀然回首時，
會發現，
當初痛苦的經驗換化成養分，
使你成長茁壯。

當你回頭看時，
會發現，
志同道合的朋友，
是你人生最大的收穫。
當你回頭審視時，
會發現，
你經歷過的每一刻，
無論酸澀、或甜蜜，
都能成為你臉上的雲淡風輕的微笑。

原頁
停留在原頁的記憶如此真實，
是誰讓你成長茁壯
是誰讓你日夜痛苦
是誰讓你回眸一笑
無論是誰
只有你自己能踏出原頁。

〈迴廊〉

相同的門

比鄰而立
相同的人
擦肩而過

一眼望去路的盡頭
左、右、左、右、左右、左右左右
光在那處招手
腳在迴廊奔走
伸手不見五指的黑暗

彎、繞、彎、繞、彎繞、彎繞彎繞
迴廊如同影子般　增生
甩也甩不掉
躲也躲不開
無處安放的壓抑感
擠壓著心臟
噗通、噗通、噗通、噗通噗通

窒息式的迴廊
使人如同螻蟻般
迷惘、掙扎、徬徨
壓垮螻蟻的最後一根稻草
是轉彎後又出現的迴廊

〈床邊故事〉

我喜歡在睡前
拿起床頭的香水
噴灑在枕頭的周圍
讓香氣包裹嗅覺
就算身處險惡的世界
依然可以安穩的
睡在
充滿麝香的氛圍
至少
夢裡還是甜美的

齊家敏　〈我們或許不屬於這個世界〉

假若這個時代　太過邪淫蠻橫

我們能不能等待
等待把自己
埋進最深最深的地底
隔絕地面所有的混亂
安靜地躺在深處，雙手合十祈福
感受自己五臟六腑，被侵蝕
被嚙食，被穿透，被消逝
然後成為地下最安息的兩百零六根屍骨
等待混沌的世代結束
等待下個文明的考古團隊挖出
等待被放入有玻璃和聚光燈的展示箱籠
等待被眾人注目

假若我們只是　乖巧地隨波逐流
迎合眾人的胃口
與世人同醉　與世人同睡
全力偽裝似乎很愛這人間
顛沛流離的世界卻仍不放過我們
那些希望的繩子
上頭都懸掛引頸期盼的脖子

假若我們只是　安靜地傾聽
裝扮成混亂中的鹽柱
盡力淪落成非人魁儡
但也無能為力
世界就是一種暴力
曾想過要好好活著
但還是被迫消失
化成塵土　回歸最自然的樣子

假若這個時代　太過邪淫蠻橫
我們能不能等待
等待在死後，才好好的存活
學著被珍惜　學著被善待
成為下個蠻橫時代所珍藏的至寶

〈這樣也沒關係啊〉

勝利者口裡的字句道理
其實都在陳述同樣的事情

努力堅持不放棄，好像那些本就是
人的天賦異稟
我站在高樓的窗台時
把立志書籍的名言佳句都想了一遍
卻還是沒有人衝上來拉我一把
每個人彷彿都在看我笑話
也沒有一句話，成為枷鎖綑綁
每個字宛若沒有關聯的陌生客
最終還是那些溫柔說著
「這樣也沒關係啊」的回憶
成為赤裸裸的僥倖
告訴我再失敗一次也無所謂啊
因為還會有人愛你
失敗者眼淚裡的控訴
其實都是各個故事的痕跡
他們也是做夢的人
每一個夢都是快樂的守護者

張婕琳〈紅〉

你的「我答應妳」
是我聽過最霸氣卻溫柔的一句話
倚門那一回首
青梅紅了才女的臉頰
可想？
曼珠沙華
不再相見的葉與花
奈何橋邊的雨還在下

當月東升欲綴晚霞
西沉的餘溫不能為她留下
星繁
如浪掏不空海沙

將軍放走了戰馬
想應誰一聲答？

書生放手了信札

想綰誰一縷長髮？
和尚放下了袈裟
想許誰一個家？

只怕
早已沒有那個她

你為我瀹了壺茶
卻不告訴我杯子在哪
我望向花園
看見了玫瑰的疤
一徑的紅
我隨手一擦
像落下那塊頑石的女媧
不曾想

你
竟是我的罌粟花

陳懷庸〈散去的時候〉

在僅剩的光陰急忙奔走
在看不見煙花的路途
在浪口上灑滿的貝礫
一切都像舊日的夕暮
緩緩的墜落
又無法放進拖箱帶走

暗夜時常閃爍著記憶
痛苦的時候
就蜷縮在雨滴
嘴上顫抖著囈語
天亮的時候才發現
那全是淚液

頓時花火掠襲視線
森林的霧團解開腳鐐
我直覺性的觀察四周
內心的澎湃還無法收拾

一股暖意就注滿全身的器官
那時我再也沒有困惑
只是默默的祈求
野火花能夠永遠盛放
你的背影能夠
在日霞下漣成漪

黃裕鴻〈謎〉

沒有人真正瞭解我
就像你會說
你根本就不懂我

我用了三年的青春
狂奔
卻困在自己的迷宮裡
沒有人真正在乎我
就像你會說
你先不要吵我
你用一個冬季的假期
就把我
狠狠甩在回憶裡
置棄

〈少年〉

年少，
時光飛逝只不過是交替幾個日月，
男孩或多或少也成了少年，
還沒嚐到什麼酸甜苦鹹，
就先掉落了人類的幻覺。

輕狂，
以為自己有了念想
就狂妄的到處張揚
再猖狂也比不上風的喧囂
再隨性也比不上雨的瀟灑

以為藏著就能被世上遺忘
以為裝可憐就不用跟時間賽跑

但在眾聲喧嘩的世界裡
怎還有一位少年
叛逆的往反方向凝望？

〈時光旅行〉

應該每個人都要有一台時光機
穿梭飛行
回到過去
調侃當時愚蠢又好笑的自己
或是
就只是靜靜地待著
躲在牆角偷看
爸爸媽媽爭執的過程
或是回想起
每個好日子
再回去重播

節日快樂

〈給六月六號的自己〉

初夏
蟬準備上工
大家做工的也做工
艷陽太熱情的歡迎大家
一節一節的返家車廂
換
一個一個的閃爍夢想
疲倦又怎樣
不疲倦又怎樣？
如果哪一天
我們都忘了如何寫詩
該如何下筆
寫下反骨的第一句詩行
沒有文字的精簡
沒有詩與詩的日常對話
如同高山沒有溪水溫柔的流淌

如同巧克力蛋糕沒有熱紅茶
如同詩人沒有酒
如同六月的台東沒有詩歌節

古典詩作

張念譽　〈西湖線〉

空濛湖瀲起，
畫舫拌青流。
塔臥愁雲散，
遺風響寂樓。

〈筵前獨步街頭有感〉

路阻天雲遠，
單衣惹歲寒。
奔筵催足苦，
野月竟遐觀。

〈孤冷〉

當爐細嚼雪霜寒，
扣戶迴風凍玉盤。
勁氣披垂人首鬧，
雲窗靜掩內傷殘。

〈古喊〉

暑晨生衣筏影昏，
山寒澗水繡煙痕。
哀音點岳清波碎，
盡破孤愁岸懾魂。

〈山間爭鳴〉

嗚鴉折羽青霄濁，
吠犬啣肢綠野茫。
影入鄉林身自守，
忽聞夕鶴道秋涼。

〈靜愁〉

飄飄白鷺青霄逐，
點點蜻蜓水自流。
岸蝶浮沉淒靜草，
歡聲舴艋攪心愁。

〈撫紅〉

野徑流光冷畫顏，
愁紅落木溢幽山。
涼風靜掃傾身淚，
疊影驅聲濁水潺。

〈月媚〉

羞顏暗錯香稠疊，
夜夢春江影潑眠。
冷吐霜輝紗築閣，
藏空俯硯醉詩仙。

〈月色〉

酒客撩池秋對雨，
愁魚濺影不成雙。
煙花莫怨連枝斷，
淚捻清輝恰似江。

〈月陰〉

夜揣紅顏墨筆斜，
煙寒桂影拍庭花。
情思撥舀幽光細，
坐見窗紗映月牙。

〈秋債〉

淒風斷雨書窗蕩，
夜抹燈前月逼霜。
案卷生愁心歎晚，
秋蚊哺靜吊簷梁。

〈東緣〉

殘花弄野拓霜痕，
冷月黏衣楝結根。
忽曉愁人留酒待，
披星爛飲四秋魂。

〈情覆〉

月趺庭花花濺影，
蟬嘶夜殞獻孤星。
淒風貼咬情痕在，
側痛淹延似燭零。

〈淚〉

半山披日影，夜氣漫人家。
寒水纏螢 ，行塵染色霞。
餘聲飄戶口，閒步見昏鴉。
心遠銜空闊，秋波入石沙。

〈失眠〉

飛花繡月憐絲影，舊燭澆寒墨咬茶。
永夜緘雲驚度鳥，閒愁淬夢滲棲鴉。
前賢眷硯還貪宿，俗客傾杯自挽霞。
晚蝶邀眠人冷榻，一朝更醉萬詩家。

〈不協和音〉

東軒鑿冷秋凋徑，晚蝶驚寒影濺愁。
枕守鶯聲觀燭暗，簾藏鵲語夢花羞。
詩裁昔景絲方斷，酒洗今宵宿自留。
六度雲情三度暖，閒貓醉舞更歌幽。

〈見鬼燈有感〉

月走雲横秋院直，星池竹石半牆藤。
遊庭有伴閒言起，入閣無徒睡意增。
昨夜寒垂如罟網，今朝冷束似錨繩。
清風剪頸聲消碎，側見松花逐鬼燈。

〈望樓春〉

青衿吮墨曉春殘，徒守孤燈照席寬。
霰雪深知舟靜臥，流風竟撥渡平瀾。
啼痕似漆聲猶在，夢影如膠意未乾。
蠟淚撕芯煙凜冽，一枝筆撚數冬寒。

〈散文隱痛〉

青袍執筆盼春紅，倦目擰衫似獨翁。
緬想駢章韓閣滅，遙思太學軾師戎。
前文有律翻儒士，後作無儀望燭風。
自在行書遮莫急，猶言蟻入簇花叢。

〈默府〉

天南野屋耕鋤早，走訪新城漸北遊。
日治督樓編遠夢，清援郡府鎮離憂。
今朝滿室成官閣，昔日空房擾故侯。
俗吏喧爭飛沫掩，簷樑靜默滿深秋。

〈詠臺東大學華語文學系〉

江郊易野空山傍，館閣書樓古墨叢。
白絹行歌參冷雨，青衿賦詠對寒風。
雲窗靜掩吟聲滿，月戶輕敲細響空。
往復閒花枝類聚，詩流走散似飛鴻。

楊惠子　〈觀雲〉

近日天涯兩岸分，
青鸞尺素不曾聞。
倚窗坐望雲舒卷，
半似輕煙半似君。

〈晚歸〉

酤酒百青蚨，霧深歸道殊。
天寒生白露，日晚倦棲烏。
影綽屠蘇冷，香幽棠棣孤。
待期東帝再，鶯哢牡丹朱。

〈觀潮賦〉

西川潮水連朝麓，海闊天垠匿白鷗。
崖險山危雲卻步，泉寒澗遠鱖難遊。
長江一葦安能渡，蜀道千年豈易收。
逆水披荊終有路，不登彼岸不停休。

〈登山有感〉

長歌踏葉叢中過，露重霜寒濕我襟。
林去山頹花不見，城來柳醉燕新臨。
西湖舞曲豈常奏，赤壁倚舟無限音。
月隱香銷何必恨，青峰依舊笑當今。

〈秋夜雨後〉

簾外流螢收漸火，晚風清闃涼宵永。
雲霞飄渺匿嬋娟，桂樹闌珊藏玉影。
夜雨滂沱洗暮塵，星輝明滅環長嶺。
春繁夏盛自來多，偏愛一年秋日景。

〈故地遊〉

月下幽溪環碧樹，重遊故地望煙樓。
殘鶯宛轉一時戲，細雨連綿無盡愁。
燈火案頭三盞酒，風雲簾外幾回秋。
青梅魚雁今仍在，鴻自東西水自流。

林旻達　〈天涼〉

彎月現東宮，
天根乘朔風。
揮毫點龍目，
文曲掛寒空。

〈遇雨〉

方至旻天一樹紅，
金風撩亂襲蒼穹。
苔痕鬱鬱攀銅綠，
煙雨飄零似鬼工。

〈詠臺東大學華語文學系〉

飛浪遮天雲影亂，爰居振翅渡蒼穹。
生花筆妙書累牘，倚馬才高寫眷忡。
杳杳細言嘆世事，悠悠清唱論英雄。
山巔拂曉雨絲落，枝搖葉飄遍地紅。

楊雅晶 〈困春〉

微紅歇淡妝，
懶枕片韶光。
繾綣如詩夢，
晨吟夜斷腸。

〈留夏〉

輕聞煙雨落，
漱傘踱朱橋。
倩影搖蓮去，
殘花襯柳腰。

〈秋交〉

雀噪深巢故舊窮，
蕭斜舞亂老春空。
若尋此澗風光處，
兩白枝頭一晌楓。

蘇子傑 〈醉冬茗〉

砂城還醒遠斜暉，
曉夢梧桐染翠微。
九陌無雲飄絮雨，
三更遙見茗花飛。

〈重陽〉

客懷驛舫惜芝焚，
重九籬花綴碣文。
夜枕江聲暗銜淚，
惟餘穀酒祭青墳。

谷宜家

〈寥笙〉

亭檻玉成叢，
鳳棲煙雨空。
蕭寥笙未寢，
明月浸輕風。

〈錯〉

荷蓋粲然鳴岫青，
隔欄鶯燕晚寒星。
蘭生幽谷無人識，
風絮飄殘已化萍。

陳彧

〈桃花妝〉

眉梢點染胭脂重，
笑面桃花映入瞳。
舊憶佳人披夜罩，
觀花雨落月朦朧。

丁云翔

〈尋詩〉

向晚意春濃，
蓮潭覓荷蹤。
詩情方漸興，
空污百花封。

王靖文

〈夢縈調〉

芳華落晚唐，
夢卻慟明皇。
紅豔難相忘，
還來舞霓裳。

白淨華 〈雲中鹿〉

林深時見雲中鹿，
蹄踏苔花墨點睛。
犄角纏藤梅覆頸，
依松翹首盼天明。

黃鈺媛 〈讀輞川集有感〉

曉月西眠閣外樓，
晴嵐臥看蜀中州。
閒行竹下聽蟬起，
半感藍田舊事遊。

古典詞作

蘇子傑　〈荔子丹・春〉

佇盼銀牆暮雨飛。
留數點空梅。
隔冬猶飲月前酒，
西窗剪、畫燭照殘杯。
湘絃遺罷憶鸞吹。
夕柳枕苔枝。
兩忘華胥煙水裡，
映芙蓉、碧羽青絲。

〈燭影搖紅〉

蕎麥青青，歎傷明月春波止。
燕迴銜去一簪風，卻把桃箋遞。
雲釀迎眸當醉，
待潮歸、華胥贈佩。
為誰謾切，念影芳煙，欲言還未。

〈武陵春・疏影〉

露冷幽香尋蝶徑，塘柳宿芳菲。
雨緩雲澀向曉辭，
幾次看花回。
螢窗雪案棲鸞影，畫閣碧煙微。
鈴鐸銀蹄踏月歸，
誰見隴頭梅。

〈鵲橋仙〉

寒泉曳影，鈿蟬燭淚，

悵別鸞裾霜珮。
斜紅迴盼鏡台空，
秋塘外、芙蓉新退。
玉簫縈宛，疏風鳶尾，
冷把雲苔剪碎。
花遲何處慕玲琅？
煙波裡、梧桐相對。

〈鼓笛令・霡霂〉

曲殘驛歇清明雨，
懶望穹、晝開雲聚。
遠樹高丘翻翠羽，
雁移影、翩翩尋暮。
野稻晚山塘路，
唱離觴、贈誰詩序。
夕結文緣瑤臺露，
彼年柳、春風代渡。

〈長生樂・桃花夢〉

錯看當年桃萼滿，
酒醒近黃昏。
醉時難辨，按歌隨伶人。
嶺外紅梅新展，簾裡深春。
箜篌淒惻，似竹花今雪紛紛。
塵煙易朽，臥隱芳茵。
走馬相辭落日溫。
硯前澄水幽靜，
塘岸歸棹雁梭巡。
未如舊時雲。

〈長生樂・桃花夢〉

飲潤桃花幾度春，
一點墜風塵。
積年寒徑，摘雨贈離人。
岸上孤箏斜月，輕舫星津。
迴旋野渡，淺醉弦徽映清氛。

山楹獨對，弔影眠雲。
瑤光鏡破新痕。
愁倥傯，墨灑桂樓昏。
倚泉詞筆輕浣，
是歸夢時分。

〈江城子〉次韻王萬象師

春遲望徹柳梢風。
遠笙叢。對籠葱。
多少悽悽、歸鶴暮煙中。
閒話漁樵思往素。桃杏晚、木丹濃。
清宵無寐對鴻濛。
別芳穠。憶瑤蜂。
寓目茗軒、斗室獨晴虹。
且賦古今蕭瑟韻。
棲雲處，寄萍蹤。

〈滿庭芳・前時秋〉
暮雁時飛，身魂若寄，
藍橋柊樹扶疏。
銀牆秋燕，無語遺還途。
藏罷別弦新調，杳年歲、歌榭桑枯。
夕梧老，步簷柴垛，槲葉織鸞孤。
紅顏尋曉夢，銜煙欲落，更憶樵蘇。
太殷勤，長亭緝柳殘書。
月下舟漂槳放，
笳愁散、輕棹瓊珠。
懷歸徑，夜來香漫，素手種芙蕖。

〈憶舊遊慢・夜雨歸鷓鴣〉

記垂梢遲暮，霧漫簷峰，雲照茶爐。
飲頹陽寥廓，伴林衣晚鏡，離酌星居。
曲衷漸生霜鬢，窗影映瓊琚。
露冷雀鴉悲，琵琶作賦，燈下殘書。
如初。
未歸客，道徑底芳陰，時認寒樗。
擬閒庭信步，憶積塵囊舊，愁泛椒壺。
亭閣清風頻顧，任羽棹鴻疏。
酒歛莫相尋，青巒細雨歸鷓鴣。

〈八聲甘州・遠吹梅〉

暗香疏、水袖悵遙吟，
故城覓鳶飛。
夢庭蕪月下，梨花數點，螢火葳蕤。
酩酊碧虛黃落，樓角漸芳菲。
卻是牽絲偶，萍寄衡闈。
晦朔杏梁曲水，
扮君臣將相，學步傾依。
暮散頻回首，何處遠吹梅。
燕婉轉、嗚桐宿羽，
憶浮年、枕醉偃南扉。
亭前戲，迴歌燭影，忘柳餘杯。

〈定風波慢・杳人間〉

入秋來、幽事揚澆，梅邊柳邊漏斷。
晚徑深山，池光碧傘，檐上瓊珠換。
莫求全，籤籌算。
一曲憀然玉簫按。
吟斷。
聽雲萍自遠，隨緣聚散。
枕鴛復離亂。
憶當年、錯把書裙浣。
太翩躚，盡放璇階舞榭，詩債猶賒半。
醉闌珊，掀羅緞。
再叩風花棹東岸。
閒看。
舫側千帆，浮鷗相喚。

〈長亭怨慢・朽〉

按橫笛，浮槎閒奏。
吹夢西洲，碧波丹岫。
帳外松筠，有棲鴉共語寒瘦。
舊盟津柳，誰得似、長燈候。
愁瓣萼楊花。詩痕杳、情深希壽。
知否。
忘華絲浮湧，只待月明星透。
酌霞欲醒，怎耐得、夜殘更漏。

問清秋、霧掩城樓。
引黃菊、晚斟窗牖。
縱搦管相留，歌緩曲闌依舊。

〈沁園春・雲煙〉

日暈三更，玄霄離聚，西虹逡巡。
看梧桐散挽，浮漚殘杏；
幽臺頹圮，散爵餘醺。
擬賦徽音，卻彈豔曲，
臥囈橫琴醉采蘋。
雁鳴也，夢秋郊蘭夜，未剪蒼垠。
露沾芳徑粼粼，
林間雀、倦時問水濱。
望遠山霞霽，如潮似汐，
家邦故里，何處沉堙。
江渚消消，箋餘難續，
斂影迴舟煙柳痕。
碧天幕，寄川晴碎錦，往事延津。

江漢織　〈訴衷情令・之一〉

春寒料峭蔽煙雲。山林品茶醇。
隱於市無清閒，且禍亂言津。
煩絮語，一錢銀。盡傷顰。
上刑英士，莫問世道，復棄來晨。

〈訴衷情令・之二〉

朝來滂雨晚回風。無語盡勢空。
且經世道屈平，算歷總無工。
辭憶想，習鷹鴻。佇高桐，
一償愁緒，萬事成衷，還夢蕭楓。

〈訴衷情令・殤官名〉

功名富貴近如空。朝堂鬥爭風。
家門品位銜官，失勢盡皆同。
愁恨悵，語傾窮。雨蕭楓。
朝生夕死，竟何似異，互不相逢。

楊惠子 〈漁家傲・望秋江〉

西郊浪頭沙卻步，
江風卷起又無數。
崖險天高雲不渡。
連曉霧。
青山秋水行相誤。

岸芷清波堤下路，
蒼煙裊裊熏鷗鷺。
夕照流暉迷霞妒。
懶回顧。
清歌一曲歸途暮。

〈江城子・其一〉

銅鏡微霜玉壺冰，
鳥飛驚，
路難行。
高樓望斷，
風雨總無晴。
花落流萍鶯出谷，
憑欄處、
曉風清。

〈江城子・其二〉

簾外春去月光盈，
夜中驚，
空自鳴。
小窗輕叩，
風驟倒銀屏。
露冷衾寒人易醒，
時不再、
夢無憑。

黃季翔 〈江城子・遊忘川〉

水袖丹衣青絲盤。
過千山，

比玉環。
夢影朦朧，
哽咽苦情艱。
濤捲木殘似彼岸。
撐畫傘，
撫孤弦。

〈江城子・情散沙門〉

黃紙青燈孤影長。
入禪堂，
告情郎。
午時潸然，
十載不梳妝。
一縷相思飛入海。
火明滅，
淚千行。

陳欣妍

〈長相思・春日遲〉

春日遲，
嘆難知。
殘雪無言依舊枝。
樓高鎖綺思。
盼君歸，
待君歸。
誰洩天機命已違。
何年開我扉。

〈訴衷情令・韶華落盡散秋風〉

韶華落盡散秋風，拋身向長空。
香殘紅織線斷，此境與誰同。
斜細雨，舞飛鴻，覓無蹤。
從來肯信，枯枝再春，
始現星虹。

丁麟洵　〈花非花・搖紅息〉

雲何雲，命何命。
獨盞迎，雙輝映。
今朝燃淚似初時，
舊往凝煙如覽鏡。

梁于恩　〈如夢令〉

春睏清明微雨，
倦看落英如絮。
憶往事前歡，
盡似亂紅揭去。
難遇，
難遇，
弦斷卷殘誰與？

作者介紹

王姝雁

女性，來自屏東。

人生最大的興趣是吃，還有挖掘過往的回憶。

王靖文

21歲雙子座女孩，來自熱情的南台灣。個性開朗、活潑，時而成熟；時而頑皮的像個孩子。喜歡聽各式各樣的音樂，也喜歡在夜深人靜的時候執筆抒發。最喜歡的地方是蔚藍的太平洋。搭車時喜歡靠窗，不喜歡超過25度的天氣。喜歡鹹食大於甜食。擅長和語言有關的事物，夢想成為一位韓文翻譯。至今仍在夢想的道路上奔馳著，希望終有一天能成為理想中的自己。

吳欣蓉

彰化人，出生於冬天，喜歡黑也喜歡白，喜歡人也喜歡安靜。

李宜玲

我跟大多數人一樣，秉持著同樣的想法，認為創作來源於生活。我喜歡看小說，也喜歡寫小說，在虛與實之間，理性與感性交匯之時，便碰撞出不同的作品，無論是散文還是小說，任何一種形式的文學，我認為都是不同生命的呈現。我自認為不是一位有創作天賦的人，但我喜歡去欣賞別人的創作，也喜歡用文字去記錄下自己生命中的每一刻，無論是悲是喜，那些無法輕易說出的情感，我認為文字是最好的表達。

沈健維

出生於屏東萬巒，深愛鋼琴和歌唱。成長過程中嘗過高峰的滋味，也走過死蔭的幽谷。國中時深度破碎的家庭和疾病使他到了結束生命的懸崖邊緣，而他究竟如何經歷醫治重建、如何地找到出路，也就成為他寫作的源頭和核心。

胡冠婷

高雄人。小時候的夢想是成為臺灣海峽的美人魚公主，長大之後發現自己缺了一顆珍珠，只好成為一條在太平洋中不會洄游的快樂鮭魚。

張庭宇

零零年出生，高雄人。

有著某種特殊體質，所以深信鬼神。喜歡民間信仰、喜愛書寫文字。標準射手座，崇尚自由，熱愛自己到處走走晃晃，享受一個人生活。

認為散文是生活的寫照，更是自己想法和感受的結晶，擁有天真浪漫的性格，所以總是被那些小情小愛等不切實際的故事感動至淚水潸然。

好現代散文外，更好古典文學及詩詞。對納蘭性德的詩情有獨鍾；對張愛玲的散文愛不釋手。認為永不熄滅的美好總是躲匿在字裡行間，所以喜歡提筆紀錄生活的每一刻，將所有美好都收錄起來。

陳聖儒

我是就讀東大華語系的陳聖儒，客居台東的高雄人。平時興趣是閱讀各家散文、小說、歷史書，也是嘗試將書海與山海的意象融會於創作的學生作家。我也喜歡練武術、聽音樂，從中感受人體揮動的能量與接收人聲傳達的情感，這些不限定在教科書上的多元智能，讓我相信創作是一件有趣、有意義的事；因此我的目標是也是成為一名教育者，一名為孩子啟迪多元智能的創造者。

游苡彣

一個來自花蓮的普通人，喜歡幻想和企鵝，也喜歡玩遊戲。

齊家敏

二〇〇〇年生，期望每天都平安喜樂。想成為一位文章有生命力的作家。

文字是另一個身體，以閱讀與創作餵養，每天嘗試長高的方法。從國中寫作至今，以後仍會不停寫下去，讓另一個身體成長茁壯。

生活與海解不開關係，喜歡游泳但討厭穿泳衣，喜歡海洋但討厭下雨，即使它只是不同形式的海水。

綜上所述，想住在離圖書館和海很近的地方，或是以書本推疊成海洋。除此之外，也想去不同的城市旅居，執筆看世界，或讓世界代我執筆。

羅云汝

二〇〇一年生，來自屏東。

喜歡茶味重的鮮奶茶、喜歡貓咪。

譚淇

常常跳脫現實，沉浸在自己的世界無法自拔的人類。

最喜歡用成堆的比喻將情境勾勒出來，也喜歡描摹他人的情緒

蘇虹瑜

臺南灣裡／已卯屬兔／女性

天一亮，就開始作夢的那種人。

戴瑋成

失眠，似乎已成為了現代人的文明病，我是現代人，也有失眠。你們好，我是晝夜永遠顛倒的瑋成。

不是中文系出身，但很喜歡閱讀，偶爾也會有感而發的寫一些文字。第一次嘗試寫散文，意外的喜歡這種寫作風格，有機會還會繼續創作，到時再與大家見面。

秦楓

出身臺灣的高雄人。生於民國八十五年六月一日，起初入學機械系，幾經波折後決定以興趣作為方向，轉學中文系及華語系，以探索中文學科的內涵為終極目標，現就讀政治大學中文系碩士班。平日以古籍閱讀為主料，閒暇佐以現代作家散文調味，試圖料理出自己適合的古今知識。

胡雅欣

一個快滿21歲的巨蟹女孩，喜歡藉由發呆去省思生活，深信生活的每個點滴都有潛力化為優美的文字重擊人們的心，討厭太複雜的事情，

未來的目標是做個簡簡單單的人，忙著簡簡單單的事，養簡單的三二寵物，簡單的旅行，試著用簡單的文字構成深刻動人的畫面。

李玠融

開朗活潑的陽光男孩，喜歡以音樂記錄生活，繪圖享受人生，目標是到日本當華語教師，正在努力學習作詞、作曲、做一個帶給世界溫暖的人。

黃季翔

熱愛攝影與小說的男子一枚，剛脫離被早餐店阿姨叫弟弟的年紀，最近喜歡不按牌理出牌的戲劇和小說，請大家多多指教。

楊惠子

國立台東大學華語系三年級學生。從小在大陸河北保定讀書，十五歲時跟隨父母來到台灣。熱愛閱讀與寫作，以作家為目標自我期許。開始寫作的契機是國二時自己撰寫的十萬字文字冒險遊戲，從此便開啟了文學創作的大門。之後開始嘗試創作網路小說，目前持續寫作中，筆耕不輟。一直認為能夠給予讀者啟迪、引人深思的書就是好書。也希望自己未來能夠創作出激勵人心、刻畫人性、書寫人生的優秀小說。

梁于恩

好吃懶做的小龍女，什麼都會卻也什麼都不會，愛好中國古風和美人，貓咪重度成癮者，只要看到貓咪就會被融化。

長年清心寡欲，最大心願是期望有生之年能成為坎帕內拉，坐上銀河鐵道之夜的列車。

陳宇豪

來自熱情的高雄，在一次因緣巧合下來到了台灣的東部就學，在這四年中遇到了許多稀奇的人事物，閒暇時喜愛寫小說和觀看動漫。近期與好友正為了一項計畫努力中。

柯至真

大家好，你好你好。

我叫柯至真，不是個人才

張婕琳

「婕好不才，琳琅有聲。張張前山回憶，卷卷後山風采。」

是個不才的文學少女，偏愛音樂、星星和所有主觀認為美的事物，患有旅行成癮症。有點小厭世，但夢想是環遊世界。喜歡生活中的文學與文學中的生活，所以所有創作皆源於生活，文風隨心情日常變化。二〇〇〇〇生於臺南，二〇一九年到了臺東，十八年的前山記憶，加上見識後山風采後的成長，張張卷卷都寫在了文字裡。

楊潤曆

目前就讀台東大學華語文學系三年級，即將準備升上四年級，今年21歲，家裡住在屏東，興趣是看書跟聽音樂，非常高興這次我們的小說作品能入選華緣綺語的選文中，非常感謝我的組員們，他們一起與我完成了我們的作品，也非常感謝負責華緣綺語能選上我們的作品，在此至上我的謝意。

謝佳庭

年末冬季出生，不像摩羯的魔羯。最喜歡的是貓和海洋，常處於想法很多，手和眼皮卻不聽使喚的狀態，未來希望能寫出自己的故事。

陳欣妍

會看一切感興趣的事物，習慣紀錄一些靈光一閃的句子。本體只是一隻佛系到有點廢的草食兔。

蘇子傑

一九八七年生，主要創作古典詩、詞及小說。

於多雨的北台灣啟蒙，於是多愁善感地愛上了文學。

於熱情的南台灣茁壯，開始嘗試伸展創作的觸角，

並在多領域涉獵中逐步豐富自我生命。

在求學與工作經歷中，迷戀於數理邏輯的美，
最終，卻在無理而妙的文字中無法自拔。

江妍泠

今天也是在地獄吃著午餐聽著爛笑話也沒有夢的垃圾肥宅

蘇宥維

台南新營人，卒年不詳。因緣際會在華語系擔任工讀生三年之久，因此認識了很多人，體驗過很多有趣的事情。最近對自我的期許是「待人寬厚，處事練達」。

p.s.陸龜真可愛

林郁豪

一個生在千禧年到來的第十天，瑞芳長大的普通人。
喜歡文學，但不喜歡框架。
喜歡天馬行空的想像，但無法完全轉化成文字。
喜歡自由，但不想遠離人群。
矛盾的沙發馬鈴薯是也。

顧筱筠

台南人。十天想早起，十一天失敗。理想是成為不勞動的快樂廝瓜，目前還在阿茲卡班中。

簡彩珮

「在我睡著以前都是今天。」
靈感永遠在奇怪時間蹦出，
手感永遠在提筆時刻流失。
只是個右手拿手機左手拿筆的小廢柴。

田林祈典

種族：人族
性格：沉默寡言、剛毅木訥

興趣：動手做，戶外探險
主動技能：靜謐結界
被動技能：強制睡眠

蘇歆娟

來自山的另一頭、一馬平川的雲林，抱著在海邊撿到神奇海螺的希望來到臺東，最大的願望是有朝一日能學會騎山豬上學的技能。

黃裕鴻

來自港都高雄，個性古怪，喜歡懷舊、復古的事物，因為不擅長說話與溝通，所以把想說的都放進詩裡，也可以說詩裡藏了許多我的祕密，喜歡用自己的過往回憶當作題材，用詩來記錄生活。

陳懷庸

二〇〇〇年彰化生，目前就學於臺東華語文學系，喜歡拍攝任何形式的影片，喜歡坐在長椅看著夕陽漸落，喜歡沒來由地探險。

曾竹綺

來自高雄偏鄉的人，喜歡聽別人說話大過於自己說話，喜歡空氣好的地方，也喜歡步調慢的城市，對於文學，是生活中的一部分，對於我來說創作就是將想說但可能無法直接說出的事化為文字抒發出來，從小時候聽的童話故事到了長大發現事實不是如此，又遇到了對於自己過度自信的人，以及人生如電影的想法寫出來，又或是生活中相似的巧合，文字可以替我表達我心底的聲音。

顏子瑜

新北新莊。

標準理組人，不喜歡繁雜的文字。

自有一套邏輯，固執的令人頭痛。

從3歲起學鋼琴到小學畢業，有絕對音感。

輕度強迫症患者，冰箱飲料要一罐罐像超商成列架一樣整齊排放才舒服。

新詩的格式，也深受強迫症影響，一定要相似的格式才願意停筆。

新詩的內容，也深受絕對音感摧殘，沒有節奏感的文字寧願寫到焦頭爛額也不願隨意交出。

聽起來很難搞的人，其實只是秉持要做就要做到好的精神！

林旻達

生於台南，喜歡安靜的地方，興趣為寫作與電玩。最近正努力改善自己的脾氣並增強自己各方面的能力，期望將來能夠成為理想中的自己，為旁人及世界帶來溫暖及歡笑。

黃鈺媛

女，一位喜歡與古風為伍的超級古風迷。容易多愁善感，常自言自語。身處於社會中，覺得觀察人是一件有趣的事。沒事時背背詩、唱唱歌，或是看劇消遣。

楊雅晶

北部人，喜歡世界和平、文學。

每天在人間中汲汲營營，在時間裡沒沒無聞。

陳彧

普通的愛貓創作者，詩和路人一樣樸實無華，人則是樂於搞笑，成為生活廢文製造機，目前座右銘「胸無大志，活著就是好事」，不過再不打疫苗可能就要換句話了。

簡毓錡

一九九九來自外星的水瓶女孩，平日喜歡天馬行空，沉浸在獨一無二的白日夢。熱愛創作，招架不住文字的魅力，想把世間獨有的溫柔，獻給所有美好的人事物。

張念譽

人們閒步於現代與前代文字的阡陌縱橫，騷人墨客，詩智擾人，皆是筆尖上的遊子，差別只在於誰磨的筆較嫺；誰鍊的字較銳。

丁麟洵

常把「我在思考……」掛在嘴邊，但其實什麼都沒想，也可能在想與不想之間。

谷宜家

我們終將在時間的長河泯滅，但願妳在那片風裡永不消弭。

江漢織

我的名字叫做江漢織，名字典故來自古詩十九首「迢迢牽牛星，皎皎河漢女」。

喜歡古典詩詞、現代詩等文學。很高興能入選華緣綺語。

丁云翔

好好活著吧。

白淨華

浴乎沂，風乎舞雩，詠而歸……

人生的旅途上，與你手牽手，哼著小曲一同歸家，便是我一生所求

編輯分配表

總編輯	張庭宇	曾竹綺			
	組長	組員	組員	組員	組員
散文類	齊家敏	吳欣蓉	張庭宇		
現代詩	黃裕鴻	李玠融	曾竹綺		
小說類	王靖文	李宜玲	張婕琳		
古典詩詞	丁麟洵	楊惠子	胡雅欣	張念譽	蘇子傑

釀文學260　PG2679

華緣綺語：
國立臺東大學華語文學系師生創作集

主　　編　　王萬象
責任編輯　　喬齊安
圖文排版　　黃莉珊
封面設計　　蔡瑋筠

策　　劃　　國立臺東大學華語文學系
製作發行　　秀威資訊科技股份有限公司
　　　　　　114 台北市內湖區瑞光路76巷65號1樓
　　　　　　電話：+886-2-2796-3638　傳真：+886-2-2796-1377
　　　　　　服務信箱：service@showwe.com.tw
　　　　　　http://www.showwe.com.tw
郵政劃撥　　19563868　戶名：秀威資訊科技股份有限公司
展售門市　　國家書店【松江門市】
　　　　　　104 台北市中山區松江路209號1樓
　　　　　　電話：+886-2-2518-0207　傳真：+886-2-2518-0778
網路訂購　　秀威網路書店：https://store.showwe.tw
　　　　　　國家網路書店：https://www.govbooks.com.tw
法律顧問　　毛國樑　律師
總 經 銷　　聯合發行股份有限公司
　　　　　　231新北市新店區寶橋路235巷6弄6號4F
　　　　　　電話：+886-2-2917-8022　傳真：+886-2-2915-6275

出版日期　　2021年12月　BOD一版
定　　價　　400元

讀者回函卡

Printed in Taiwan

國家圖書館出版品預行編目

華緣綺語：國立臺東大學華語文學系師生創作集 / 王萬象主編. -- 一版. -- 臺北市：釀出版, 2021.12

面； 公分. -- (釀文學；260)

BOD版

ISBN 978-986-445-555-3(平裝)

863.3 110017540